L'ENFANT DE LA DERNIÈRE CHANCE

DU MÊME AUTEUR
CHEZ LE MÊME ÉDITEUR

Le Roi Basil, Buchet-Chastel, 1991.
La Folle aux chats, Pierron, 1992.
Une femme empêchée, Belfond, 1994, réédition Pierron, 1999. Prix Erckmann-Chatrian. Prix Sully-Olivier-de-Serres. Adapté pour la télévision en 1997 (*La Femme du veuf*).
L'Oreille de nacre, Anne Carrière, 1996.
Amours d'automne, Anne Carrière, 1997.
La Faute de Claire, Anne Carrière, 1999.
Prix des conseils généraux de Lorraine.
Leocadia, Pierron, 2000.
Stella, Pierron, 2001.
L'Enfant de l'autre, Presses de la Cité, 2004.
L'Or blanc des pâturages, Presses de la Cité, 2005.

Henriette Bernier

L'ENFANT DE LA DERNIÈRE CHANCE

Roman

Production Jeannine Balland
Romans Terres de France

PRESSES DE LA CITÉ

ISBN 2-258-06804-5

A toutes les femmes qui ont souffert d'amour

« Aux femmes de se débrouiller seules, avec leurs problèmes, entre elles, et à leurs risques et périls. Il s'est toujours trouvé des femmes pour en aider d'autres, parfois avec des contreparties financières, très souvent par simple solidarité. »

Simone VEIL,
Les hommes aussi s'en souviennent

1

Une averse soudaine dispersa le modeste cortège qui accompagnait les futurs mariés. Dans le plus grand désordre, tous s'engouffrèrent sous le porche de l'église Saint-Victor, ce matin de mai 1843.

Ils marquèrent là un temps d'arrêt pour remettre de l'ordre dans leurs tenues malmenées par la pluie. Si les hommes se contentèrent de secouer leurs chapeaux, les femmes examinèrent plus soigneusement l'état de leurs longues jupes, qu'elles avaient soulevées à poignées pour enjamber les flaques, puis elles s'entraidèrent à réparer les menus dégâts subis par leurs coiffures si soigneusement élaborées, leurs bandeaux, leurs anglaises, leurs chapeaux à voilette ou à rubans. Même chez les gens du peuple, on avait à cœur de faire honneur aux futurs mariés et à leurs familles, et pour la toilette les femmes savaient compenser la modestie de leurs moyens par leur ingéniosité.

— Mariage pluvieux, mariage heureux ! lança d'une voix sonore Amédée Robert.

Il voulait sans doute ramener le sourire sur le visage de sa fille, que cet imprévu, cette excitation, ces rires, ces cris, ces exclamations semblaient chagriner un peu, en nuisant au caractère solennel de son mariage.

— Alors, braves gens, y est-on enfin, à présent ?

C'était l'abbé Bertrand, curé de Saint-Victor, qui commençait à s'impatienter et descendait la nef à grands pas pour accueillir le groupe. Son apparition rétablit le calme et le cortège fut rapidement reformé pour s'avancer vers le chœur. Il n'était pas prévu de grand-messe, seulement une bénédiction.

Les fiancés s'agenouillèrent devant l'autel, face au curé. Celui-ci prononça les prières et les paroles d'usage, insistant sur le rôle protecteur du mari, sur l'obéissance et le dévouement de la femme, et plus encore sur le devoir de donner la vie à travers leur amour. Après quoi Jean-Nicolas Morel et Emélie-Henriette Robert acceptèrent de se prendre pour époux, se jurèrent fidélité et se passèrent l'anneau au doigt.

Quand, un peu plus tard, la noce ressortit de l'église, accompagnée d'une belle volée de cloches, le ciel était entièrement lavé et le soleil finissait d'effacer les traces de l'averse.

Un peu éblouie, Emélie tourna légèrement la tête et l'appuya sur l'épaule de Jean-Nicolas, qui lui entoura la taille de son bras.

— Le soleil maintenant... murmura-t-elle, c'est bon signe, nous serons heureux...

Emélie avait vingt-quatre ans. De taille moyenne, entre ronde et menue, bien faite, elle était plutôt jolie, et même franchement belle dans sa tenue de mariée.

Sa mère, Philomène, avait mis tout son savoir-faire et ses soins à la confection de sa robe, taillée dans une indienne où se mêlaient plusieurs tons de bleu, rehaussée d'un col et d'un fichu de dentelle. Quant aux dessous, elle avait tenu à les acheter, pour sa fille unique, chez la meilleure lingère et corsetière de Verdun, celle qui tenait boutique dans la rue Mazel, la grande artère commerçante de la ville.

Ce matin, elle avait habillé son Emélie, pièce par pièce. Silencieuses, toutes les deux. La fille parce qu'elle était toute à son bonheur intérieur – la pudeur lui interdisait d'en parler, mais il se lisait dans la lumière de ses yeux –, la mère parce qu'elle retenait à grand-peine ses larmes. Puis elle l'avait coiffée, arrangeant en un lourd chignon bas la splendide chevelure brune d'Emélie, qui, déroulée, lui descendait jusqu'à la taille.

Amédée Robert, dit Médée, le père, était l'un des dix tanneurs exerçant encore leur activité dans le quartier situé en bordure du canal Saint-Airy, qui, prolongé par le canal du Puty, enlaçait dans une large boucle toute la partie de la ville sise sur la rive droite de la Meuse. Artisan de bonne réputation, riche d'une clientèle fidèle, il employait deux ouvriers dont il exigeait un travail soigné mais qu'il payait bien. Son activité, encore prospère, lui rapportait suffisamment pour faire vivre les siens sinon dans le luxe, du moins dans une aisance certaine.

Ainsi, la maison qui abritait la famille n'était pas située directement au bord du canal, comme l'atelier, mais dans une petite rue proche, joliment appelée la rue du Pont-Lilette, à l'abri de l'humidité et des odeurs fortes. Amédée avait accepté sans récriminer les dépenses proposées par Philomène pour le mariage d'Emélie. Il n'était ni mauvais père, ni mauvais mari, du moins sur le plan matériel. Ce dont il manquait un peu, c'était de délicatesse et de prévenance, surtout envers sa femme, qui en souffrait.

Il n'en avait pas toujours été ainsi. Après la naissance de leur premier enfant, un fils, Gustave, bientôt suivie de celle d'Emélie, Philomène, qui aurait régné avec bonheur sur une famille nombreuse, avait successivement mis au monde deux enfants n'ayant vécu que quelques jours. A la suite de ce double drame, Amédée avait changé et s'était éloigné de cette épouse fluette et fragile, souvent geignarde, qui avait perdu le goût de l'amour. S'il l'honorait encore, de plus en plus rarement, elle comprenait que ce n'était plus par désir mais par devoir ; elle s'en serait d'ailleurs volontiers passée, alors qu'aux premiers temps de leur union elle avait tant aimé cela... Philomène se doutait bien que son homme, avec sa belle prestance et sa grande virilité, allait assouvir ses désirs ailleurs. Elle n'avait ni l'envie ni l'audace de le lui reprocher et préférait tout ignorer. Elle s'était entièrement consacrée à ses deux enfants et, depuis que Gustave s'était marié et installé comme artisan bourrelier dans le village de Charny, proche de Verdun, elle avait reporté tous ses soins sur Emélie, dont elle étouffait un peu la personnalité.

Et celle-ci se mariait à son tour... A son âge, beaucoup étaient déjà épouses et mères. Emélie avait-elle connu d'autres émois, et repoussé d'autres tentations, avant de s'engager avec son Jean-Nicolas, pour rester un peu plus longtemps auprès de sa mère ? La chose paraissait peu probable, mais Philomène en caressait l'idée ; cela adoucissait un peu son chagrin de la perdre.

Du côté de la famille Morel, il n'y avait aucune retenue à la joie. C'étaient des gens simples, honnêtes, contents de leur sort. Grâce à leur travail, ils ne manquaient pas de l'essentiel, et ils avaient tous une propension naturelle pour la bonne humeur et la gaieté.

Antonin, le père, était un paysan-vigneron, un homme robuste au visage rougeaud, dont la ferme, héritée de ses parents, était située tout au bout de la rue du Pont-Neuf, près de l'hôpital Saint-Nicolas. Tout de suite après, une fois longée la citadelle, c'était la campagne. Là s'étendaient les champs et les prés, qui s'en allaient buter sur le Haut-Saint-Barthélemy, et les collines où Antonin entretenait quelques arpents de vigne d'un bon rapport. Sa femme, Adèle, toute en rondeurs, lui avait donné trois garçons et deux filles, tous accueillis avec bonheur, tous mis à la tâche à douze ans, à la terre ou aux soins des bêtes, deux chevaux, quelques vaches, chèvres et cochons. Les produits de la ferme nourrissaient la maisonnée et se vendaient sur les marchés de la ville. Quant au vin, il était livré à des aubergistes de Verdun et des environs, et parfois même Antonin en charriait quelques barriques jusqu'au port, où des négociants préparaient des expéditions plus lointaines.

De la fratrie Morel, Jean-Nicolas, l'aîné des garçons, était le plus entreprenant, et le plus indépendant de caractère. A trente ans, sans avoir encore pris femme, il avait quitté le toit familial pour s'embaucher chez un voiturier qui faisait du transport à la fois de marchandises et de voyageurs. L'autorité de son père, la passivité de ses frères qu'il ne voulait pas dominer avaient entraîné son choix ; sa famille l'avait accepté. Honoré Thiébaux, le voiturier, avait ses installations, écuries, resserres à fourrage et local pour les véhicules à l'opposé de la ville, rue du Rempart-Chaussée. Tout près de là, au numéro 16 de la rue des Rouyers, vivait une vieille cousine d'Antonin, une ancienne repasseuse qui ne s'était jamais mariée ; Jean-Nicolas avait trouvé à se loger chez elle. Cette bonne Ernestine l'avait récompensé de sa présence et de ses soins en lui léguant par testament son modeste logement. Elle était morte depuis quelques semaines seulement quand, trois ans après son emménagement, Jean-Nicolas avait fait la connaissance d'Emélie, et compris, lui qui avait déjà tellement couru les filles, que celle-ci allait être l'unique et la reine de sa vie.

Le couple tout nouvellement uni demeura quelques instants sur le parvis de l'église, pendant que derrière lui se reformaient les familles, dispersées par la règle qui présidait au placement dans les églises : les hommes d'un côté, les femmes de l'autre, les jeunes et les enfants aux premiers rangs. Quelques passantes s'arrêtèrent pour admirer les mariés, et même les féliciter par des exclamations joyeuses :

— Bonheur à vous deux !

— Quel joli couple !

Jean-Nicolas, sa femme serrée contre lui et son chapeau de feutre maintenu sous son bras libre, était on ne peut plus fringant dans son habit de drap gris, sous lequel apparaissait une large ceinture de flanelle rouge. Il était grand, une demi-tête de plus qu'elle, bien taillé, le corps musclé par le travail de la terre qui avait été longtemps le sien, les yeux et les cheveux clairs, le visage hâlé.

— Un bel homme, vraiment, remarqua l'une des passantes, elle a bien de la chance, la petite !

— Mais c'est qu'elle est tout à fait mignonne, elle aussi, ajouta un homme venu grossir le groupe des curieuses. Je prendrais bien sa place dans le lit ce soir, moi, au gaillard !

Et tous s'éloignèrent dans un grand rire, tandis que les mariés prenaient la tête de leur cortège sommairement reformé.

Ils descendirent la rue Saint-Victor pour se diriger vers le centre de la ville et vers la Meuse, qu'ils franchirent par le pont Sainte-Croix. Ils obliquèrent ensuite vers la rue Neuve pour se rendre à l'auberge où le repas avait été commandé. Jean-Nicolas ne cessait d'agiter son chapeau et Emélie de sourire pour répondre aux salutations des passants. Croiser le chemin d'une noce, surtout celle de deux jeunes gens aussi bien assortis, portait bonheur. C'était en tout cas plus réjouissant que de rencontrer un corbillard, au passage duquel on se devait de s'incliner et de faire le signe de la croix.

Antonin Morel connaissait bien le père Hippolyte, l'aubergiste de la rue Neuve, à qui il vendait du vin et qui était aussi l'un des meilleurs clients d'Adèle sur le marché, et il avait négocié avec lui pour obtenir un repas susceptible de régaler les convives sans causer trop de frais aux familles. Il avait donc fourni l'essentiel des victuailles, en sacrifiant quelques volailles et un porcelet spécialement élevé pour l'occasion, ainsi que le vin, celui de sa meilleure vigne, issu de sa meilleure récolte, celle de 1837. Pas un grand cru, tout de même, le Haut-Saint-Barthélemy n'étant pas un terroir renommé, mais suffisamment corsé, et surtout assez généreusement servi, pour faire des deux familles rassemblées une joyeuse tablée. Frères, sœurs, beaux-frères, belles-sœurs, qui à eux tous réunissaient déjà une bonne demi-douzaine d'enfants, quelques cousins, les ouvriers d'Amédée, le patron de Jean-Nicolas, accompagnés de leur femme : pas loin d'une trentaine de convives entouraient les nouveaux mariés. Et, bien sûr, les parents. Antonin donnait du Médée au beau-père de son fils en lui tapant sur l'épaule ; Adèle veillait au grain, hélant les serveuses dès que les assiettes étaient vides ; Philomène, un rien échauffée elle aussi, se laissait gagner par la douce euphorie. En fin d'après-midi, à l'heure où circulait la fiole d'alcool de mirabelle, les hommes, un peu débraillés, avaient tous le visage cramoisi, et les femmes ne retenaient plus leurs rires aux quelques plaisanteries un peu osées. Un jour de mariage, n'est-ce pas, on sait où et comment ça se termine... Seule Emélie ne riait pas, elle souriait seulement, serrée de près par l'homme dont elle partagerait le lit ce soir, heureuse, mais un peu anxieuse aussi.

— Mon fils, prends des forces, bois un coup, insista à plusieurs reprises Antonin en tendant la fiole de mirabelle à Jean-Nicolas.

Celui-ci prenait la bouteille, mais se servait à peine, une goutte seulement. Sa femme, son Emélie, qu'il savait vierge, méritait mieux qu'un homme à demi ivre pour lui faire découvrir ce qu'il brûlait de lui apprendre.

Pour échapper à la fois aux sollicitations des joyeux buveurs et à son désir un peu trop pressant, il se leva et rejoignit le groupe des enfants, qui l'entourèrent aussitôt. Plusieurs n'étaient encore que des marmots qui tenaient tout juste sur leurs jambes. A peine s'était-il assis qu'ils lui grimpèrent sur les genoux, s'accrochèrent à ses bras, se pendirent à son cou. Soudain il entoura cette grappe vivante d'une large étreinte, se leva et se mit à tourner en claquant des talons. Les enfants en criaient de bonheur et protestèrent bruyamment quand il les reposa au sol.

Adèle s'était approchée d'Emélie, qui riait elle aussi.

— Tu vois, ma bru, lui dit-elle, comme notre Jean-Nicolas aime les enfants ! Plus tu lui en donneras, plus il t'aimera !

Il faisait grand jour encore quand en ordonnant à son personnel de desservir la table le père Hippolyte signifia la fin des réjouissances.

Et là, sur le pavé, devant l'auberge, il y eut une profusion de salutations et d'embrassades que Jean-Nicolas abrégea en prenant le bras de sa femme et en entraînant celle-ci vers la rue des Rouyers. Ils échappèrent ainsi à la dislocation des deux familles, rendue un peu difficile par la semi-ébriété de quelques-uns, et en particulier du père Antonin – il ne savait plus très bien dans quel quartier de la ville il se trouvait –, et par les larmes qui avaient repris la pauvre Philomène.

Depuis que Jean-Nicolas avait hérité du petit logement de sa tante Ernestine, il n'y avait rien changé. Celui-ci se trouvait au second et dernier étage d'une maison étroite, serrée entre ses voisines, tout près de la tour Chaussée, dont l'ombre contribuait à assombrir la rue. C'était cependant une rue animée et bruyante, où travaillaient, entre autres artisans, plusieurs charrons. Le rez-de-chaussée du numéro 16 était composé de l'atelier d'un cordonnier et des deux pièces qu'il occupait avec sa famille. Au premier étage vivait une femme seule, couturière en chambre.

De sa fenêtre elle vit les jeunes mariés se hâter dans la rue. Ils couraient presque en se tenant la main. Le cordonnier les entendit rire dans le couloir étroit qui conduisait à l'escalier. Pendant que Jean-Nicolas tirait la clef de la poche de son habit et ouvrait la porte, Emélie croisait ses mains sur sa poitrine. Son cœur battait fort, pas seulement à cause de la course. Ils entrèrent, et aussitôt Jean-Nicolas la poussa avec douceur vers la chambre, dont les volets de bois étaient fermés. Dans le lit qui avait été celui de la vieille Ernestine, Adèle était venue tendre les beaux draps de lin blanc qu'elle offrait à son fils pour y accueillir sa jeune femme. Jean-Nicolas se dirigea vers la fenêtre et l'ouvrit.

– Pas les volets... je t'en prie... murmura Emélie.

— Juste un peu, un tout petit filet de lumière, pour te voir, mon aimée...

Il s'approcha d'elle, lui prit les mains, toujours serrées sur sa poitrine, les porta à sa bouche, les embrassa, puis lentement il entreprit de la déshabiller. Et à l'envers, pièce par pièce, il refit les gestes qui avaient été ceux de Philomène le matin, les mains tremblantes d'une tout autre émotion.

Ses doigts cherchèrent d'abord dans le lourd chignon les épingles retenant la chevelure, qui bientôt ruissela jusqu'aux reins d'Emélie. Jamais encore il ne l'avait vue les cheveux dénoués ; il en poussa un petit cri de surprise, la contempla longuement. Puis il dégrafa sa robe, boutonnée sur le devant, effleurant au passage le galbe de ses seins. Ensuite ses mains se posèrent sur les épaules d'Emélie pour faire descendre lentement le tissu le long de ses bras et, quand ceux-ci furent dégagés, il lâcha la robe, qui glissa jusqu'au sol.

Le jupon était retenu par une faveur nouée qui céda facilement. Les mains de Jean-Nicolas remontèrent alors vers le buste d'Emélie, vers le cache-corset de fine batiste tenu par une rangée de tout petits boutons de nacre. Elle ferma les yeux lorsque son mari délaça et ouvrit le corset de coutil broché qui galbait ses hanches, enserrait sa taille et montait en corbeille jusqu'à ses seins. Le souffle court, Jean-Nicolas les regarda, avant d'y poser ses mains, puis ses lèvres.

Emélie tremblait, dans un mélange d'émotion et de peur, mais elle ne tenta de résister à aucun des gestes de son mari, pas même quand il s'agenouilla devant elle pour faire glisser à ses pieds son pantalon de lingerie, fendu sur le devant ct tout orné de dentelle. Lorsqu'elle se trouva entièrement nue, il la prit dans ses bras et la porta pour la déposer doucement sur le lit. Puis il alla refermer complètement les volets avant de se déshabiller à son tour et de la rejoindre entre les beaux draps blancs.

2

Verdun comptait alors un peu plus de dix mille âmes. Mais la ville était encore presque entièrement enfermée dans les remparts et les fortifications de Vauban, si bien que l'espace y manquait, en particulier dans les quartiers populaires, où vivaient et travaillaient la plupart des artisans et des ouvriers. Les maisons y étaient souvent vétustes, humides, manquant d'air et de lumière. Celle de la rue des Rouyers où se trouvait le logement de Jean-Nicolas et Emélie n'échappait pas à la règle.

Leurs premières années de mariage y furent pourtant parfaitement heureuses.

Ils disposaient de trois pièces de taille modeste s'ouvrant sur un couloir étroit : la chambre, dans laquelle Emélie n'avait vu le premier jour que la clarté des draps blancs ; la pièce principale, à la fois cuisine et salle à manger, dépourvue de fenêtre et éclairée par une flamande qui ne mettait au plafond qu'une tache de lumière blafarde ; la petite chambre où Jean-Nicolas s'était installé quand il était venu loger chez sa tante. Une chambre, c'était beaucoup dire. Un réduit, plutôt, mais riche d'une porte-fenêtre donnant accès à une petite logette suspendue, tout en bois, plancher et balustrade ; de là, le regard, par-dessus les toits de la ruelle des Sergents, pouvait embrasser la Meuse, à condition de se pencher et de tourner un peu la tête.

Dans ces trois pièces, Emélie parvint sinon à faire entrer le soleil et la lumière, au moins à chasser les aspects et jusqu'à l'odeur de vieillerie, si présents que dans les premiers temps elle s'attendait parfois à voir apparaître la fameuse Ernestine... Quelques tentures claires, quelques rideaux de cretonne, quelques pièces de vaisselle peinte sur la crédence du buffet, en particulier six belles tasses de porcelaine offertes par sa mère, et sur le petit balcon de bois des pots de géraniums et d'autres fleurs aux couleurs vives. Elle avait du goût, de l'intuition et les mains habiles, et découvrait le plaisir d'arranger un lieu à son gré.

Contrairement à Jean-Nicolas, elle n'avait pas la gaieté naturelle, pour avoir été élevée par une mère qui soupirait plus qu'elle ne riait, et dont les élans avaient toujours quelque chose de pathétique. De plus, comme toute jeune fille éduquée dans le respect des bonnes mœurs, elle était très pudique. Dès qu'elle avait cessé d'être une enfant, c'est-à-dire dès qu'étaient apparus sur elle les premiers signes de la féminité, Philomène lui avait appris à se tenir propre sans faire de son corps un objet de fierté, encore moins de séduction. Relayée en cela par les mises en garde, voire les menaces, adressées par le curé Bertrand aux jeunes filles de sa paroisse qui venaient se confesser et n'avaient pourtant à lui avouer que des broutilles sans grand rapport avec les mystères de la vie.

Aux premiers jours de leur union, Jean-Nicolas l'avait vue se contorsionner pour atteindre sous sa chemise, au cours de sa toilette, certaines parties intimes de son anatomie. Que d'hommes brutaux, dans la même situation, se seraient attaqués à cette pudeur féminine sans ménagement, voire avec violence, compromettant ainsi toute chance d'épanouissement ! Lui avait su s'y prendre avec tendresse, comme au soir de leur mariage, où, tremblante et les yeux fermés, elle l'avait cependant laissé faire. Petit à petit, elle avait accepté sa propre nudité et celle de leurs deux corps réunis dans des jeux qui ne l'effrayaient plus.

A ses côtés elle apprit aussi à rire, de tout et de rien, du simple bonheur de vivre ensemble.

Tous les matins, Jean-Nicolas se levait de bonne heure. Quand il partait pour son travail, Emélie l'accompagnait jusqu'au bout du couloir, puis elle courait se pencher à la fenêtre de la chambre pour le suivre des yeux. Arrivé au bout de la rue, il se retournait et la saluait joyeusement en soulevant son chapeau.

Sa journée de travail commençait alors. Le père Thiébaux donnait ses ordres à ses rouliers, qui devaient, en plus des charrois, s'occuper des chevaux. Il se réservait pour lui-même la conduite d'une berlinette à quatre places et confiait la diligence à l'un de ses hommes partant pour de plus longs trajets. Jean-Nicolas était affecté au transport de marchandises. Il ne manquait jamais de caresser les deux chevaux qui lui étaient habituellement confiés et de leur adresser quelques paroles affectueuses avant de les harnacher, puis de les atteler au chariot. Il préparait le picotin à leur donner à la mi-journée, dans des sacs de toile qu'il leur suspendrait au cou, et l'équipage se mettait en route vers le lieu du premier chargement, parfois assez proche, parfois plus lointain. C'étaient des sacs de blé destinés aux minotiers, ou du bois pour les menuisiers et les charpentiers, ou encore des pavés ou des pierres de taille pour les chantiers qui se multipliaient dans la ville, où se construisait un abattoir-échaudoir, où se perçaient des rues nouvelles, où se remodelaient les carrefours importants. Parfois il chargeait à l'entrepôt de fers, c'est-à-dire dans la partie du port où arrivaient les métaux nécessaires aux clouteries et autres ateliers de métallurgie.

A la fin de sa journée, il passait encore un long moment à dételer les chevaux, à les bouchonner au besoin, à les nourrir et les abreuver, à leur préparer une litière pour la nuit, ou à les conduire vers la pâture que le père Thiébaux louait pour eux, en dehors de la ville. Cette obligation de donner les soins aux chevaux renforçait les liens entre les hommes et les bêtes, pour une meilleure efficacité dans le travail.

Jean-Nicolas retrouvait enfin son Emélie qui l'attendait et se jetait dans ses bras. Ensemble ils comptaient la recette, car il était payé à la journée. Ils avaient de quoi se réjouir. En effet les voituriers, surtout « à deux colliers », gagnaient mieux leur vie que les ouvriers des ateliers et des fabriques, ou des usines qui se développaient dans les régions minières, mieux même que les maçons et les charpentiers.

De son côté, Emélie passait ses journées aux menus travaux de la maison. Elle faisait ses achats chez les commerçants du quartier, qui aimaient sa jeunesse et son sourire. Pour sa provision d'eau, elle allait au puits, à l'angle de la rue des Rouyers et de la rue du Saint-Esprit, échangeant quelques mots avec ses voisines quand elle devait attendre son tour. Mais réservée, par son éducation plus que par nature, et comblée par son bonheur de jeune épouse, elle ne s'attardait jamais pour partager leurs bavardages. Cependant elle appréciait la gentillesse de la femme du cordonnier, Madeleine, à peine plus âgée qu'elle, toujours un enfant dans les bras et un autre accroché à ses jupes, et elle s'arrêtait volontiers auprès d'elle avant d'entreprendre la montée jusqu'au deuxième étage, un seau à chaque bras. En revanche, la couturière du premier, Jeanne Mangin, d'un abord nettement plus froid, se contentait de répondre à ses salutations lorsqu'elles se croisaient dans l'escalier.

Emélie fut donc surprise quand celle-ci lui proposa de l'employer, moyennant quelques sous, certains jours où elle se trouvait débordée par des commandes pressantes. Philomène avait donné à sa fille quelques notions qui lui permirent d'accepter. Jeanne Mangin était une femme dans la quarantaine, à la mise toujours très soignée mais au visage ingrat et fermé. Elle parut vite satisfaite du travail d'Emélie, de son caractère agréable, de sa discrétion. Mais jamais il ne fut question entre elles deux du moindre sujet intime, ni même personnel.

Jeanne était aussi « marchande à la toilette ». Certaines de ses clientes – des bourgeoises aux moyens quelque peu limités par des revers de fortune ou par l'avarice de leur mari, mais désirant s'offrir des nouveautés indispensables à leur rang – la payaient en partie avec des vêtements qu'elles ne souhaitaient plus mettre. Jeanne les rafraîchissait et les revendait à une clientèle plus modeste, qui pouvait ainsi se donner l'illusion d'appartenir à la bourgeoisie, ou seulement le plaisir de porter des vêtements de belle coupe. Emélie put profiter de ces occasions, des jupes, des mantelets, des capes, que la couturière lui permettait, en dehors de ses heures de travail, de rajuster à sa taille.

Les dimanches, après de tendres moments d'intimité, Jean-Nicolas emmenait Emélie en promenade. Il connaissait beaucoup mieux qu'elle la ville et ses environs. Il l'entraînait dans le dédale des rues étroites de la ville haute, dominée par la cathédrale et le palais épiscopal, le quartier des gens aisés, dont les maisons cossues ne dévoilaient rien de ce qui se passait derrière leurs belles portes de bois ouvragé. Tantôt ils y montaient par la rue Saint-Pierre et la place d'Armes. Il la fit frémir, pour avoir le plaisir de la rassurer, en lui apprenant que deux siècles plus tôt on y pratiquait l'estrapade[1]. Tantôt ils empruntaient la montée des Gros-Degrés, dont Emélie comptait les soixante-quinze marches taillées à même le roc. Par la porte Châtel il l'accompagnait sur la place de la Roche, qui surplombait la citadelle, et lui montrait au loin le Haut-Saint-Barthélemy couvert de vignes, et plus à l'ouest le faubourg du Pré, en dehors des remparts, avec ses belles demeures entourées de jardins. Ils redescendaient ensuite vers les rues commerçantes du centre, en particulier la rue Mazel, où ils s'attardaient à regarder les étalages des boutiques.

Il y avait là des orfèvres, des horlogers, des confiseurs, en particulier la maison Braquier, de grande renommée, dont les célèbres dragées étaient appréciées dans toutes les cours d'Europe, et la maison

1. Ancien supplice qui consistait à hisser le condamné à une certaine hauteur et à le laisser retomber plusieurs fois près du sol.

Lizer, qui exportait sa production jusqu'au royaume du Siam ! Emélie le retenait devant les vitrines où étaient exposés des dessous féminins, lui rappelait la folie que sa mère avait faite pour son mariage.

Parfois ils sortaient de la ville, par la porte Chaussée, pour marcher le long de la Meuse ou des jardins maraîchers, ou s'en allaient vers le faubourg Pavé, jusqu'à la maladrerie Saint-Urbain.

D'autres fois ils rendaient visite à leurs familles. Chez les Morel, ils étaient toujours accueillis dans la joie et les rires. Souvent ils y retrouvaient, en plus de ceux qui vivaient à la ferme, Catherine et Sidonie, les sœurs de Jean-Nicolas, venues comme eux, avec leurs maris et leur marmaille, se retremper un peu dans la chaleur de la tribu. Antonin allait au tonneau tirer une cruche de son vin, Adèle défournait des galettes au levain riches des œufs de ses poules, les enfants accouraient et se disputaient les genoux de Jean-Nicolas.

Les visites aux parents d'Emélie étaient l'occasion pour Philomène de gémir sur sa solitude, si bien qu'Amédée préférait laisser les femmes en tête à tête et emmenait son gendre vers son atelier. Il aimait son métier et se plaisait à lui expliquer les différentes étapes du travail du cuir et à lui nommer les installations et les outils correspondants. Le « travail de rivière » consistait à débarrasser les peaux du sel qui avait assuré leur conservation, puis venait le « pelanage », dans les bassins où du lait de chaux facilitait l'enlèvement du poil sans endommager le cuir. Il fallait ensuite ôter les graisses avec les « écharnoirs », sortes de couteaux à deux poignées. Le tannage proprement dit commençait avec la « basserie », par passage dans les cuves successives contenant de plus en plus de jus de châtaignier, riche en tanin. Amédée lui-même se réservait toujours le « crouponnage », c'est-à-dire le découpage des peaux tannées en « croupons » mis à sécher dans une pièce dont l'aération pouvait varier grâce à des fentes dans les volets de bois. Il travaillait surtout pour les bourreliers, comme son propre fils Gustave, un peu aussi pour les cordonniers, qu'il nommait les « bouifs ».

S'il était intarissable sur sa profession, Amédée aimait aussi entretenir son gendre, qu'il savait comme lui curieux de tout, des affaires de la ville et du pays. Un sujet le préoccupait particulièrement : le fameux chemin de fer dont toutes les gazettes vantaient le développement viendrait-il un jour desservir Verdun et donner ainsi une nouvelle impulsion à ses activités sur le déclin ? Il ne manquait jamais de lui rappeler l'inefficacité du député Génin, chargé l'année d'avant par la municipalité de plaider en haut lieu pour que la ligne de Paris à Strasbourg passât par Verdun. C'était le tracé par Bar-le-Duc et Nancy qui l'avait emporté.

Les dimanches où Gustave et les siens se trouvaient là aussi, les deux hommes ne s'isolaient pas, car l'ambiance était plus gaie, grâce aux deux enfants, qui raffolaient de leur oncle.

Jean-Nicolas et Emélie ne rentraient jamais chez eux par le chemin le plus court, parce qu'elle aimait revoir tous les endroits de ce quartier où elle avait grandi. La rue du Pont-Lilette les conduisait d'abord sur la place du marché, puis vers l'hospice Sainte-Catherine, où étaient recueillis les vieillards et les enfants abandonnés. Ils revenaient ensuite sur les bords du canal Saint-Airy et suivaient la boucle le long de laquelle se trouvaient les ateliers des minotiers, des tanneurs, des brasseurs, des huiliers, dont les installations fonctionnaient à la force de l'eau. Les places, les rues et les ruelles étaient calmes et silencieuses, les mendiants eux-mêmes, nombreux les autres jours, semblaient respecter la trêve du dimanche ; seules y subsistaient certaines odeurs tenaces, comme celles des peaux, qu'un jour ne suffisait pas à faire disparaître.

C'est dans la rue des Récollets, elle aimait à le rappeler, que le regard d'Emélie avait croisé pour la première fois celui de Jean-Nicolas, en livraison chez un artisan. Quand sa mère la laissait sortir seule, elle lui recommandait de se méfier des ouvriers, des apprentis et des rouliers, qui ne se gênaient pas pour interpeller les filles. Mais dans les yeux de Jean-Nicolas elle n'avait rien senti de malhonnête et elle avait répondu à son sourire. La chance les avait favorisés, ils s'étaient vite revus. Il avait d'abord obtenu la promesse d'une promenade sur la digue qui longeait la Meuse, puis un baiser, et enfin l'aveu d'un amour partagé. Il avait plu à Amédée, et même, bien que voleur de fille, à Philomène, et leur mariage avait été rapidement décidé et arrangé.

Lorsqu'ils retrouvaient la rue des Rouyers, Emélie avait les joues rouges, et les jambes rompues d'avoir tant marché. Parfois, ces soirs-là, à l'heure du coucher, Jean-Nicolas découvrait qu'elle avait remis sous sa robe les fameux dessous du premier soir.

3

Et puis un jour, il fut question entre eux de la venue d'un enfant. Ils entamaient, déjà, leur troisième année de vie commune.

« Croissez et multipliez ! leur avait lancé solennellement le curé Bertrand le jour de leur mariage, ajoutant, plus bonhomme, afin d'être mieux compris : Si le bon Dieu vous a réunis, c'est pour que vous ayez des enfants. Vous le remercierez pour tous ceux qu'il vous enverra. »

Emélie, qui en était encore à se satisfaire de n'avoir que son homme à aimer, commençait cependant à ressentir une légère inquiétude. L'intérêt et la tendresse que Jean-Nicolas manifestait si bien à ses nombreux neveux et nièces traduisaient une légitime envie de devenir père.

Sa nature de femme l'obligeait régulièrement, certains soirs, à lui faire comprendre qu'il ne devait pas la toucher : « J'ai "mes affaires"... »

Il protestait pour la forme : « Encore ! » Il la taquinait. Mais comme d'habitude ils s'endormaient tendrement enlacés.

Mais, un soir, aux « affaires » annoncées d'Emélie il réagit d'une manière qui lui fit l'effet d'un soufflet :

— Ah, fichtre ! C'est donc que tu n'es pas encore grosse ! Mais quand le seras-tu, Emélie ?

Et il se tourna sur le côté, dans un geste d'irritation. Pris de remords, il se ravisa bientôt pour la prendre dans ses bras, mais mal à l'aise tous les deux ils ne dirent mot. Elle dormit mal, la tête pleine de questions et d'incertitudes.

Le lendemain matin, Jean-Nicolas avait retrouvé sa bonne humeur et avant de partir à son travail il l'embrassa comme s'il ne s'était rien passé.

Ce jour-là – était-ce une coïncidence ? –, elle reçut la visite de sa mère. Philomène quittait rarement la rue du Pont-Lilette et ses environs, où elle avait ses habitudes, et ne venait embrasser sa fille que lorsqu'elle avait à faire dans les rues du centre.

— J'allais chez le cirier de la rue Mazel, dit-elle en effet, pour refaire provision de chandelles.

Emélie, peut-être à cause de ce qui s'était produit la veille au soir, remarqua le regard rapide de sa mère sur sa taille, toujours aussi mince, sur son ventre, toujours aussi plat, et se sentit rougir. Le cirier était-il un prétexte ? Jean-Nicolas se serait-il entretenu avec sa belle-mère au sujet de son impatience ?

— Tiens donc, remarqua Philomène d'un ton surpris, un peu forcé, je ne te connaissais pas ce bijou !

Ce n'était pas un bijou de valeur, mais pas non plus une pacotille. Une fantaisie d'assez belle fabrication, une verroterie bleue taillée en amande, qu'Emélie portait en médaillon.

— C'est Jean-Nicolas qui me l'a offert, pour notre deuxième anniversaire de mariage. Il l'a acheté chez le bijoutier de la rue Mazel.

La voix de Philomène retrouva un accent plus grave :

— Tu as un bon mari, ma fille, efforce-toi de ne pas le décevoir, ne lui refuse rien surtout, tu me comprends, n'est-ce pas...

Emélie fit signe que oui, de la tête, et se tourna pour déplacer un objet, un geste inutile pour cacher sa gêne. Ni la mère ni la fille ne surent comment aborder le sujet auquel manifestement elles pensaient toutes les deux. Soudain pressée, Philomène s'en alla bientôt.

Mais chez les Morel, où Emélie et Jean-Nicolas se rendirent le dimanche suivant, les allusions se firent beaucoup plus précises.

Il y avait chez eux, et en particulier de la part d'Adèle, une liberté de ton pour parler des relations entre les hommes et les femmes, qui s'expliquait peut-être par le fait qu'ils vivaient au contact des animaux. Aux abords de la ferme, Emélie avait parfois assisté à des scènes d'accouplement, étalon et jument, taureau et vache, qu'Adèle et Antonin encourageaient du geste et de la voix, chien et chienne qu'au contraire ils séparaient en leur lançant un plein seau de l'eau glacée du puits. Des humains comme des animaux, Adèle pouvait parler presque de la même façon, soit pour en évoquer les souffrances ou les moments heureux, soit pour en plaisanter ou en discuter sérieusement. Un langage tellement différent de celui de Philomène qu'Emélie en était encore souvent gênée et se sentait rougir.

Ce dimanche-là, quand ils arrivèrent, avant même toutes les salutations, Adèle leur apprit la double nouvelle

— Elle attend un quatrième ! lança-t-elle en désignant sa fille Catherine, auprès de qui souriait Maxime, son mari, un solide maçon, apparemment fier de ses prouesses.

— Elle vous ressemble, votre fille, dit-il, vous en avez bien eu cinq...

— Oui, sans compter les deux que j'ai perdus, de maladie, et...

Elle n'alla pas plus loin, peut-être au souvenir de certains secrets trop intimes, même pour la maîtresse femme qu'elle était devenue.

— Et celle-ci, reprit-elle en montrant cette fois sa petite bru Eulalie, la voilà qui attend aussi !

Eulalie vivait sous le même toit qu'Adèle et Antonin, dont elle avait épousé le second fils, Pierre.

Elle n'avait guère de santé, elle était maigrichonne et pas très forte pour les travaux de la ferme, et ils ne l'avaient acceptée pour bru qu'avec quelques réticences, en partie vaincues par sa docilité et sa gentillesse. Elle souriait béatement, les mains croisées sur son ventre qui commençait à peine à gonfler son tablier.

— Couve bien ton œuf, va, ma fille, on t'aidera à pas trop te fatiguer, lui dit Adèle.

Puis elle se leva pour couper la fameuse galette que les enfants attendaient.

La perspective de ces naissances annoncées avait mis Emélie mal à l'aise. Elle jeta un coup d'œil du côté de Jean-Nicolas, remarqua son visage fermé.

Antonin remontait de la cave, cruche en main. Adèle alors coupa la galette et servit son monde, puis elle vint s'asseoir près d'Emélie. Elle l'aimait bien et la trouvait plus jolie que ses propres filles, avec ses mains fines qui n'avaient jamais travaillé la terre, et le soin qu'elle apportait à sa coiffure et à ses toilettes, toujours élégantes dans leur modestie. Elle savait de plus qu'elle tenait bien sa maison et rendait son fils heureux. Une bru de cette qualité l'honorait, encore fallait-il qu'elle ne s'en tienne pas là...

— Alors, ma fille, et toi ? lança-t-elle d'un ton qu'elle voulait enjoué. Je croyais que tu allais nous refaire grands-parents avant ces deux-là, c'est bien ton tour maintenant !

Emélie ne répondit pas. Elle se sentit rougir, comme devant sa mère quelques jours plus tôt. Adèle alors changea de sujet et fit remarquer à Antonin que les gobelets étaient vides, afin de faire diversion pour se rapprocher d'Emélie et n'être entendue que d'elle.

— Ton mari aime trop les enfants pour ne pas en vouloir. Si c'est pour te faire plaisir qu'il prend ses précautions, c'est parce qu'il est délicat envers toi, mais dis-lui d'arrêter maintenant, il est temps, c'est sûrement ce qu'il attend. Tu serais contente, toi aussi, d'avoir un petiot, pas vrai ?

Ses précautions... Emélie savait ce qu'Adèle entendait par ces mots, sa science finissait sans doute là d'ailleurs, mais elle savait aussi que depuis longtemps Jean-Nicolas ne les prenait plus, et que même avant il ne les prenait pas toujours, et pourtant il ne se passait rien. Elle aurait dû déjà, par conséquent, comme Catherine, comme Sidonie, comme Eulalie, agrandir le cercle de la famille Morel.

— Regarde la pauvre Eulalie, continuait justement Adèle, elle ne sait pas si elle aura la force de le porter jusqu'au bout, son petiot, et pourtant elle est heureuse. Alors que toi tu as tout ce qu'il faut, tu es bien faite, et solide...

Elle joignait le geste à la parole, montrait de la main les hanches, le ventre, la poitrine de sa bru.

Le même soir, dans leur lit, après s'être apitoyé lui aussi sur la faible constitution d'Eulalie, Jean-Nicolas, avant de rendre hommage aux charmes autrement généreux d'Emélie, lui murmura à l'oreille :

— Cet enfant qui donnerait du bonheur à tout le monde, je t'en prie, fais-le-moi maintenant, je le voudrais tellement...

Elevée par Philomène selon les principes de la religion, confiée à des sœurs pour son éducation, d'abord à la salle d'asile de la rue Saint-Victor, puis à l'école de filles Saint-Hippolyte, catéchisée et confessée par le curé Bertrand, Emélie ne pouvait que croire à tout ce qui lui avait été enseigné, en particulier à la protection de la Vierge Marie. Les hommes étaient de façon générale moins fervents que les femmes, allant parfois jusqu'à mettre en doute, voire ridiculiser, certaines croyances ou pratiques, sans toutefois chercher à en détourner leurs épouses, car elles contribuaient à garantir la moralité de ces dernières.

Quand Emélie décida d'aller solliciter la bienveillance de la Sainte Vierge, elle n'en dit rien à Jean-Nicolas. Non par crainte de moqueries, mais pour qu'il ne connaisse pas son état de doute et d'angoisse, qui n'aurait fait que renforcer le sien. Parce qu'il doutait, lui, ou plutôt il redoutait de ne jamais devenir père, même s'il s'efforçait de ne pas trop le laisser paraître.

Emélie se rendit un matin à l'église Saint-Victor, en prenant soin d'éviter la place du marché et les rues voisines, dont celle du Pont-Lilette, pour ne pas risquer de rencontrer sa mère. Elle serrait au creux de sa main une pièce pour brûler un cierge au pied de la statue de la Vierge, après l'avoir priée de la rendre mère.

Ce qu'elle ne fit pas directement, parce que, au moment où elle grimpait les quelques marches du parvis de Saint-Victor, le curé Bertrand en sortait.

— Emélie, mon enfant, quelle bonne surprise ! Que fais-tu donc ici à cette heure ?

— Je venais... je voulais...

— Tu voulais me parler ? Te confesser peut-être ?

— Non... je...

— Viens, Emélie, je crois deviner la cause de ta visite ici. Nous allons nous installer dans le confessionnal, tu pourras parler librement.

Lui surtout parla librement. L'interrogea d'abord sur sa vie conjugale, sur les appétits de Jean-Nicolas, sur ses pratiques, en particulier sur les éventuelles « précautions » auxquelles Adèle déjà avait fait allusion.

— Le corps est l'ennemi de l'âme, c'est péché d'en souhaiter du plaisir, tu m'as souvent entendu prononcer ces paroles, Emélie, ajouta-t-il quand elle eut murmuré que Jean-Nicolas « se laissait aller ». Elles sont justes quand elles s'adressent à des personnes qui ne recherchent que le plaisir, dans des circonstances ou par des moyens condamnables. Mais entre un homme et une femme mariés, et plus encore quand ils s'unissent dans le désir de concevoir un enfant, le plaisir devient légitime, et même plus, nécessaire. Pour la femme aussi, Emélie. Tu vois, je parle contre ce que je prêche à mes fidèles, parce que mon but, dans ce cas-là, est de lutter contre le vice auquel certaines pourraient se laisser aller. Mais à toi qui es une honnête femme, avec la meilleure des intentions, je te dis les choses tout net.

Le brave curé Bertrand était-il au courant des débats qui opposaient les sommités médicales au sujet du plaisir féminin ? Les unes affirmaient que la sexualité féminine était comblée par l'enfantement, l'allaitement et la vie domestique, alors que les autres indiquaient les moyens d'émouvoir les femmes et soutenaient que la jouissance favorisait la conception ? Ou bien s'appuyait-il sur une expérience acquise grâce aux confidences de tant de femmes, de toutes catégories, et enrichie d'un simple bon sens d'homme ?

— Te donnes-tu, Emélie, te donnes-tu vraiment à ton mari ? Si oui, tu seras mère. Surtout si tu sollicites en plus la bonté de la Vierge Marie.

Depuis le jour où il avait appris l'état de Catherine et d'Eulalie, Jean-Nicolas avait commencé à changer, insensiblement. Les semaines s'étant succédé depuis, jusqu'à faire des mois, le résultat était devenu bien visible.

Il était moins enjoué, moins rieur. Le matin, en partant pour son travail, il ne se retournait plus avant de disparaître au coin de la tour Chaussée, et le soir, au retour, sa voix ne résonnait plus dans le couloir avec la même gaieté. S'il l'embrassait encore, c'était sans la fougue qui lui avait donné des élans pour la soulever de terre et la serrer à l'étouffer. Même les recettes de sa journée ne semblaient plus le réjouir autant, et le plus souvent il se contentait de déposer les pièces sur le buffet sans en compter le montant. Lors des beaux mois de juin et de juillet, où les promenades le long de la Meuse ou dans les ruelles fraîches de la ville haute étaient si agréables, il avait plusieurs fois prétexté des douleurs de reins dues à des chargements pesants pour ne pas avoir à sortir.

Pendant ce temps, les belles-sœurs développaient leurs fruits, chacune à sa manière. Catherine avec la tranquillité et la force de la femme dans l'exercice de sa fonction naturelle ; Eulalie avec son ventre pointu autour duquel elle refermait ses mains, comme s'il était trop lourd pour son corps de gamine maigrelette. Lorsque la famille se retrouvait au complet autour d'Adèle et d'Antonin, les enfants se demandaient pourquoi l'oncle Jean-Nicolas ne riait plus et faisait semblant de ne pas comprendre quand ils s'approchaient de lui avec l'espoir d'entreprendre l'escalade de ses genoux. Emélie, elle, remarqua à plusieurs reprises qu'il retournait tout seul à la cruche de vin, sans attendre d'être servi par son père.

Elle constatait la tristesse de son homme, elle en comprenait la raison, et, fine analyse ou pressentiment, elle se disait que tôt ou tard cette tristesse finirait par se transformer en colère.

De la colère en effet il n'était pas bien loin déjà, certaines nuits, quand il la prenait, sans préambule, ardent presque jusqu'à la violence, comme s'il voulait la blesser, ou la punir.

— Viens, Emélie, mais viens donc ! râlait-il d'une voix étouffée qu'elle ne reconnaissait pas.

Ses gémissements à elle se muaient alors en un sanglot étouffé.

Après quoi il pouvait tout aussi bien demeurer une semaine entière sans la toucher, comme s'il craignait de ne pas pouvoir revenir à des pratiques plus douces.

4

Et puis vint cet après-midi, à la fin de l'été 1845, où, alors qu'elle était descendue chez la couturière pour l'aider à finir un ouvrage pressé, une nausée soudaine lui fit lâcher son aiguille et se précipiter chez elle pour se soulager. Quand elle réapparut, un quart d'heure plus tard, elle était encore toute pâle, mais souriante.

— Enfin, dit-elle, je peux croire que me voilà grosse...

Grâce à Madeleine, la seule qu'elle avait osé interroger, elle avait appris ce qui pourrait l'avertir d'un espoir d'enfant.

La couturière, à laquelle elle n'avait jamais rien dit de ses craintes, et encore bien moins du changement d'humeur de Jean-Nicolas, se contenta de la féliciter et de lui souhaiter bonne chance par quelques mots sans chaleur.

Quand Jean-Nicolas rentra, ce soir-là, Emélie ne l'attendait pas au bout du couloir, avec l'air un peu tendu qui était désormais le sien. Il la trouva sur la logette de la petite pièce du fond, assise dans le fauteuil d'osier qu'elle y avait placé, souriante, à la fois calme et radieuse. Dans ce cagibi, c'était convenu entre eux depuis leur installation, ils placeraient le moment venu un berceau... Il comprit tout de suite et tomba à ses genoux.

— Emélie, mon Emélie, c'est ça ?... C'est bien ça ?... Tu es... tu vas...

— Oui.

Il lui saisit les mains, les serra à les broyer, les embrassa. Puis il enfouit son visage au creux de ce ventre encore plat, mais qui allait enfin se gonfler pour faire de lui un père. Comme ses frères. Comme ses beaux-frères. Comme tous les hommes qui croient en l'avenir et ne veulent pas seulement travailler pour eux-mêmes, mais pour ceux qui leur succéderont.

Jean-Nicolas redevint lui-même. Il retrouva sa gaieté pour vider ses poches et compter sa recette. Il ne quittait pas des yeux Emélie, qui s'était mise à sa cuisine, et l'attirait à lui pour l'embrasser dès qu'elle passait à sa portée.

— Dimanche, dit-il, nous irons porter la bonne nouvelle à nos familles.

— A la bonne heure, dit Amédée en tapant sur l'épaule de son gendre, comme si tout le mérite lui en revenait.

Il se contenta d'embrasser sa fille, la tenant un peu plus longtemps contre lui, peut-être. Et bien vite il entraîna Jean-Nicolas pour laisser Philomène et Emélie, qui avaient sans doute à s'entretenir de ces conseils, de ces recommandations et autres secrets que les femmes préfèrent échanger entre elles dans ces moments-là.

— J'étais impatiente, avoua Emélie, et même inquiète, surtout pour Jean-Nicolas.

— Ma fille, répondit Philomène, je te souhaite d'aller au bout de ta grossesse, et de voir grandir ton enfant, et ceux que tu auras peut-être après ; parce que dis-toi bien que les hommes...

Elle n'alla pas plus loin, mais la tournure qu'avait prise le caractère de Jean-Nicolas au cours des mois précédents avait déjà laissé pressentir à Emélie ce que sa mère aurait pu ajouter.

Philomène s'en voulut peut-être d'avoir teinté d'un peu d'amertume le bonheur de sa fille. Peut-être aussi avait-elle prévu son geste. Toujours est-il qu'elle sortit d'un tiroir un petit coffret qu'Emélie connaissait bien. Il contenait une paire de boucles d'oreilles en or qui avaient une histoire. La mère de Philomène, alors que celle-ci n'était encore qu'une enfant, avait sauvé la vie d'un petit garçon de deux ans qui avait échappé à la vigilance de sa bonne et serait passé, sans son intervention, sous les roues d'une diligence, en pleine rue Mazel. C'était le fils du plus haut magistrat de la ville, dont l'épouse récompensa la jeune femme courageuse en lui offrant ces somptueux bijoux. Cette dernière les garda secrètement sans jamais les porter et les offrit elle-même à sa fille, qui les avait toujours fait admirer à la sienne hors de la présence d'Amédée.

— Secret de femmes, dit-elle en tendant le coffret à Emélie, à chacune son tour.

Moi je les montrerai à Jean-Nicolas, pensa Emélie, quand notre enfant, garçon ou fille, naîtra.

Quant à Adèle, elle explosa de joie, examina sa bru sous toutes les coutures à la recherche des premiers signes, remarqua que les seins, en effet, tendaient le tissu de la robe. Antonin remonta de la cave son meilleur vin, celui des noces.

Jean-Nicolas emmena Emélie auprès d'un poulain qui était né quelques mois plus tôt.

— Celui-là, lui expliqua-t-il, on voit qu'il sera fin, et vif, peut-être un peu trop pour le rude travail de la terre. Alors, quand il sera en âge de travailler, je l'achèterai à mon père, je me mettrai à mon compte, et pour commencer, avec ce petit cheval-là et une voiture légère, je conduirai des personnes, des gens pressés, des bourgeois qui auront à se déplacer pour leurs commerces et me payeront bien. J'aurai mon affaire à moi. Pour mon fils.

Après quelques semaines où Emélie se laissa porter par la joie de retrouver le vrai Jean-Nicolas, celui des deux premières années de leur union, l'angoisse la reprit. Il y avait les mots de sa mère : « Dis-toi bien que les hommes... », qu'elle aurait sans doute oubliés si elle ne s'était pas mise à ressentir, d'abord bénignes et peu fréquentes, puis plus fortes et répétées, des douleurs inquiétantes. C'étaient comme des aiguilles qui soudain transperçaient ses chairs les plus secrètes, et faisaient courir un frisson glacé le long de son dos. Comme c'était toujours très rapide, une fulgurance de quelques secondes, elle réussit à cacher ces douleurs à ses proches. Elle serrait les poings et les dents, le temps de l'éclair dans son ventre.

— Qu'as-tu donc, ma fille ? lui demanda pourtant un jour Adèle, à qui rien n'échappait.

— Pas grand-chose... rien... répondit-elle. C'est une envie d'éternuer qui ne se décide pas... Voilà, c'est passé.

Un soir, au quatrième mois de sa grossesse, une douleur plus violente que les précédentes l'obligea à s'asseoir et elle sentit entre ses cuisses la tiédeur poisseuse du sang. Affolée, elle se mit à crier. Madeleine monta aussitôt. Elle connaissait l'état de sa jeune voisine. A son retour, Jean-Nicolas la trouva auprès d'Emélie, étendue sur son lit et pleurant, les deux mains crispées sur son ventre.

— Allez vite chercher la femme Boulanger ! lui dit-elle.

Et comme il restait sur place, ahuri :

— Ben oui, la sage-femme de la rue du Saint-Esprit, c'est à dix pas d'ici !

— Mais ce n'est pas le moment, on en est encore bien loin !

— Allez-y, je vous dis, pour ça aussi elle s'y connaît et elle peut être utile, si c'est encore temps.

Pour ça aussi... que se passait-il donc ?

Il redescendit quatre à quatre et revint presque aussitôt avec la femme Boulanger. C'était une personne de grande et forte taille, aux mains larges et blanches, au visage empreint de bonté. Madeleine lui souffla quelques mots. Elle comprit la situation et s'empressa de relever les jupes et jupons d'Emélie, et alors Jean-Nicolas vit le sang. Madeleine lui fit signe de sortir.

Il ne s'éloigna pas, et entendit les questions de la sage-femme à Emélie :

— Tu étais de combien ?... C'est venu tout seul ou tu l'as voulu ?... T'as avalé quelque chose pour faire passer ?... T'as fait quoi ?... T'as rien fait ?

Il n'entendit pas les réponses. Emélie devait s'exprimer d'une voix faible, ou peut-être même seulement par gestes. Les questions de la femme Boulanger, claires et directes, allumèrent en lui un début de colère qui céda aussitôt. Les yeux d'Emélie tournés vers lui l'instant d'avant, pleins de larmes et suppliants, suffisaient à prouver que c'était « venu tout seul ». Et il l'aimait encore assez pour être bouleversé par la pâleur de son visage et ce sang entrevu, et trop pour être capable de lui en vouloir pour cette promesse envolée.

Emélie se remit rapidement. Jean-Nicolas l'entourait de prévenances. Leurs proches surent cacher leur étonnement et leur déception, et la brave Madeleine, qui connaissait la vie et devinait bien des choses en dépit de son extrême simplicité, crut bon de rassurer Jean-Nicolas :

— Elle est trop bien faite pour ne pas avoir d'enfant. Ça arrive d'en perdre un sans qu'on sache pourquoi, surtout un premier. Il suffit de recommencer, et voilà tout ! Ne vous montez pas la tête, ça viendra !

Quant à la couturière, toujours secrète et pincée, elle ne fit aucun commentaire lorsque Emélie revint l'aider dans ses travaux et lui annonça sa déconvenue.

Catherine et Eulalie accouchèrent à quelques jours d'intervalle, à la fin de l'année 1845. La première mit facilement au monde une superbe fillette. La seconde, déjà vidée de presque toutes ses forces par le seul fait d'avoir mené sa grossesse à son terme, connut les pires souffrances pour donner enfin le jour à un garçon, heureusement parfaitement conformé et vivace.

Les accouchements dramatiques n'étaient pas rares, hélas, surtout chez les gens du peuple, car on avait recours à des sages-femmes qui ne disposaient pas toujours des connaissances ni des moyens nécessaires dans les cas difficiles, l'usage des instruments, en particulier des forceps, leur étant interdit par la loi.

Comme Eulalie se révélait incapable de nourrir son enfant, Catherine proposa de partager la générosité de ses seins entre les deux marmots, qu'elle entreprit d'élever comme des jumeaux.

La fragile Eulalie ne se remit pas de ses couches. Elle s'éteignit un mois plus tard.

Les gens de la terre, habitués à s'en remettre à la nature qui leur jouait souvent de mauvais tours, savaient se montrer fatalistes devant le malheur.

« Elle était trop faible... » répétait Adèle.

Mais cela n'empêchait pas le chagrin. Eulalie fut abondamment et sincèrement pleurée, et mise en terre dans le respect de tous les rites.

Emélie, bouleversée, vit dans ce drame une forme d'injustice qui contribua à développer en elle un sentiment de culpabilité.

Elle était fluette et faible, se disait-elle, et cependant elle a réussi à donner la vie à un enfant, quitte à y perdre la sienne. Alors que moi...

Par chance, Emélie se trouva à nouveau enceinte dès le début de l'année 1846. Jean-Nicolas en fut si heureux qu'il se comporta comme s'il ne s'était rien passé, tendu vers cet avenir qui lui souriait. Il se persuada dès le début que ce rejeton tant espéré serait un garçon.

Emélie avait vu fondre le soupçon de rancœur qu'elle avait entrevu chez lui. Elle s'en réjouissait dans l'immédiat, mais elle ne pouvait s'empêcher de penser à ce qu'il adviendrait si cette fois encore elle devait le décevoir. Elle redoutait de voir apparaître les premiers signes et quand elle était seule, elle palpait et écoutait son corps comme à l'affût de la moindre alerte.

Elle se disait parfois qu'il serait peut-être prudent de tempérer l'enthousiasme de Jean-Nicolas, mais sans savoir comment s'y prendre.

— Un garçon, peut-être, mais rien n'est moins sûr... si c'est une fille... hasarda-t-elle seulement, prudente.

— Eh bien, si c'est une fille, je serai content quand même et aussitôt après tu me feras un beau garçon, voilà tout !

Chez les Morel, Pierre, après une période d'abattement, se mit en quête d'une seconde épouse, qu'Adèle lui conseilla vivement de choisir plus résistante que la première. Les fermes étaient nombreuses dans cette partie de la ville, la plus largement ouverte sur la campagne, et les paysans et les vignerons se côtoyaient, occupés en même temps aux mêmes travaux... Au moment de la taille des vignes, Pierre s'avisa que la petite Françoise Cottin, dite Fanfan, avec laquelle il lui était arrivé de garder les vaches quelques années plus tôt, était devenue une jeune fille des plus solides, forte en hanches et en poitrine. Son visage, moins avenant que celui de la pauvre Eulalie, pouvait donner à penser qu'elle était un peu sotte, mais de toute évidence elle paraissait apte à affronter le travail et les maternités. Le père Cottin ne demandant pas mieux que de caser l'une de ses nombreuses filles, il fut rapidement décidé que les jeunes gens se marieraient, dans la plus grande simplicité, dès la fin de la période de deuil.

Jean-Nicolas était partagé entre deux sentiments. Fallait-il voir du courage ou de l'insensibilité dans la rapidité avec laquelle son frère refaisait sa vie ? Que ferait-il, lui, si par malheur il venait à perdre son Emélie ? Comme il ne pouvait s'imaginer aux côtés d'une autre femme, il repoussait vite ces pensées dérangeantes, à la vue de la sienne que plus rien, pensait-il, ne pouvait menacer.

Un soir, après avoir compté ses sous et reparlé du poulain grandissant chez son père, Jean-Nicolas vit soudain Emélie, qui préparait la table pour le souper, devenir livide et porter ses mains à son ventre. Le mal cette fois n'avait pas prévenu et se déclenchait d'un coup. Elle comprit tout de suite. Le sang, d'ailleurs, était déjà là. La douleur était très vive. Elle parvint à retenir ses cris, mais pas ses larmes. Elles noyèrent ses yeux tendus vers lui, des yeux disant sa détresse, demandant de l'aide, mais aussi implorant le pardon pour une faute dont pourtant elle n'était pas coupable. Elle le vit pâlir lui aussi, et serrer les dents, se crisper tout entier. Pour la première fois son visage avait une réelle expression de méchanceté. Elle comprit alors que c'en était fini de leur bonheur.

Le sang avait coulé le long des jambes d'Emélie et commençait à former une petite flaque sur le sol. Sans prononcer une seule parole, sans rudesse mais aussi sans tendresse, Jean-Nicolas la prit dans ses bras et l'emmena dans la chambre où il la déposa sur le lit. Puis il descendit chez le cordonnier et demanda à Madeleine de venir s'occuper d'elle.

— La femme Boulanger, dit-il, c'est pas la peine.

Madeleine comprit ce qui se passait et laissa sa marmaille attablée sous la surveillance de son homme pour monter au secours de sa voisine. La femme Boulanger, c'était vrai, ne serait d'aucune utilité. Jean-Nicolas s'enferma dans le réduit qui lui avait servi de chambre et se jeta, rageur, sur la couchette qu'Emélie avait transformée en un petit sofa dont l'étroitesse rendait périlleuses et piquantes les étreintes qu'il accueillait parfois.

La vie du couple, à partir de ce soir tragique, prit une tout autre tournure et devint un chemin incertain où se succédèrent les hauts et les bas, l'espoir et le découragement, la tendresse et la rancœur.

Dès le lendemain, Jean-Nicolas soumit Emélie à un véritable interrogatoire qui commença par la question qu'elle se posait elle-même sans en connaître la réponse :

— Mais pourquoi, Emélie, pourquoi ?

Et comme elle baissait la tête pour fuir son regard :

— Ce petiot, Emélie, tu le voulais comme moi, n'est-ce pas ? Tu le voulais vraiment, hein ? Réponds-moi !

Il lui saisit le bras, qu'il secoua un peu rudement. Elle prit peur et esquissa un mouvement de recul. Il reprit alors les paroles de la mère Boulanger :

— Tu n'as rien fait, dis ? Tu n'as rien pris ?

— Fait quoi ? Pris quoi ? souffla-t-elle.

— Je ne sais pas quoi au juste, une de ces décoctions comme en avalent les mauvaises femmes qui ne veulent pas de leur enfant. Il y en a qui s'y connaissent pour leur en fournir...

Non, Emélie n'avait rien fait de tel. Jean-Nicolas en était convaincu. Alors était-ce pour l'humilier, en l'accusant d'un tel commerce, ou pour croire encore qu'elle pourrait enfanter, quitte à l'y obliger en exerçant sur elle une véritable surveillance, qu'il avait parlé ainsi ?

— Alors, dit-il après un long silence, d'une voix sourde où se mêlaient le découragement et la colère, si tu n'as rien fait, c'est pire, ça veut dire que tu ne peux pas...

Mise au courant de la nouvelle déconvenue de sa fille et de son gendre, Philomène se répandit en lamentations.

— Moi au moins j'en ai eu deux, dit-elle, comme si elle voulait se prévenir d'une mise en cause.

Comment ne pas penser aussi aux deux autres qui n'avaient pas reçu d'elle la force de vivre ?

Les femmes étaient considérées, dans tous les milieux, comme des êtres particuliers, chez qui la puberté, l'accouchement et la ménopause constituaient des épreuves parfois dangereuses. N'allait-on pas jusqu'à prétendre que les menstrues, blessures des ovaires, ébranlaient leur équilibre nerveux... De ces particularités, un peu mystérieuses, un peu dégoûtantes, les hommes se gardaient de parler, ou alors pour s'en moquer ou s'en plaindre. Et pourtant les femmes ne gagnaient leur entière considération qu'à travers la maternité, qui en émanait. De leurs entrailles seul comptait le fruit... Même chez les messieurs des villes, nobles et grands bourgeois, qui allaient au spectacle et admiraient les corps de sylphides des ballerines, la grâce délicate des comédiennes, dont ils faisaient volontiers leurs maîtresses, on préférait pour les épouses les hanches rondes, les seins copieux et les chairs moelleuses, plus propices à assurer la descendance.

Si bien conditionnées, comment les femmes elles-mêmes ne se seraient-elles pas senties coupables de certaines anomalies ? Au point que, des unes aux autres, leurs regards n'étaient guère plus indulgents que ceux des hommes.

En femme du peuple plus terre à terre, Adèle pensait et exprimait les choses simplement. Celle qui affichait une faiblesse caractérisée, voire une incapacité due à une malformation ou à une déficience physique, n'intriguait pas. Il y avait un pourquoi, palpable, visible, qu'on acceptait ou non de lui pardonner. Mais celle qui avait toutes les apparences extérieures de la parfaite machine à enfanter et s'en révélait pourtant incapable... Alors il ne pouvait s'agir que d'une malédiction. Ou d'un vice... terme terrible, à la fois imprécis et lourd de sens.

Capable des pires rudesses envers la vache ou la chèvre qui « ne prenait pas », elle possédait cependant un minimum inné de tact qui l'empêcha de manifester une telle hostilité à l'égard d'Emélie.

Mais elle commença à la traiter avec une froideur qui ne pouvait pas passer inaperçue, et ne manquait aucune occasion de recenser en sa présence les ventres féconds de sa famille et de son quartier.

Dans ses rares moments de tendresse, Jean-Nicolas parvenait encore à envisager sa part de responsabilité dans ces échecs, sans toutefois aller jusqu'à mettre sa virilité en cause.

— Je ne sais plus très bien mes prières, dit-il un soir à Emélie, mais si tu veux nous irons ensemble en adresser une à la Sainte Vierge, c'est peut-être ça qu'elle attend pour nous exaucer...

A la fois étonnée et émue, elle n'osa pas lui avouer sa première démarche.

Dès le lendemain, à la nuit tombée, ils se rendirent ensemble à Saint-Victor, que le curé Bertrand ne fermait jamais à clef. Pendant qu'Emélie priait à mi-voix, Jean-Nicolas, qui avait retiré sa casquette et s'était gauchement agenouillé près d'elle au pied de la statue, cherchait en vain les mots rituels. Faute de s'en souvenir, il attendit que ses yeux s'habituent à l'obscurité presque totale de l'église pour distinguer les contours de la Dame et lui adresser, sans trop y croire, sa prière muette.

Une autre idée, plus prosaïque, lui traversa aussi l'esprit.

— Je t'aime si fort, mon Emélie, que même grosse, du peu que tu l'étais, je n'ai pas su résister. Il n'aurait peut-être pas fallu... Et si je t'avais blessée, sans le vouloir... ou alors le petit...

Des médecins, c'était vrai, s'étaient prononcés sur la nécessité pour les hommes de se montrer prudents durant la grossesse, et même de s'abstenir. Mais Jean-Nicolas ignorait ces recommandations, qui de toute façon avaient pour but de réprimer la violence des maris ivres, donc ne le concernaient pas. S'il avouait n'avoir pas su résister, du moins s'était-il toujours conduit avec douceur.

Mais Emélie, au fond d'elle-même, avait compris qu'elle ne serait jamais mère et commençait à se creuser la cervelle pour trouver le moyen de faire entrer un enfant dans leur vie.

Elle pensait beaucoup au petit Valère, celui de Pierre et d'Eulalie, et se mettait en tête de persuader Jean-Nicolas de le prendre avec eux et de l'élever comme leur propre fils quand le lait de Catherine ne lui serait plus indispensable. Mais c'était compter sans Pierre, et sans Fanfan. Celle-ci avait un cœur énorme en dépit de son esprit lourd et guettait avec impatience le sevrage du gamin pour le prendre dans son giron en attendant, ce qui ne tarderait pas, de lui donner une ribambelle de petits frères et sœurs. Et surtout sans l'orgueil si masculin de Jean-Nicolas, qui n'aurait pas refusé de porter assistance à son neveu s'il en avait été besoin, mais mettait un point d'honneur à concevoir lui-même sa propre descendance.

Quant à en adopter un autre, totalement étranger à la famille, c'eût été une idée folle de seulement l'envisager.

Pourtant, à Verdun comme partout ailleurs, beaucoup d'enfants étaient abandonnés dès leur naissance et promis à des vies placées sous le double signe de la souffrance et de la misère. On recensait dans la ville plus de deux mille indigents. Ils ne subsistaient que grâce aux bureaux de bienfaisance et à la charité publique, et ne pouvaient pas tous, loin s'en fallait, être recueillis à l'hospice Sainte-Catherine, où leur

« renfermement » avait pourtant été préconisé par le conseil général.

Les malheureuses femmes et filles contraintes par la misère d'abandonner leurs enfants, dont elles accouchaient parfois dans la rue, venaient les déposer au « tour » de Sainte-Catherine, une sorte de niche dans laquelle les religieuses les découvraient le matin, enveloppés de guenilles. Certaines mères désespérées y épinglaient un papier, demandant que l'enfant reçût un prénom de leur choix, suppliant qu'on prît bien soin de lui. Quelques-unes promettaient, juraient de revenir chercher leur petit lorsqu'elles auraient réussi à améliorer leur sort. Celles qui n'osaient pas laisser leurs marmots au tour, de peur d'être surprises en flagrant délit, les abandonnaient sous une porte cochère, dans une rue proche de l'hospice, profitant de l'obscurité de la nuit et comptant sur de bonnes âmes pour les trouver et les y porter.

Ces enfants étaient recueillis, baptisés, pourvus d'un prénom, souvent celui du saint correspondant sur le calendrier au jour de leur découverte, et d'un nom, quand aucun indice ne permettait de connaître ni celui du père ni celui de la mère, choisi par les religieuses, plus ou moins inspirées.

Qui aurait eu l'envie de s'approprier, même légalement, l'un de ces pauvres marmots ? Conçus par des ivrognes ou des brutes, nés de mères affaiblies par la misère, phtisiques, rachitiques... porteurs eux-mêmes de ces maladies liées à la pauvreté ou, pire, héritiers des vices de leurs indignes parents. Il en était pourtant qui avaient pour géniteurs des hommes supposés respectables, aisés, voire riches, des séducteurs de servantes. Leurs épouses, lorsqu'elles découvraient ces grossesses, renvoyaient sans ménagement les malheureuses filles. Ces dernières n'osaient pas parler et personne n'aurait voulu les croire si elles avaient tenté de le faire.

Ces petits abandonnés n'étaient donc pas proposés à l'adoption. L'hospice Sainte-Catherine, comme les autres hôpitaux de la ville, était géré par une commission composée de personnalités plus soucieuses de rentabilité que de réelle bienfaisance. Ces établissements tiraient leurs revenus de dons, de legs, de fermages et de biens mobiliers, et plaçaient des capitaux qui auraient pu servir à améliorer le sort des pensionnaires et des enfants trouvés. Mais plus de la moitié de ceux-ci mouraient rapidement, les soins sommaires prodigués ne leur ayant pas permis de surmonter les handicaps de leur naissance. Ceux qui survivaient étaient placés dans des familles, le temps de leur enfance. Dès l'âge de douze ans, ils étaient employés par des paysans pour les travaux des champs ou devenaient apprentis, dans des ateliers ou chez des artisans, pour des salaires très bas qu'ils ne percevaient qu'à leur majorité.

Ainsi Gustave Robert, le frère d'Emélie, était-il allé à Sainte-Catherine chercher un de ces enfants. Animé d'une bonne intention, celle de lui assurer des conditions de vie décentes et une alimentation suffisante, il n'en espérait pas moins avoir de la sorte à sa disposition une manière de domestique obéissant qui exécuterait les tâches modestes et les corvées. Modeste, c'était aussi le prénom de ce gamin, auquel les bonnes sœurs avaient ajouté le patronyme de « Nonsant », l'une des variantes pour désigner la triste réalité des « sans-nom ». Modeste Nonsant, le bien nommé, aurait peut-être pu apprendre le beau métier de bourrelier. Hélas, il avait été, au bout de quelques mois, reconduit à Sainte-Catherine, car jugé paresseux par Gustave et sournois par sa femme Nanette.

— On ne le traitait pas mal, on lui donnait ce qu'il fallait à manger, expliquèrent-ils à leurs proches, mais y avait pas grand-chose à attendre de lui, il avait « ça » en lui...

Ils exprimaient ainsi parfaitement le sentiment général à l'égard de ces malheureux enfants, à savoir que la répulsion et le mépris l'emportaient facilement sur la pitié.

Alors, où et comment se procurer un enfant que Jean-Nicolas puisse accepter, dans des circonstances à la fois honnêtes et sûres ? Emélie usait sa réflexion à ressasser sans cesse cette énigme, et commençait à perdre la fraîcheur et la grâce qu'elle tenait de sa jeunesse et de son bonheur. Si elle continuait à faire les gestes habituels du quotidien, pour se tenir propre, entretenir sa maison et préparer les repas, ce n'était plus avec l'esprit d'une épouse mais celui d'une servante.

5

Contre toute attente, elle entama une troisième grossesse au début de l'année 1847.

Jean-Nicolas crut à son succès, ou alors pour forcer le sort il fit semblant d'y croire, incapable cependant d'afficher à nouveau une véritable gaieté.

— C'est la Sainte Vierge, prétendit-il, j'ai peut-être pas su dire les mots qu'il fallait, mais elle a compris ce que je lui demandais. Emélie, on ira dimanche lui mettre un cierge pour la remercier !

Il ne lésina pas, il choisit le plus gros, comme les notables et les riches qui, en les fichant ostensiblement au pied de la Vierge et des saints, montraient leur supériorité sur les humbles et les pauvres.

Il réaffirma son intention de ne plus honorer Emélie, pour ne pas risquer de déranger son fruit si précieux.

— Tu me connais, mon aimée, tu sais combien j'aime ça, dit-il, mais je pourrai m'en passer, j'en suis sûr. Ce sera un sacrifice, mais pour le petiot, et pour toi, je le ferai de grand cœur.

Il ne jura pas de tenir parole, et il fit bien.

Un soir, il rentra tardivement.

— J'ai chargé à Dugny des blocs de pierre, expliqua-t-il. Pas trop, pour ne pas crever mes chevaux. Mais à cause de la pluie il y avait des ornières profondes sur le chemin entre la carrière et la route. Une roue du chariot s'est enfoncée, impossible de la désembourber. Je ne suis pas une brute qui frappe ses bêtes à mort pour les forcer à tirer plus fort. Alors j'ai dû appeler à l'aide. On a déchargé et rechargé après, un sacré travail en plus...

Emélie ne fit aucun commentaire, elle lui sourit, de ce sourire un peu forcé qui était désormais le sien et qu'il n'aimait pas.

Elle quitta le fauteuil d'osier et le cagibi, devenu son refuge, pour lui servir la soupe.

Les ornières, le chariot embourbé, le temps passé, tout n'était que mensonges. En réalité, après le chargement des blocs de pierre, il avait bu un pichet de vin avec les ouvriers de la carrière. La servante de l'estaminet, pour l'y avoir déjà vu plusieurs fois, ne cachait pas qu'elle le trouvait bel homme. Une œillade de la coquine, un désir rendu brutal par une abstinence de plusieurs semaines, il n'en avait pas fallu davantage pour qu'ils se retrouvent un peu plus tard dans l'ombre d'un chemin creux. Jean-Nicolas, qui connaissait ses chevaux, n'avait pas même jugé utile de les attacher à un arbre, le temps de se contenter avec la belle

Ils mangèrent en silence. L'indifférence d'Emélie rendit service à Jean-Nicolas.

Qu'est-ce que ça peut faire ? se dit-il. Du moment que je ne la touche pas, elle. J'ai pas juré de ne pas aller voir ailleurs. Et si son petiot cette fois-ci était bien accroché, faudrait alors que je me tienne tranquille aussi longtemps ? C'est pas possible, ça... Je vois bien qu'elle n'y croit plus guère, c'est pas l'air qu'elle a maintenant qui va m'aider à me passer de la bagatelle... J'ai bien fait, ça me permet de rester calme, de pas me jeter sur elle, au cas où il y aurait encore une petite chance...

Il recommença, avec la même servante, et quelques autres. Il n'en dit rien à Emélie, mais, sans preuve ni aveu, elle n'en fut pas moins persuadée de son infidélité.

Elle avait ressenti le besoin de parler. Mais à qui ? A Philomène ? A Adèle ? Pour entendre les jérémiades de l'une et les sarcasmes de l'autre, toutes les deux incrédules ?

Si elle continuait à passer quelques après-midi à aider la couturière, elle avait compris que ses difficultés et ses déboires ne l'intéressaient pas, et que, pire, ils semblaient lui déplaire. C'est donc à Madeleine, encore, qu'elle avait confié ses nouveaux espoirs et la résolution de Jean-Nicolas, et celle-ci n'y était pas allée par quatre chemins :

— S'en passer ? Mais les hommes ne peuvent pas ! C'est leur nature, ils sont faits comme ça ! Et pis c'est pas ça qui change. Sauf si on a affaire à un sauvage. Non ! Dis-lui que c'est pas la peine de se retenir, à ton homme, ma belle, sinon, plus sûr que deux et deux font quatre, il ira se satisfaire ailleurs !

Les mots crus de Madeleine, rappelant à Emélie certaines allusions faites par ses belles-sœurs et sa belle-mère au sujet des appétits de leurs maris, qui provoquaient chez elles de petits rires, lui ouvrirent les yeux. Le « sacrifice » de Jean-Nicolas n'en était donc pas un : il allait chercher ailleurs le plaisir dont il prétendait se priver. Elle en éprouva bien sûr du chagrin, parce qu'elle l'aimait encore. Mais elle se dit aussi qu'elle était la cause de cette souffrance, en se révélant incapable de lui donner ce qu'il attendait d'elle.

Il allait donc « ailleurs », et elle était mal placée pour le lui reprocher...

Elle savait qu'il existait des filles et des femmes qui se donnaient aux hommes contre un peu d'argent. « Des femmes de rien », comme disait sa mère quand elle lui défendait de regarder celles qui se tenaient sur la place du marché, tout près de la rue du Pont-Lilette, des malheureuses cherchant à croiser le regard des hommes seuls. Ceux-ci les appelaient, avec des rires gras et l'œil allumé, des « Marie-couche-toi-là », des « genoux flageolants ». Elle avait entendu ces expressions dans la bouche même de son père, un jour qu'elle était entrée à l'atelier de tannage, alors que ses ouvriers et lui, tous les trois mariés et pères, se moquaient de ces pauvresses. Sans bien comprendre, elle avait rebroussé chemin avec un curieux sentiment de dégoût et de honte.

Plus tard, dans ses promenades avec Jean-Nicolas, jeune femme heureuse au bras d'un mari aimant, elle avait eu l'occasion d'en voir, sur le bord de la Meuse ou le long des remparts, reconnaissables à leur va-et-vient, à leur allure aussi pitoyable que provocante. Jean-Nicolas ne les regardait même pas, il n'avait d'yeux que pour elle.

Comment font-elles donc, se demandait-elle, pour se donner à des hommes qu'elles ne connaissent pas, qu'elles n'aiment pas, qui les utilisent et les méprisent ?

Une pensée terrible lui traversa un jour l'esprit. Arrive-t-il que ces malheureuses se trouvent grosses ? Que deviennent-elles alors ? Que font-elles ? Que prennent-elles ? « Des femmes de rien »... Et si c'étaient des incapables... comme elle...

Pendant les quelques semaines que dura cette troisième et dernière grossesse, Jean-Nicolas se montra d'humeur égale, sans démonstration excessive de tendresse, sans appréhension ni brusquerie non plus.

A plusieurs reprises il rentra un peu tard, sans en préciser la raison, qu'Emélie ne lui demanda pas. D'autres fois, par contre, il revint porteur d'une petite douceur pour elle, quelques fruits grappillés dans un verger au bord de la Meuse, quelque colifichet acheté à un camelot rencontré sur la place d'un village où il avait eu à faire.

Seule Madeleine fut aux côtés d'Emélie quand celle-ci perdit le fruit qu'elle n'espérait même plus amener à maturité.

Jean-Nicolas était absent, parti, selon ses dires, pour conduire, avec la diligence à laquelle le patron l'affectait quelquefois, des voyageurs pressés jusqu'à Sainte-Menehould, par-delà les collines d'Argonne, sur le chemin de la Champagne.

Quelques gestes, quelques soins intimes, une tâche rapide, à la fois sordide et poignante, de quoi rapprocher encore ces deux femmes qui partageaient déjà confiance et amitié.

— Ah, les hommes ! soupira Madeleine, assise au chevet d'Emélie qui grelottait sous les couvertures. Ils se contentent de planter leur graine et après il faudrait que ça aille comme ils voudraient... Aux femmes de se débrouiller ensuite... Pas d'enfant, trop d'enfants, malheureuses, c'est toujours leur faute...

Elle-même venait de comprendre qu'elle était grosse pour la sixième fois et, si son brave homme de cordonnier n'était pas méchant, ni avec les petits ni avec elle, il se lamentait bien souvent sur l'obligation pour lui de travailler dur, parfois presque jour et nuit, pour nourrir cette nichée.

Jean-Nicolas rentra à l'aube. Avait-il roulé toute la nuit ? Ou bien pris le temps de laisser reposer les chevaux ? Ou encore fait escale entre des bras accueillants ?

Quand elle entendit le grincement de la porte, puis ses pas dans le couloir, Emélie ne se posa pas la question. Elle n'avait pas dormi, mais elle avait réussi à se réchauffer un peu et à venir à bout de ses grelottements, qui la reprirent alors.

Jean-Nicolas reconnut tout de suite l'odeur de linge souillé et d'eau de Javel. Il se dirigea vers la chambre. Le lit était vide. Il sut alors où trouver Emélie, sur le petit canapé du cagibi. La porte-fenêtre n'avait pas de volets, le jour naissant y apportait un début de lumière. Elle se souleva à demi et éclata en sanglots.

— Tu peux pleurer ! cria-t-il. Femme incapable ! Belle façon de me remercier de tout l'amour que j'ai eu pour toi ! J'aurais tout fait pour toi, tout, Emélie, à la seule condition que tu me donnes un enfant ! Et voilà la vie que tu me fais ! Tu n'es pas faible, tu n'es pas malade, je gagne assez d'argent pour te nourrir grassement ! Alors ? Tu es une incapable, Emélie, tu as un vice en toi ! Rappelle-toi le curé qui nous a mariés, ce qu'il a dit ! Devenir mère est un devoir pour la femme ! La Sainte Vierge, si elle ne t'exauce pas, c'est qu'elle a une raison !

Il s'étouffait dans sa colère. Il leva un poing rageur, mais garda assez de raison pour ne pas mettre son geste à exécution. Il quitta la pièce, et la maison, claquant si vigoureusement les portes que ni la couturière ni le cordonnier et Madeleine, qui avaient déjà entendu ses cris, ne purent ignorer qu'au-dessus d'eux venait de se jouer une scène tragique.

Madeleine monta un peu plus tard pour tenter de consoler Emélie qu'elle plaignait beaucoup, et l'obliger à boire des tisanes pour calmer ses douleurs.

Jean-Nicolas ne reparut que trois jours plus tard.

Emélie, soutenue et encouragée par celle qui était devenue son amie, s'était à peu près remise. Mais elle avait dû se forcer pour prendre soin d'elle, s'habiller, se coiffer, et elle n'était sortie qu'à contrecœur, et furtivement, pour quelques besoins élémentaires.

Elle avait passé l'essentiel de son temps à attendre Jean-Nicolas. Anxieuse, le plus souvent, redoutant à nouveau des reproches, des injures. Pleine d'espoir parfois, l'imaginant se repentant de sa colère, et elle se voyait alors dans ses bras, pleurant avec lui, cherchant le réconfort dans leur amour. Mais ces moments-là étaient les plus rares, et les plus brefs. Des rêves éveillés, qui s'évanouissaient devant la réalité.

Il arriva le soir, calmement, sans tapage, comme s'il revenait de son travail. Et il en revenait, car il commença par aller déposer à l'endroit habituel l'argent de sa journée. Avant de la regarder. Lorsqu'il se tourna vers elle, elle fut frappée par l'expression de son visage. Ce n'était plus son Jean-Nicolas, cet homme au visage rougeaud, bouffi, de celui qui aurait beaucoup pleuré ou beaucoup bu. Ou les deux. Elle baissa la tête, pleine de chagrin et d'appréhension. Sans prononcer une seule parole, il s'attabla. Elle le servit mais ne mangea pas avec lui. Sitôt le dernier morceau avalé, il gagna pesamment la chambre dont il tira sèchement la porte, lui signifiant ainsi de ne pas le rejoindre.

Il avait pleuré et bu, en effet, elle l'apprit plus tard, de lui-même et de ceux auprès de qui il s'était échoué.

Adèle, certaine que sa bru n'oserait pas revenir de sitôt à la ferme, se déplaça jusqu'à la rue des Rouyers. La voyant habillée et coiffée avec soin, sans se douter de ce qu'il lui en avait coûté, elle saisit ce premier argument parmi tous ceux qu'elle avait ruminés en chemin :

— Il aurait dû se méfier, notre Jean-Nicolas, commença-t-elle. Ton goût pour la toilette, tes mains blanches, tes cheveux que tu aimais tellement faire voir, tout ça c'était pour lui tourner la tête. Une femme honnête n'a pas besoin de mettre sa beauté en avant. Celle qui s'en sert, ou bien ne pense qu'à ça, alors c'est une vicieuse, ça veut dire qu'elle a quelque chose à cacher. Dans notre monde, les femmes, ça travaille avec les hommes et ça leur fabrique des enfants qui les aideront plus tard, avant de prendre leur place.

Suivirent l'énumération des qualités du pauvre Jean-Nicolas, sa bonté, son courage, sa patience si mal récompensés, les louanges de la pauvre Eulalie, presque élevée au rang de sainte, et l'exemple de Françoise, qui avait bien autre chose à faire, elle, qu'à retoucher des habits de bourgeoises pour se pavaner dans les rues de la ville.

Deux soirs de suite, Jean-Nicolas était venu chercher refuge auprès de sa famille après avoir noyé son chagrin et sa colère dans le vin, chez le père Hippolyte et ailleurs. Le vin, pour Antonin qui en fabriquait lui-même, était un produit noble, le fruit d'un travail, donnant de la force, apportant ce qu'il fallait de gaieté dans les occasions heureuses. Mais voir son fils ivre, à en tomber dans le fumier des chevaux, l'avait blessé. Et plus encore Adèle qui, dans un réflexe de mère, avait reporté tout son ressentiment sur sa bru stérile. Tous les deux, cependant, avaient su le persuader de retourner à son travail, ce qu'il avait fait au matin du troisième jour.

Philomène, elle aussi, prévenue comme Amédée par une irruption intempestive et avinée de Jean-Nicolas, ne tarda pas à venir visiter Emélie, l'accablant à son tour de reproches déguisés en jérémiades avant même de se préoccuper de sa santé.

— Mais qu'avons-nous fait au bon Dieu pour

mériter d'entendre ce que nous avons entendu de la bouche de notre gendre ?

Emélie réintégra le lit conjugal, dont Jean-Nicolas ne la chassa pas. Elle n'osa pas tenter des rapprochements, mais elle ne s'opposa pas non plus à ceux qui vinrent de lui.

Elle connut des étreintes rapides, rageuses, presque brutales. Celles d'un homme entendant signifier qu'il avait encore des droits sur sa femme. Lui non plus n'y trouvait pas son compte ; il s'interdisait de se conduire comme s'il avait encore pour elle respect et tendresse, alors que son orgueil et son statut de mari mal assorti lui imposaient le contraire.

De la tendresse, pourtant, il lui en revenait parfois aux mains et aux lèvres, mais c'étaient les soirs où il rentrait un peu ivre, et son haleine, et les audaces qu'il se permettait alors rendaient ces scènes plus pénibles encore pour Emélie que la rudesse. Il employait des mots crus, demandait des fantaisies, les mêmes, se disait-elle, qu'avec ces « filles de rien » qu'il semblait fréquenter assidûment. Quand une certaine odeur, de sueur et de mauvais parfum, flottait autour de lui, lorsqu'il s'endormait sitôt allongé, elle savait qu'il avait fait un détour par certains quartiers, ou qu'il s'était attardé dans quelque bouge ou auberge mal famée dont les tenanciers acceptaient d'abriter ce genre de commerce.

Comment peut-il ne plus m'aimer ? se désolait Emélie. Il doit pourtant comprendre que je ne suis pour rien dans notre malheur, que j'en souffre comme lui, et même davantage puisque je suis touchée aussi dans ma chair. Et si je me jetais à ses pieds ? Et si je le suppliais ?

Elle n'en fit rien. L'un comme l'autre, bien qu'issus du petit peuple, possédaient, ancrés en eux, des principes rigoureux les enfermant dans des rôles. Femme indigne pour elle, mari trompé sur la qualité pour lui.

Jean-Nicolas prit goût à la boisson. Un soir, Antonin le surprit dans sa cave, à genoux devant un tonneau, la main sur la cannelle, prêt à se servir une copieuse rasade. Boire ainsi, sans soif et surtout seul, en cachette comme un voleur ! Il l'attrapa au col, le releva, l'emmena devant sa mère, comme il l'aurait fait d'un garnement, pour lui donner une bonne leçon. Et là Jean-Nicolas, pour la première fois, pleura devant eux.

— Notre pauvre garçon... dit seulement Adèle. Tout ça n'arriverait pas s'il était heureux en ménage...

Plusieurs fois il rentra rue des Rouyers complètement ivre, au point de s'écrouler dans l'escalier, avant de tambouriner bruyamment à la porte. Emélie se précipitait pour éviter le scandale, pour que les petits de Madeleine ne se réveillent pas, pour que ne s'ouvre pas la porte du deuxième étage et que n'apparaisse pas la silhouette de la couturière, bougeoir à la main. Quand il avait vraiment trop bu, avait goûté à l'absinthe ravageuse, Jean-Nicolas se montrait grossier. Il accablait Emélie d'injures, la traitait de fainéante, d'incapable, de vicieuse, la menaçait de la jeter à la rue, où elle irait rejoindre le troupeau des « genoux flageolants » ; là, sûr, elle avait sa place...

Emélie ne travaillait plus chez la couturière. Celle-ci, pour se passer d'elle, lui avait fourni plus de raisons qu'il n'en fallait.

— Je t'ai connue plus avenante et plus jolie à regarder, lui dit-elle. Ce n'est guère agréable, pour les clientes qui viennent ici, de voir une figure d'enterrement comme la tienne. Et puis, des clientes, j'en ai de moins en moins, avec ce magasin qui vient d'ouvrir rue Mazel, où on trouve des vêtements tout faits, comme si on pouvait habiller quelqu'un sans avoir pris ses mesures... Je ne vais pas tarder à m'en aller d'ici, pour retourner dans mon village, vivre avec les quelques sous que j'aurai gagnés de mes mains...

Emélie n'avait pas insisté. Elle n'aimait plus ces moments passés à coudre, avec cette femme qui ne l'avait jamais regardée avec chaleur, comme si elle avait été jalouse de son bonheur d'autrefois, avant de la considérer comme responsable, elle aussi, de ses malheurs.

A la ferme des Morel, Fanfan, déjà, attendait un deuxième enfant. Et ce fut le moment que choisit Adèle, en plein hiver, un seau de lait à chaque bras, pour glisser et s'étaler lourdement sur le sol gelé, incapable de se relever. Elle ne put que crier au secours, appeler à l'aide son mari et son fils. Ils eurent bien de la peine à la porter jusqu'à son lit, parce que le moindre mouvement la faisait hurler de douleur.

— Pauvre de moi, gémissait-elle, sûr que j'ai les os brisés… je pourrai plus rien faire…

L'accident, plus redouté encore que la maladie, c'était l'incapacité brutale de travailler, de remplir ses tâches de chaque jour. Les estropiés traînaient leurs handicaps comme des croix. Ne gagnaient plus le pain qu'ils mangeaient, devenaient des fardeaux. Se retrouvaient au mieux à l'hospice, qui ne pouvait pas tous les accepter, au pire dans la rue, à mendier, quand leur famille ne pouvait ou ne voulait plus les assumer. Adèle n'avait rien à craindre de tel, mais la seule perspective de l'inutilité suffisait à la désespérer.

Un charlatan appelé auprès d'elle ne diagnostiqua rien de grave. Il conseilla de poser sur le membre douloureux des cataplasmes à base de plantes, et promit qu'elle remarcherait dans la quinzaine. Mais il n'en fut rien et la jambe enfla davantage tout en prenant une vilaine teinte violacée. Antonin se rendit à l'hôpital tout proche et obtint d'un médecin qu'il vienne examiner l'éclopée à domicile. Il reconnut une fracture, posa des attelles et recommanda plusieurs semaines d'immobilité.

— Au lieu de passer ton temps à ne rien faire, ou alors à je ne sais quoi, dit un matin Jean-Nicolas à

Emélie, d'un ton évoquant beaucoup plus un ordre qu'une aimable suggestion, tu pourrais aller donner un coup de main à ma famille ; elle se trouve dans le besoin, avec la mère qui ne tient plus sur ses jambes et Fanfan si grosse de l'enfant qu'elle attend...

Adèle ne portait déjà plus dans son cœur sa jolie bru. Sa souffrance en fit presque une mégère. Elle reçut son aide comme un dû, et prit du plaisir à la voir affronter des tâches inconnues d'elle. Les épuisantes lessives au cuveau, le balayage des larges dalles inégales qui pavaient le sol, la préparation de la nourriture pour les porcs, à base de raves et de grain cuits et touillés dans un énorme chaudron...

Elle fait moins sa coquette ici, pensait-elle en la voyant ceindre un rude tablier de toile avant de se pencher sur sa besogne, repoussant d'un geste les mèches qui s'échappaient de son chignon.

Françoise faisait de son mieux pour éviter à Emélie les travaux les plus ingrats, ou pour lui apporter son aide. Elles se retrouvaient toutes les deux réunies au chevet d'Adèle quand il s'agissait de la lever et de la déplacer pour lui donner des soins. Celle-ci serrait les dents lorsque Fanfan la touchait, mais ne retenait pas ses cris quand il s'agissait d'Emélie, décidément bonne à rien.

Dans ces longues journées passées à la ferme de ses beaux-parents, où, sans lui être franchement hostiles, Antonin et Pierre s'en tiraient par leur indifférence toute masculine, sa seule joie était la présence du petit

Valère. Dans les fermes, les nourrissons étaient élevés à la rude, faute de temps à leur consacrer. Longtemps emmaillotés, les jambes et parfois même les bras prisonniers, ils ne nécessitaient ainsi guère d'attention, mais leur esprit tardait à s'éveiller. Grâce à Catherine, Valère avait eu une petite enfance plus douce et était un bambin aimable qui appréciait toutes les marques d'affection. Il suffisait qu'Emélie prononce son prénom pour qu'il vienne vers elle, tout juste assuré sur ses petites jambes, vêtu de cette sorte de long sarrau dont on affublait aussi bien les garçonnets que les fillettes.

Mais si un danger le menaçait, le sifflement agressif d'un jars, le mufle d'un veau approché de trop près, ou encore s'il s'était fait mal en tombant, c'était Fanfan qu'il cherchait du regard, pour venir se consoler dans ses bras. Elle l'avait pris comme s'il avait été le sien et, Emélie l'avait remarqué, ne le quittait guère des yeux quand il explorait la cour. Combien de tout petits enfants en effet étaient victimes d'accidents, noyades dans les puits ou les fosses à purin, coups de pied de cheval, morsures de chien, ou se retrouvaient écrasés par des charrettes derrière lesquelles personne n'avait soupçonné leur présence...

« Tout ça parce que tu peux pas avoir d'enfant... » disait souvent Françoise à Emélie, la plaignant sincèrement.

Tout ça... Elle l'avait compris, des visites avinées de Jean-Nicolas à l'humeur acariâtre d'Adèle, et aux yeux d'Emélie quand elle prenait Valère dans ses bras.

Jamais encore Jean-Nicolas, même au plus fort de ses colères, n'avait porté la main sur sa femme. Levé, oui, dans un geste de menace, comme le jour de sa dernière fausse couche. Mais il lui était toujours resté suffisamment de retenue : chaque fois lui revenaient en mémoire les paroles de son père, condamnant sévèrement les ivrognes et les rustres qui battaient leur femme, au même titre que les paysans brutaux qui malmenaient leurs bêtes. Et cette assimilation, pour son esprit d'homme simple mais droit et pourvu de cœur, avait valeur d'exemple.

Or, un jour Emélie fut témoin, sans l'avoir voulu, d'une scène qui la glaça et l'emplit de peur. Mais elle en sortit déterminée.

Elle passait de longs moments dans son cagibi refuge, à réfléchir au moyen de se procurer un enfant qu'elle pourrait faire passer pour sien, et, plus difficile, pour celui de Jean-Nicolas. Un après-midi, appuyée à la balustrade du petit balcon, les épaules couvertes d'un châle, elle regardait sans intérêt particulier la Meuse et les quelques chalands qui y circulaient, halés par des chevaux. En se penchant un peu plus, de la logette elle pouvait voir le port. Soudain son attention fut attirée par un équipage rangé en bordure du quai, en cours de chargement. Il s'agissait, lui sembla-t-il, de lourdes poutrelles de fer. Quatre hommes au moins s'activaient autour d'un palan actionné par une poulie faisant le va-et-vient entre le bateau et le chariot. Elle reconnut Jean-Nicolas, vêtu de son grand manteau de drap et coiffé de son chapeau à large bord. Au début de leur vie commune, au temps du bonheur, quand il avait à venir charger au port et qu'il l'apercevait au balcon, il lui adressait des signes joyeux auxquels elle répondait de la même façon. Ce temps-là, hélas, n'était plus..

Le chargement était terminé. Elle vit Jean-Nicolas prendre congé des ouvriers du port et donner à ses chevaux l'ordre de départ en faisant tournoyer son fouet au-dessus de leur croupe. Les bêtes s'arc-boutèrent, mais le chariot ne bougea pas. La cargaison, sans doute, était trop lourde, et, de plus, les pavés du quai avaient été rendus glissants par la pluie. Elle entendit les cris de Jean-Nicolas : « Hue ! Hue donc ! Ho hisse, ho ! » et elle porta ses deux mains à sa bouche quand elle le vit se servir de son fouet pour frapper ses bêtes. Il semblait y mettre toute sa force et toute sa colère... Les malheureux chevaux s'efforçaient d'ébranler le chargement, mais ils dérapaient, et l'un des deux tomba à genoux. Cela déséquilibra et affola l'autre, qui se cabra. Et l'inimaginable se produisit : Jean-Nicolas redoubla de coups de fouet, mais aussi de pied, jusqu'à ce que des ouvriers du port, assemblés autour du chariot en difficulté, l'empoignent fermement et mettent fin à cette insupportable scène de violence.

Emélie ne vit pas la suite. Elle avait quitte le balcon et s'était laissée choir sur le petit sofa où elle gémissait en tremblant.

Elle venait de comprendre que Jean-Nicolas, pourtant si respectueux de ses chevaux et attentif à ne pas les faire souffrir, était tombé vraiment très bas. Elle pouvait donc tout redouter de lui, et même, elle aussi, des coups. Comme il devait souffrir, pour se laisser aller à de tels mouvements de colère, injustes et cruels !

— Un enfant, murmura-t-elle quand elle eut réussi à dominer un peu son émotion, je dois, je vais lui trouver, et lui donner, un enfant !

6

Un après-midi de juillet 1848, Emélie descendit de chez elle en prenant garde de n'être vue de personne, et par la rue Chaussée et la rue Saint-Pierre elle monta d'un pas rapide vers la ville haute. Il faisait chaud, cependant elle s'était à demi enveloppée d'un vaste châle. Elle en tenait les pans croisés sur sa poitrine, comme si elle avait froid, ou comme si elle cherchait à se protéger, ou à se cacher. Elle marchait, les yeux baissés vers le sol, répétant sans cesse entre ses dents un nom et une adresse : « La femme Marizy... rue de la Belle-Vierge... à l'angle de la rue des Prêtres... »

La femme Marizy était une « matrone », une accoucheuse, et aussi, comme la plupart de ses semblables, une faiseuse d'anges. Emélie ne la connaissait pas. Et c'était la raison pour laquelle elle avait choisi de la consulter.

La veille, Jean-Nicolas, sous l'emprise de l'alcool, l'avait encore accablée de reproches, au point de provoquer chez elle ce sursaut de courage.

« Je vais bientôt attraper mes quarante ans, lui avait-il lancé, il serait plus que temps pour moi de devenir père ! L'aîné des garçons Morel sans descendance, c'est indigne de la famille ! A cause de toi, femme incapable, ventre de chiffon ! Ah, elle est bien bonne, la République, d'avoir libéré les nègres de l'esclavage, là-bas dans nos colonies ! Ils auraient mieux fait, ces messieurs qui décident de tout, de rétablir le divorce ! Parce que les hommes trompés sur la qualité de leur femme, comme moi, sont eux aussi des esclaves, même s'ils ont la peau blanche ! C'est pas les femmes qui manquent, Emélie, et j'en connais plus d'une qui ne demanderait pas mieux que de m'en faire un, d'enfant, et en vitesse ! »

Il avait fini par ces mots terribles :

« Tu es un boulet que je suis condamné à traîner à mon pied jusqu'au dernier jour de ma vie ! »

La femme Marizy, rue de la Belle-Vierge...

Un jour – un an plus tôt, peut-être davantage, à l'époque où Emélie descendait encore de temps en temps chez la couturière, à la demande de celle-ci –, elle avait entendu deux femmes de belle apparence, des bourgeoises, arrivées ensemble pour des essayages, s'échanger ce nom et cette adresse. L'une debout, attendant, en caraco et jupon, la robe ébauchée que Jeanne était allée chercher dans la seconde pièce de son atelier ; l'autre assise, toute proche. Emélie, discrète comme il se devait, était penchée sur son ouvrage.

« Votre mari, ma chère, disait celle qui était assise, ne se doute toujours de rien ?

— Non, répondait l'autre, mais je dois faire vite. Alors, cette adresse, vous l'avez ?

— Oui. C'en est une qui ne fait pas de manières, elle vous aidera. »

Elle avait jeté un regard autour d'elle. Jeanne n'apparaissait pas encore. Emélie, des épingles dans la bouche, semblait absorbée par son travail.

« La femme Marizy, rue de la Belle-Vierge », avait soufflé la femme.

Jeanne arrivait, tenant à deux mains la robe à essayer. Les deux conspiratrices étaient redevenues des bourgeoises uniquement soucieuses de leur élégance. Etait-ce un signe de ce qu'Emélie allait un jour devoir affronter ? Peut-être, sinon comment interpréter le fait qu'elle ait entendu ces mots, plus chuchotés que prononcés, et surtout qu'elle les ait retenus ?

Lorsque Jean-Nicolas, la veille, s'était tu enfin et endormi pesamment selon son habitude, le nom et l'adresse, surgis de sa mémoire, s'étaient comme imposés à Emélie, qui en avait deviné le sens. C'était ce qu'il lui fallait.

« J'irai demain », avait-elle dit tout haut, plantée devant son image dans le miroir.

Rue de la Belle-Vierge, elle y était. L'angle de la rue des Prêtres, c'était là. Une maison semblable aux autres, aux volets à peine entrebâillés.

— Sainte Vierge Marie, murmura-t-elle, si vous savez ce que je viens faire ici, pardonnez-moi, je vous en supplie. Je n'ai plus d'autre espoir pour donner à mon homme le bonheur que je lui dois.

Elle actionna le marteau de la porte, attendit un peu, espérant presque que personne ne viendrait ouvrir. Si. La porte s'ouvrit, s'entrouvrit plutôt, sur une femme d'un âge indéfinissable, apparemment peu aimable, dont les cheveux gris s'échappaient en mèches d'une coiffe d'un blanc douteux.

— Je suis bien chez la femme Marizy ?

— Dépêche-toi, entre.

Les matrones tutoyaient d'emblée toutes leurs clientes, celles auprès desquelles elles se rendaient pour les accoucher – ce tutoiement avait quelque chose de rassurant –, comme celles qui venaient les solliciter pour un service d'un autre ordre. Le « tu » était alors lâché d'un ton qui ajoutait encore à la gêne des malheureuses, d'autant plus qu'il s'accompagnait toujours de consignes de rapidité et de discrétion rappelant l'interdit.

A travers un couloir sombre, la matrone conduisit Emélie dans une petite pièce encombrée de meubles et d'objets de toutes sortes, qu'elle n'osa pas détailler du regard. Un gros chat noir trônait sur un fauteuil ;

un autre, tigré, vint se frotter aux jambes de la visiteuse.

— T'es pas du quartier, toi, commença la femme Marizy en la regardant fixement, ta figure ne me dit rien. Mais à voir ton air je me doute de ce que tu viens me demander. T'as pas choisi la bonne adresse. Parce que, je te préviens tout de suite, je le fais plus. T'es pas grosse de beaucoup, ça se devine même pas. Je sais pas pourquoi tu veux pas de ton marmot, mais ça te donne le temps de réfléchir, ou d'aller voir ailleurs, si c'est toujours ton idée. Moi, je fais plus. Je sais pas non plus s'il me reste assez d'années à vivre pour demander pardon au bon Dieu d'avoir cédé à la misère de pas mal de pauvresses, et d'avoir soutiré de l'argent à pas mal de bourgeoises. T'as pas l'air d'une pauvresse, toi, pas non plus d'une bourgeoise, ajouta-t-elle en détaillant sa visiteuse de la tête aux pieds.

— Je ne suis pas venue pour ça... réussit à balbutier Emélie.

— T'es venue pour quoi, alors ?

— Pour le contraire de ce que vous croyez. Je veux un enfant, mais je n'y arrive pas. Mon mari en est devenu méchant.

— Et qu'est-ce que je peux y faire, à ça, moi ? C'est quand on en a mis un en route, bon gré mal gré, qu'on s'adresse à une personne comme moi.

— Je pensais... j'aurais voulu...

— Ah, je vois... que je te mette en contact avec une qu'en attendrait un qui s'appellerait pas Désiré...

Mais d'une, je suis retirée, je te le redis, et de deux, tu sais comment ça s'appelle, un trafic comme ça ? C'est du vol d'enfant ! Je connais les lois, article 345 du code civil, la cour d'assises, vingt ans aux fers, à tout le moins, si c'est pas l'échafaud, pour la voleuse et sa complice, ça demande réflexion, tout de même. Maintenant, va-t'en. Je peux rien pour toi.

La matrone précéda Emélie jusqu'à la porte, qu'elle ouvrit.

— Je te connais pas, je t'ai jamais vue, dit-elle en guise d'au revoir avant de claquer sèchement la porte.

Sur le coup, Emélie se sentit soulagée de se retrouver hors de cette maison et plus encore hors de la vue de la matrone. Elle l'avait trouvée effrayante, à cause de sa propreté douteuse, du désordre qui régnait chez elle, et plus encore de son regard, sec, aigu, presque menaçant. Elle revit les bourgeoises croisées chez la couturière, avec leurs beaux atours, leurs coiffures soignées et leur fierté de femmes aisées, et se demanda si celle qui se trouvait dans l'embarras était venue frapper à cette porte et, si oui, quel accueil lui avait été réservé. La matrone exerçait-elle encore son activité coupable ? De quelle façon ? Elle se dit que le service qu'elle recherchait, bien que délicat et difficile à exprimer, était moins déchirant que celui généralement demandé aux faiseuses d'anges. Elle ne voulait pas empêcher une vie de se développer, mais au contraire la préserver, et du coup éviter à une malheureuse un acte qu'elle imaginait barbare. La femme

Marizy avait brandi la menace des fers, et même de l'échafaud, ce qu'elle ne parvenait pas à croire. Elle avait voulu l'effrayer, sans doute pour la faire décamper plus vite et lui ôter l'envie de revenir à la charge.

Sur la place d'Armes, elle s'arrêta un instant pour reprendre son souffle et ses esprits. Elle repensa au temps heureux des promenades avec Jean-Nicolas ; il lui expliquait la ville et elle buvait ses paroles, amoureuse sans cesse reconquise.

— S'il savait ce que je fais, pour lui... murmura-t-elle.

Et si j'allais chez la femme Boulanger, se dit-elle lorsque son émotion et son malaise se furent un peu dissipés.

Elle avait d'abord écarté cette possibilité pour ne pas risquer d'être vue par des gens de son quartier, et aussi par timidité, par honte, par gêne, estimant que sa démarche serait plus facile auprès d'une inconnue. Maintenant elle pensait le contraire, au souvenir des soins qu'elle avait reçus de la femme Boulanger pour sa première fausse couche, de ses mains fermes mais douces, de son regard plein de chaleur, de son sourire réconfortant. Elle s'était trompée, voilà tout. Si quelqu'un pouvait la comprendre et accepter de l'aider, ce serait elle.

J'irai dès demain, décida-t-elle.

Elle était devenue plus libre de ses faits et gestes depuis que Jean-Nicolas n'avait plus le même rythme de travail. Honoré Thiébaux, mis au courant de la regrettable scène du port, l'avait copieusement sermonné et menacé de le renvoyer, car pour lui le métier de roulier comportait naturellement le respect des chevaux. Une violente altercation avait opposé les deux hommes, et l'affaire s'était terminée pour Jean-Nicolas par une nuit de beuverie. Mais, le lendemain, le fils d'Honoré, Jacques Thiébaux, à qui spontanément Jean-Nicolas avait confié sa triste situation et avoué la rancœur accumulée contre Emélie, avait eu avec lui une discussion franche, d'homme à homme. Il avait perçu la détresse sous la violence, et émis l'idée d'un engagement réciproque basé sur la confiance.

« Mon père s'apprête à se retirer et à me céder son entreprise, avait-il expliqué. Voici ce que je te propose. Je m'engage à te garder. Tu ne travailleras plus aux charrois de marchandises. Tu conduiras les voyageurs pressés, avec la berlinette. La clientèle se développe pour ce type de transport, des hommes d'affaires aux poches bien pleines qui se rendent en Argonne pour négocier des achats de bois, ou dans les blanches côtes pour des pierres de construction, ou encore en Champagne pour des achats de vin. Tu verras du pays, ça te changera les idées. Mais en échange j'exige ta promesse de ne pas maltraiter le cheval que je vais te confier. Je sais que la méchanceté n'est pas dans ta vraie nature, Jean-Nicolas. Qu'en dis-tu ? »

Jean-Nicolas avait accepté, promis, juré. La tournure qu'avait prise sa vie avec Emélie ne l'incitait guère à caresser plus longtemps son rêve de monter sa propre entreprise. D'ailleurs son père, auquel il n'avait jamais révélé son projet, avait vendu le poulain jugé trop vif et fin pour devenir une bonne bête de labour.

Depuis cette nouvelle affectation, il lui arrivait souvent, avec la berlinette et un petit cheval gris pommelé de blanc, de partir pour deux, voire trois jours. Il découvrait des contrées, discutait avec des richards et fréquentait des auberges où la table, et parfois aussi la couche, était bonne. Cette vie plus libre lui plaisait beaucoup et, sans refaire de lui le Jean-Nicolas des belles années, avait tout de même mis un terme à ses violences.

Emélie choisit pour sa visite à la femme Boulanger l'heure la plus propice, celle où les ménagères du quartier, après avoir fait leurs provisions d'eau et de victuailles, faisaient bouillir la marmite pour leur maisonnée. L'odeur de fricot se répandant dans l'escalier indiquait que Madeleine était comme les autres à son fourneau et, bien que le cordonnier eût ouvert largement sa boutique sur la rue, penché sur son ouvrage, il ne la vit pas sortir. Les enfants, occupés à tracer une marelle sur les pavés de la rue, ne lui prêtèrent aucune attention. Mais, tandis qu'elle venait de s'engager dans la rue du Saint-Esprit toute proche, elle croisa la couturière. Cette dernière sortait pourtant rarement de chez elle. Les deux femmes échangèrent un bref salut. Quelques pas plus loin, alors qu'elle approchait de son but, Emélie se retourna et eut la désagréable surprise de constater que Jeanne s'était arrêtée et la suivait des yeux. Celle-ci aussitôt reprit son chemin, mais Emélie, par précaution, enfila jusqu'au bout la rue du Saint-Esprit avant de revenir sur ses pas et de frapper à la porte de la femme Boulanger, qui apparut bientôt et la fit entrer prestement.

— Ah, mais c'est la petite femme du voiturier de la rue des Rouyers ! A ce qu'il paraît, il a perdu beaucoup de sa gentillesse pour toi C'est pour ça sûrement qu'il n'a pas jugé utile de m'appeler près de toi les deux autres fois où...

— Vous le savez donc, mère Boulanger ?

— Quand on est du quartier et surtout quand on fait ce que je fais, on sait tout, ma petite... Les femmes qui attendent, elles n'en sont pas sûres encore que moi je le sais déjà, j'ai l'œil, et pour celles qui perdent leur fruit c'est pareil. Alors qu'est-ce qu'il y a pour ton service, aujourd'hui, ma jolie ? Ne me dis pas que tu attends, je vois bien que non, ton corps est toujours aussi mince, et de plus ta jolie figure ne respire guère le bonheur, et c'est bien dommage. Allez, parle, ma belle.

— Je ne peux pas donner d'enfant à mon homme...

de déception et de chagrin il en est devenu méchant... alors je voudrais... j'ai pensé que...

La mère Boulanger fit asseoir Emélie, s'assit elle-même en face d'elle.

— C'est donc si difficile à dire, ton affaire ? Je crois que j'ai deviné, va. Tu voudrais que je te trouve un petiot que sa mère ne veut pas ?

— Oui, mère Boulanger, c'est ça, cria presque Emélie, encouragée par la tournure que prenait la conversation, si différente de celle de la veille, avec la femme Marizy. Mais il faudrait aussi qu'on puisse faire croire à mon Jean-Nicolas que je le porte moi-même, cet enfant, comme s'il était le sien ; l'enfant d'une autre, surtout d'une pauvresse, il n'en voudra pas.

— Il faudrait... il faudrait... tu vas bien vite, petite, c'est pas facile, ton affaire... Mais c'est pas impossible non plus, ajouta-t-elle après un court instant de réflexion, un peu comme si elle avait voulu ménager un effet.

— Oh, mère Boulanger, vous allez m'aider, n'est-ce pas, vous allez me sauver !

— Pas si vite... Ecoute, Emélie – tu vois, je viens tout d'un coup de me rappeler ton prénom, et pourtant c'était il y a longtemps –, reviens me voir dans trois jours, sur la fin de l'après-midi, je pourrai peut-être faire quelque chose pour toi.

Emélie fit le geste de se saisir des mains de la matrone, voulant les embrasser, dans sa joie d'avoir été entendue.

— Doucement, petite, c'est pas du tout cuit. Pas encore. Faut voir. Ne dis plus rien et rentre chez toi. Ne sors pas comme une voleuse, et quand tu reviendras, ne cherche pas à te cacher. Allez, file maintenant.

— Quelle coïncidence... murmura la femme Boulanger en refermant la porte. Pauvre Emélie, elle m'a touché le cœur, comme hier cette petite Marie... Ça devrait pouvoir s'arranger, cette affaire-là...

Elle souriait, se frottait les mains ; cette affaire-là, comme elle disait, ne semblait pas lui déplaire.

7

Marie Saintjevin venait d'avoir seize ans en ce mois de juillet 1848. Elle n'avait pour ainsi dire pas connu ses parents, noyés accidentellement un jour d'orage, alors qu'ils traversaient la Meuse à Samogneux. La violence du vent avait soudain fait chavirer le bac. Comme les quelques autres passagers, et le passeur lui-même, ils ne savaient pas nager. Personne ne survécut au naufrage, dans un fleuve d'à peine vingt mètres de largeur.

Le père Saintjevin exerçait le métier de cardeur ambulant. Il allait de village en village pour « rafraîchir » les paillasses et les matelas. Il décousait les toiles pour en extraire le contenu tassé par l'usage, laine ou menue paille. Il passait ensuite la laine dans une petite machine à manivelle qui l'aérait et lui redonnait du volume. Sa femme l'accompagnait partout. Elle était chargée de recoudre solidement les toiles après les avoir à nouveau remplies de laine rajeunie ou de menue paille fraîche.

Marie, âgée d'à peine deux ans, était leur seule enfant. Devenue orpheline, elle avait été recueillie par la sœur de sa mère, sa tante Hortense, dont le mari, Philibert Picmal, tenait une auberge à Clermont-en-Argonne, non loin de Verdun. Le couple avait quatre enfants, tous des garçons. L'arrivée de la fillette avait ravi Hortense, mais, très soumise à son mari tout-puissant, elle avait dû ravaler ses sentiments pour que la gamine ne s'imagine pas faire vraiment partie de la famille. Philibert rappelait souvent à sa femme qu'il se serait bien passé de cette bouche de plus à nourrir et qu'il était hors de question d'avoir à la doter un jour. Pourtant les affaires ne marchaient pas mal.

Marie, d'un naturel facile, s'était accommodée d'une existence sans réelle tendresse, mais aussi sans rudesse excessive. Elle avait appris un peu à lire et à écrire à l'école de la paroisse, avant de participer au travail de l'auberge, la cuisine, la vaisselle, et aussi le service des clients, exclusivement des hommes, qui venaient manger et boire chez son oncle. Des voitures de diverses tailles, du tilbury à la diligence, s'arrêtaient chez Philibert Picmal, car Hortense savait préparer des plats aussi savoureux que copieux. Autour des tables prenaient place des hommes d'affaires, cossus et pansus, portant des chapeaux hauts de forme, des redingotes de beau drap, et tirant de leurs goussets des montres à chaîne d'or. Certains, parfois, touchés par la gentillesse et la jolie frimousse de la petite serveuse, lui glissaient une piécette. Les cochers de ces messieurs mangeaient entre eux sur des tables reculées et moins bien servies. Ils lui adressaient quelques compliments qui la faisaient rougir, parce que, en dépit de son innocence, elle en devinait le caractère grivois. Il faut dire qu'elle était jolie, la petite Marie, pas très grande mais fine et gracieuse. Le bonnet enserrant ses cheveux laissait deviner ses boucles brunes et, bien qu'un peu forcé et triste, son sourire était délicieux.

L'auberge servait aussi, certains soirs, de lieu de rencontre à quelques jeunes bourgeois venus y boire et y refaire le monde à leur manière. Ces fils de notables, de médecins, de notaires, de magistrats de Verdun, après avoir fréquenté le collège de la ville, étudiaient à leur tour le droit ou la médecine à Nancy. Ils parlaient fort, buvaient sec. Hortense les appelait les « gandins », parce qu'ils étaient vêtus et coiffés à la mode. Marie saisissait au passage, quand elle s'approchait d'eux pour leur apporter à boire, des mots dont le sens lui échappait mais qui lui paraissaient magnifiques. Ils parlaient de trafic maritime, de révolution industrielle, du million d'habitants de Paris, de trade-unions, de coopératives, de journaux... Ils en venaient presque à se disputer, parfois, mais se réconciliaient bien vite en choquant leurs pichets. Elle était éblouie par leur élégance et leur savoir, elle qui se sentait si étrangère à leur monde.

Un soir, l'un d'entre eux, celui que les autres appelaient Jacques – il semblait le plus brillant du groupe et Marie osait à peine le regarder tant elle le trouvait beau –, posa sur elle un regard appuyé. L'envie lui vint d'ajouter au plaisir de la conversation et de la boisson celui de faire la cour, et davantage, à cette petite servante si fraîche et appétissante. Il commença par quelques compliments bien tournés qui empourprèrent les joues de la gamine gênée par les rires des autres.

— Attention, mignonne, lança l'un d'entre eux, notre incorrigible Jacques aime la chair fraîche sous les tabliers et les jupons de coton !

Elle se sentit humiliée par ces mots, mais, incapable de se défendre, se laissa entraîner dans la cour derrière l'auberge. L'odeur du jeune homme, ses lèvres qui forcèrent les siennes, son corps collé au sien faisaient trembler ses jambes et tourner sa tête. Quand bien vite des mains audacieuses et précises se portèrent sur les parties les plus intimes de son corps, affolée, elle n'eut cependant ni le courage ni la force de leur résister.

Un jour de printemps elle apprit de sa tante Hortense la raison pour laquelle elle vomissait le matin et « ne se voyait plus »...

L'oncle Philibert, forcément mis au courant, entra dans une colère terrible et, sans pitié pour la malheureuse gamine saisie d'effroi à l'idée de ce qui lui arrivait, il lui ordonna de partir sans délai.

— C'est déjà bien assez de t'avoir élevée alors que

rien, à part notre bonté, ne nous y obligeait, on ne va pas en plus se charger d'un bâtard ! Peu importe à qui tu t'es donnée, un homme est un homme, c'était à toi de te refuser ! Je ne veux même pas savoir qui il est, il n'est pas question pour moi de faire des histoires avec ma clientèle. Ce qui te pousse dans le ventre, reviens sans, sinon ne reviens jamais !

La tante Hortense aida Marie à rassembler ses quelques effets personnels.

— Tu connais ton oncle, il faut bien que tu t'en ailles, puisqu'il l'a décidé. Alors va jusqu'à Verdun. Tu sais que j'y ai une parente, du côté de mon père. Elle est donc un peu la tienne aussi. Je ne l'ai pas vue depuis longtemps, mais j'ai le souvenir d'une personne de cœur. Tu lui demanderas de t'aider.

Elle tendit un papier froissé à Marie.

— Je t'ai mis le nom et l'adresse là-dessus, tu te renseigneras en arrivant à la ville. Et puis tiens, prends ça aussi, ajouta-t-elle en glissant quelques pièces à Marie qui retenait ses larmes.

De peur de s'émouvoir, elle abrégea la séparation.

L'auberge s'ouvrait sur la rue principale. Marie préféra sortir par-derrière et prendre des ruelles entre les jardins et les cours pour gagner la route de Verdun à la sortie de Clermont. Elle avait une vingtaine de kilomètres à parcourir. Y parviendrait-elle avant la tombée de la nuit ?

Elle marchait depuis longtemps déjà. Ses pieds meurtris, ses jambes fatiguées commençaient à la faire souffrir, et elle doutait de pouvoir continuer longtemps encore. Elle devait s'écarter sur le bas-côté au passage des voitures, annoncées de loin par le bruit des roues et le claquement des sabots des chevaux. Elle espérait un peu, et en même temps redoutait beaucoup, qu'un cocher la remarque et lui offre une aide.

Cela finit par se produire. Elle entendit derrière elle un trot léger, celui d'un seul cheval, et une sorte de berlinette s'arrêta aussitôt après l'avoir dépassée. L'homme descendit de son siège, s'approcha d'elle. Elle baissa la tête pour ne pas croiser son regard. Que lui voulait-il ? N'allait-il pas, lui aussi...

— Où vas-tu ?

— Je vais jusqu'à Verdun, chez une parente que j'ai là-bas.

— Je viens de conduire un bourgeois et je rentre à vide, dit l'homme. Tu me parais bien fatiguée. Il y a encore une trotte d'ici Verdun. Je vais te faire profiter de ma voiture.

Partagée entre la fatigue qui lui donnait envie d'accepter et l'idée du danger de se livrer ainsi à un inconnu, elle leva les yeux vers lui. Sa voix lui semblait rassurante et elle lui trouva un air triste qui la mit en confiance.

— J'ai de l'argent... murmura-t-elle.

— Garde-le, tu en auras sans doute besoin. Tu sais où la trouver, ta parente ?

— J'ai le nom et l'adresse.

Elle tendit le papier à l'homme, qui le lut et le lui rendit.

Il prit le balluchon des mains de Marie, ouvrit la porte de la berlinette. Elle grimpa dans la voiture et s'assit avec soulagement sur l'étroite banquette de bois recouverte de velours brun.

Le cocher n'était pas un saint. Il lui arrivait plus souvent qu'à son tour de profiter des aubaines se présentant à lui sous la forme de filles d'auberge et autres proies faciles. Consentantes, en principe. Mais il avait deviné la détresse de celle-ci, avec sa jeunesse, sa fatigue et ses yeux baissés, de honte sans doute.

Marie s'endormit, bercée par le léger balancement de la voiture et le trot régulier du petit cheval dont elle avait remarqué la robe blanche, pommelée de gris. L'homme la réveilla lorsqu'il ouvrit la porte de la berlinette.

— Te voilà rendue, lui dit-il.

Il avait emmené sa passagère jusqu'à destination, au-delà des remparts du côté du nord-est.

Elle descendit de la voiture, reprit son balluchon. La peur et la détresse se lisaient à nouveau dans ses yeux. Mais l'homme ne pouvait pas l'aider davantage.

— Tiens, lui dit-il, c'est là, tout près, le quartier des maraîchers, ta parente et sa famille en sont sûrement.

Je t'ai fait gagner un peu de temps, il fait encore grand jour, il y a du monde dehors, tu seras vite renseignée.

Elle voulut le remercier, mais aucun son ne sortit de sa gorge à nouveau nouée. Le temps de se reprendre un peu, l'homme était déjà réinstallé sur son siège et touchait de la pointe de son fouet la croupe du petit cheval.

Pauvre gamine, pensa-t-il, comme si y avait déjà pas assez de malheureux sur terre, et moi dans le lot...

Dire que Marie fut bien accueillie chez la parente de sa tante Hortense ne serait pas exact. Cette Victorine avait un mari, maraîcher en effet, un fils, deux filles. Mais Hortense avait dit juste, Victorine avait aussi du cœur, car une fois passé le temps des questions, des exclamations et de la réprobation, elle prit les choses en main et organisa l'aide qu'elle n'entendait pas refuser à cette enfant, déjà si peu favorisée par la vie. Ce serait l'affaire de quelques jours, assura-t-elle, sans préciser ce qu'elle envisageait.

— Mais ça va coûter... objecta son mari, qui ne semblait cependant pas aussi redoutable que Philibert Picmal.

— Quand ça sera fait, je la reconduirai moi-même chez son oncle. Il sait bien la faire travailler, alors il paiera. Ma foi, ajouta-t-elle en direction de Marie, si ton oncle te mène un peu dur après, au moins ça te servira de leçon pour l'avenir.

Dès le lendemain Victorine emmena Marie en ville. Cette dernière n'osa pas lui demander comment se ferait cette affaire qui allait coûter. Elle devinait seulement qu'elle consisterait à empêcher la venue de son « bâtard ». Elle avait perçu depuis longtemps le caractère honteux de ce mot à travers certaines paroles de son oncle Philibert. Son emploi dans sa situation lui en avait révélé le sens exact.

Elles marchaient vite, en silence. Victorine ne commença à parler que lorsqu'elles furent près du but, peut-être pour rassurer la petite.

— Ça, c'est la tour Chaussée, dit-elle une fois franchi le pont sur la Meuse.

Et bientôt après :

— Nous voilà rue du Saint-Esprit, tiens, c'est là, au 11. C'est la femme Boulanger, la personne qui va s'occuper de toi, glissa-t-elle à Marie quand la porte s'ouvrit.

Comment connaissait-elle cette adresse ? Par ouï-dire ? Par expérience personnelle ? Victorine faisait partie de ces femmes qui savaient des choses sans en parler jamais, sauf pour venir en aide à plus malheureuses qu'elles.

Victorine exposa la situation. Marie se tenait silencieuse, les yeux baissés. La femme Boulanger la regardait à la dérobée. Une jolie brunette, bien faite, apparemment saine. Elle s'approcha d'elle, lui leva le menton, la força à livrer son regard. Elle y reconnut la franchise, la détresse et la peur d'une gamine victime de son innocence et de l'égoïsme des hommes.

— Je vous paierai ce que ça coûtera, dit Victorine. Je m'arrangerai après, avec son oncle et sa tante.

Rendez-vous fut pris, sans plus de précisions. Ce serait quatre jours plus tard.

La femme Boulanger eut la surprise de voir revenir Marie dès le surlendemain. Seule.

— Toi ? Déjà ? s'étonna-t-elle. Et où est ta parente ?

— J'ai peur... je ne sais pas ce que vous allez me faire, mais j'ai peur... je ne veux pas...

Marie se laissa tomber sur le premier siège venu et éclata en sanglots.

La matrone lui laissa le temps de se remettre un peu. Puis :

— Tu ne veux pas, je te comprends, tu n'es pas la première jeunette qui fait des manières, va... J'ai beau avoir la main, c'est pas une partie de plaisir. Les plantes comme la rue, ou bien l'ergot de seigle, ou encore les bains chauds, ou même les saignées, ça ne suffit pas pour celles de ton âge, c'est bon pour celles qui ont déjà une ribambelle de marmots et qui veulent s'en tenir là. Pour les jeunettes, ça se fait plutôt avec l'aiguille à tricoter...

Marie ne comprenait rien mais, devinant des horreurs, la regardait, la bouche ouverte, les yeux écarquillés.

— N'en parlons pas puisque tu ne veux pas. Je ne te forcerai pas. Mais ton petiot, qu'est-ce que tu vas en faire ? Tu y as pensé ? Si tu le gardes, tu ne pourras pas retourner chez ton oncle. Comment vivras-tu, seule avec un petit enfant ? Les gens sont féroces envers les filles perdues et les bâtards. Tu sais ce qu'elles en font, de leurs enfants, les pauvrettes comme toi qui vont jusqu'à les mettre au monde ? Elles les abandonnent. Oui, Marie, elles vont, de nuit, les déposer au tour de l'hospice Sainte-Catherine. Elles croient qu'ils seront moins malheureux mais, hélas, elles se trompent. Devoir abandonner ton petiot, c'est tout de même pas ce que tu veux ?

Marie pleurait en écoutant la matrone qui avait pris une voix dure, presque menaçante, pour dire des choses si cruelles. Celle-ci se tut un long moment avant de reprendre, plus douce :

— Dis-moi, Marie, celui qui t'a fait cet enfant... Je ne te demande pas qui il est, tu ne le sais peut-être pas toi-même, mais comment il est. Ce n'est pas un va-nu-pieds, au moins, ou un homme de mauvaise vie, un buveur, un voyou, qui t'aurait prise de force ?

Marie eut un sursaut et fit non de la tête.

— Alors c'est un beau garçon, et tu t'es laissé faire. Décris-le-moi un peu. Grand de taille ? Cheveux clairs ou foncés ?

— Grand, oui, répondit Marie. Et si beau. Un monsieur, qui venait des écoles. Qui parlait bien. Ses amis lui disaient Jacques. Ses cheveux, je sais pas. Quand il me regardait, je sentais que je devenais toute rouge et je baissais les yeux. J'ai pas compris comment ça s'est fait... que...

La femme Boulanger semblait réfléchir.

— Marie, reprit-elle cette fois d'un ton de miel, s'il y avait quelque part une femme qui ne peut pas contenter son mari et accepterait ton enfant pour en faire le sien et le rendre heureux, tu le lui donnerais ?

Marie leva des yeux étonnés vers la matrone, qui semblait l'encourager d'un sourire.

— Oh oui, dit-elle.

L'aiguille à tricoter et le tour de Sainte-Catherine, dont les noms pourtant inoffensifs en apparence étaient sortis si effrayants de la bouche de la matrone, s'éloignaient comme par enchantement avant même qu'elle eût à en imaginer, ou à en deviner, la triste réalité.

— Reviens avec la maraîchère au jour dit, comme si de rien n'était, je tâcherai d'arranger l'affaire avec elle, conclut la mère Boulanger.

Lorsque la femme Marizy avait brandi la menace et du jugement divin et du jugement des hommes devant Emélie, ce n'était pas seulement pour l'effrayer et la dissuader de poursuivre sa recherche. Les lois étaient en effet impitoyables pour les avorteuses et les voleuses d'enfants, dont certaines avaient expié leur faute sous le couperet de l'échafaud.

Beaucoup d'accoucheuses, pourtant, prenaient le risque de cette désobéissance partagé entre la demandeuse et l'officiante. Poussées par quoi ? L'appât du gain, quand les clientes étaient des bourgeoises, des dames de la haute volée, qui pouvaient payer. La pitié, aussi, au vu de malheureuses mères déjà surchargées de marmots et soumises à des maris sans scrupules et sans retenue, ou de pauvres filles ignorantes de la vie, achetées ou violentées, et toujours abusées. Une pitié s'accompagnant souvent de générosité.

La femme Boulanger était comme les autres : quand elle pouvait tirer parti de ses interventions, elle ne se gênait pas. Compatissante et généreuse, elle savait l'être aussi. En plus de cela, elle avait quelque peu l'âme romanesque. Les situations compliquées lui plaisaient et elle aimait jouer du pouvoir qu'elle en tirait.

C'est pourquoi la visite d'Emélie, au lendemain même de celle de Marie accompagnée de la maraîchère, lui avait immédiatement suggéré l'idée folle de réunir ces deux destins. En remédiant à deux détresses. De plus en sauvant une vie, celle de l'enfant, objet d'opprobre pour l'une, de désir pour l'autre. Car, en dépit des tristes besognes auxquelles elle consentait parfois, elle avait avant tout le respect de la vie... Prudente, elle ne s'était pas encore engagée. Elle l'avait dit : « C'est pas du tout cuit. » Or la jeunette était revenue d'elle-même, si prompte, dans son désarroi, à accepter la solution envisagée.

Aussi put-elle accueillir favorablement Emélie quand celle-ci se présenta de nouveau chez elle.

— J'ai ce qu'il te faut, lui dit-elle, je t'ai trouvé un enfant !

— Oh, mère Boulanger, merci... murmura Emélie, bouleversée.

— Il naîtra dans sept mois environ. J'ai vu la mère, jeune, saine, jolie. Elle te ressemble un peu, brune comme toi, et de même taille, ça tombe bien. Le père, m'a-t-elle dit, est jeune lui aussi, beau garçon, bien sûr, et de plus instruit, l'enfant ne sera donc pas bête, ce qui flattera ton mari. Mais je te le répète, c'est pas du tout cuit. C'est une affaire qui suppose bien des arrangements, si nous voulons la voir réussir. Je prendrai tout en main. Il te suffira de me faire confiance.

8

Bien que difficile, en effet, l'affaire fut rondement menée par la femme Boulanger. Celle-ci sut déployer avec aisance toute son ingéniosité, sa persuasion et son autorité.

Il fallait d'abord s'assurer du côté de Marie, que sa parente ramena comme convenu.

— La coquine m'a donné bien du souci depuis la dernière fois, dit-elle. Avant-hier, elle a filé dans notre dos et elle est revenue trois heures après, sans vouloir avouer où elle était allée ! Je me suis fait un sang d'encre, j'ai cru à un malheur ! Et voilà que maintenant, pour ce qui était décidé, elle dit qu'elle ne veut plus !

La façon dont elle regardait Marie, sans animosité, prouvait que, malgré sa contrariété, elle ne lui en voulait pas vraiment.

— Je n'en ai jamais forcé aucune, répondit la matrone, ce n'est pas avec elle, la pauvrette, que je vais commencer !

— Mais qu'allons-nous faire, alors ? Son oncle ne voudra pas la reprendre. Et l'enfant, qui l'élèvera, et comment ? Un bâtard, pensez donc...

La matrone alors exposa son plan. Elle commença par rappeler, s'il en était besoin, quelle vie difficile attendait la future mère et son enfant, soit qu'elle l'abandonne, soit qu'elle décide de s'en occuper seule. Victorine et Marie l'écoutaient, le cœur brisé, les yeux remplis d'horreur. Ensuite elle vanta les qualités de la femme envoyée par la providence. Cette personne vivait dans l'attente d'un enfant qui lui tomberait du ciel, faute de pouvoir en fabriquer un elle-même pour un mari devenu impatient. Avec elle, l'enfant ne manquerait de rien et surtout pas d'amour. Elle guettait l'effet de ses paroles sur ses visiteuses. Marie avait pris la main de Victorine, elles échangeaient des regards émus et leur visage se détendait.

— Peut-être, risqua-t-elle alors, pourriez-vous garder la petite chez vous jusqu'à la naissance de son enfant, l'employer à quelques travaux, pour salaire de sa nourriture...

— Oh, c'est vrai que l'ouvrage ne me manque pas. Les légumes, dame, ça occupe, pour les faire pousser et après pour les vendre, les livrer aux clients avec la bourrique, tenir l'étal au marché, en plus de tout le reste. Si mon homme veut bien... Je m'en arrangerai, il n'est pas mauvais bougre. Tant qu'elle sera toute seule... Pour les voisins et les curieux, on dira que c'est une parente dans le malheur qu'on a recueillie, après tout c'est bien la vérité... Mais quand le petit arrivera ?

— On le fera naître ici, chez moi, Marie viendra lorsqu'elle sentira approcher son terme.

Et là, il se passa quelque chose d'étonnant. Victorine fut prise soudain de l'envie de rejoindre la femme Boulanger dans l'élaboration du stratagème, et ce fut elle qui s'empressa de concocter la suite !

— On pourra dire alors à son oncle Picmal que le petit n'a pas vécu. Et quand je lui reconduirai Marie, il sera bien content de la reprendre, à la place de la servante qu'il aura dû engager et payer pendant ce temps-là... Parce que, autant que je me souvienne, il a beau gagner des sous, le Philibert, il n'aime pas les dépenser !

Marie écoutait les deux femmes, avec l'air apparemment indifférent de quelqu'un dont toute la vie, dans ses grandes lignes comme dans ses moindres détails, a toujours été régie par les autres, sans souci de ses désirs ni de son bien-être. En réalité elle n'en revenait pas d'avoir osé, pour une fois, exprimer une volonté, et encore moins d'avoir été entendue. Pour la suite, pour les conséquences de ce sursaut, elle s'en remettait à nouveau à ces deux femmes, devenues solidaires autour d'elle. Confiante, elle suivrait leur dessein. Elle ne se sentait pas, pas encore, liée à cette petite vie qui commençait à se développer en elle et qu'elle avait pourtant eu l'instinct de sauver.

Les choses s'avéraient plus compliquées pour Emélie. Il allait falloir simuler une grossesse, et pire encore embobiner un mari. Une totale confiance s'imposait entre elles.

— Nous allons pour commencer sceller un pacte, décréta la femme Boulanger. Parce que le commerce auquel nous allons nous livrer est puni par la loi. Le sais-tu ?

Emélie se garda de révéler ce qu'elle avait appris de la femme Marizy.

— Enfin, poursuivit la matrone, la loi est une chose, son application en est une autre. Bien sûr, pour faire bonne mesure, ces messieurs de la justice envoient de temps en temps une accoucheuse sans scrupules au bagne ou à l'échafaud, mais, comme tous ne sont pas inhumains, ils savent parfois faire preuve d'indulgence envers les femmes que le malheur force à agir de travers. N'empêche, il y a un risque, qu'on va partager. Alors on va se jurer, toi et moi, de garder le secret de notre micmac.

— Vous avez ma parole, mère Boulanger.

— La mienne a un prix, Emélie. Ce serait te prendre pour une indigente que ne rien te demander. Il faut que tu te lies à moi.

— Vous voulez de l'argent ?

— Non. L'argent, ce sera pour plus tard, quand l'enfant sera né et qu'il t'appartiendra. Donne-moi seulement, disons… dix francs, pour conclure l'affaire. Mais si tu avais quelque objet te tenant à cœur, que tu accepterais de me donner, pour preuve de ta confiance...

Emélie n'hésita pas un instant :

— Oui. J'ai six belles tasses de porcelaine... et aussi... un bijou, un vrai, un beau, précieux. Il me vient de ma mère, mais pour le prix de mon enfant je vous le donnerai volontiers.

Suivit une conversation pratique entre les deux femmes ainsi liées par la confiance et le secret. Il fut surtout question de l'état des relations entre Emélie et Jean-Nicolas, car, si la simulation d'une grossesse était déjà une gageure, abuser le mari en était une autre...

Mais, de mari, celui-ci ne conservait plus que le titre, par lequel il se disait enchaîné. Une situation malheureuse, mais qui allait contribuer largement à rendre possible l'invraisemblable machination.

Devenue virtuellement grosse, Emélie entreprit donc de grossir. Grâce à des linges adroitement enroulés et maintenus autour de sa taille, de la charpie glissée dans son caraco... Lorsqu'elle allait au puits, elle guettait l'œil de ses voisines. Emélie ayant perdu sa gaieté et ses déboires conjugaux étant connus dans le quartier, on ne lui parlait plus guère. Elle remarqua des regards appuyés, et des signes échangés entre commères.

Et puis un matin la brave Madeleine, la seule à bien la connaître, l'arrêta au seuil de la maison.

— Mais dis-moi, ma belle, ne dirait-on pas que...

— Oui, répondit Emélie en posant sa main sur son ventre, et cette fois je crois que c'est pour de bon.

Emue jusqu'aux larmes, Madeleine l'embrassa.

Emélie, bouleversée elle aussi de devoir pour la première fois jouer le rôle qu'elle avait choisi, fut tentée de lui révéler la vérité. Mais elle se rappela le pacte conclu avec la femme Boulanger. Cette dernière avait tellement insisté sur l'obligation du secret.

— Tu as eu assez de chagrin pour que le bon Dieu te récompense cette fois-ci de ta patience et de ton courage. Puisque tu en es si sûre, tu le garderas, ce petiot, et tu retrouveras le bonheur avec ton mari. Il le sait ?

— Non. Pas encore. Tu sais qu'il ne me regarde plus guère...

Le même soir, Jean-Nicolas rentra, apparemment fatigué et, comme cela lui arrivait parfois, maussade, mais sans animosité contre elle. Lorsqu'il éprouvait le besoin de s'épancher sur des contrariétés extérieures, elle redevenait pour l'occasion sa confidente. Mais l'embellie s'arrêtait là, et plus jamais ils ne rejoignaient le lit ensemble. Emélie s'arrangeait toujours pour se coucher après lui, et la plupart du temps il dormait et ronflait déjà quand elle se glissait à ses côtés. Le plus discrètement possible. Mais parfois il ne dormait pas. Et cette discrétion réveillait sa colère contre elle. Il lui signifiait alors qu'elle était toujours sa femme et que, même si elle ne pouvait pas lui donner d'enfant, elle se devait encore de lui appartenir. Etreintes rapides, brutales, désespérées. Dans le noir, toujours. La chemise de nuit seulement relevée. Plus jamais Emélie ne dormait nue. Il ne cherchait plus à la dénuder. Comme si le reste du corps n'existait plus. La peau, les seins, la superbe chevelure.

La faillite de leur couple n'empêchait pas le monde de tourner, ni la France de naviguer entre capitalisme et socialisme, lancée comme tous les pays d'Europe dans la révolution industrielle. Les progrès techniques, le développement du chemin de fer, la création puis la fermeture des ateliers nationaux, que de sujets commentés par les journaux, débattus dans tous les milieux, par des gens concernés, compétents, mais aussi, dans les auberges et les troquets, par des citoyens mal renseignés, obtus, partisans, à l'esprit alourdi par la bêtise ou l'alcool...

Autour des tables, des discussions enflammées opposaient ceux qui réclamaient à cor et à cri le chemin de fer aux conducteurs de diligences et de voitures diverses, qu'il ferait disparaître. Des chiffres étaient lancés, journaux à l'appui : Paris-Lille, vingt heures par la diligence, cinq heures avec le train ! Des groupes d'ouvriers échauffés par l'absinthe dénonçaient les grands patrons et les banquiers qui exploitaient le pauvre monde. Jean-Nicolas aimait se mêler à ces conversations. Elles le retenaient longtemps et le ramenaient auprès d'Emélie soit encore exalté, soit perplexe face à des points de vue inconciliables.

De ses visites à ses parents, où Emélie ne l'accompagnait plus, il revenait aussi l'esprit tourmenté. Adèle ne décolérait pas, contre sa vieille carcasse refusant le travail, contre Pierre, pas assez vif, contre Georget, le dernier fils, qui n'avait jamais eu le goût de la terre et parlait de s'en aller tenter sa chance ailleurs. Antonin lui-même, après avoir toujours mené sa barque d'une main sûre, s'interrogeait sur l'avenir de sa ferme. Le vin se vendait mal. Ceux qui avaient les moyens d'acheter les machines faisant leur apparition, batteuse, faucheuse, moissonneuse-lieuse, allaient étouffer les autres. La ferme, quelque peu délaissée, abritait une famille aigrie, où seule Fanfan s'intéressait encore au sort de Jean-Nicolas et d'Emélie, qu'elle regrettait de ne plus voir.

Le père Robert, de son côté, se plaignait lui aussi de voir décliner ses affaires. Plusieurs tanneries déjà avaient dû fermer, et les autres artisans se sentaient également menacés. L'activité, peu à peu, se déplaçait vers les villes situées à proximité des mines et sur les grands axes. Le Nord, en particulier, faisait figure de région privilégiée et, s'il y avait aussi du fer et du charbon en Lorraine, ce n'était pas autour de Verdun, hélas...

Ce jour-là, Jean-Nicolas avait été piqué par une remarque de son beau-père, qu'il avait malencontreusement rencontré au port.

« Tu transportes des bourgeois et tu leur fais des courbettes, mon gendre, avait lancé le père Robert, mais un jour tu te retrouveras le bec dans l'eau, comme nous autres ! »

Comme à son habitude, Emélie écoutait son homme lui parler de tout cela, sans vraiment entendre ni comprendre, son esprit étant ailleurs, accaparé par son nouveau rôle. Elle remarqua cependant que ses cheveux grisonnaient déjà. Il semblait fatigué. Son visage n'exprimait plus cette méchanceté qui l'avait tellement peinée, et effrayée, mais plutôt une profonde tristesse. C'était vrai. De jour en jour, Jean-Nicolas se rendait compte que son attitude envers sa femme était injuste, cruelle, stupide, mais, persuadé qu'elle ne l'aimait plus et ne pourrait jamais lui pardonner ses insultes et ses violences, il s'enfermait dans son personnage au lieu de tenter un rapprochement, de peur d'une rebuffade.

Je dois lui parler maintenant, pensait Emélie, il est temps.

Mais tout ce qu'elle allait avoir à obtenir de lui la retenait. Ce qui lui avait semblé possible à élaborer avec la femme Boulanger, au moment d'être révélé, redevenait terriblement aléatoire.

Jean-Nicolas s'était tu. Il leva les yeux vers elle. Elle l'avait écouté debout, appuyée contre la table. Elle se tourna légèrement, et là...

— Emélie... prononça-t-il d'une voix tremblante. Ta taille... ne dirait-on pas...

— Oui, dit-elle, je suis grosse... et cette fois j'ai la garantie que c'est du sûr.

La bouche ouverte sur des mots qui ne venaient pas, les mains tendues dans une ébauche de gestes qu'il n'osait pas, incapable de se lever, il ne pouvait que la regarder.

— Mon Emélie, murmura-t-il, approche-toi... viens...

Lorsqu'elle fut tout près, ses mains s'enhardirent à effleurer le ventre, puis, soudain libéré, il l'enferma dans ses bras et la colla contre lui. Elle était debout, lui assis ; il posa, il appuya sa tête sur la poitrine, sur la taille en effet un peu épaissies. Mais douces et moelleuses encore.

Il n'était plus temps pour elle de se dérober, elle devait appliquer les consignes.

— Jean-Nicolas, souffla-t-elle, ne me serre pas comme ça... je dois prendre tellement de précautions...

Il se détacha d'elle et la regarda, inquiet déjà.

— Oui... poursuivit-elle, le souffle un peu court parce qu'elle manquait encore d'expérience dans le domaine du mensonge. La mère Boulanger, à laquelle je me suis confiée et qui m'a examinée, m'a conseillé d'aller voir un docteur, un vrai...

— Il faudra le faire, Emélie.

— C'est fait. Je suis allée à la consultation du docteur François, un bien brave homme. Il m'a dit... que cette fois je garderais ce petit... à condition que... pour le garder il faudrait... enfin il ne faudrait plus... plus du tout...

— Que je te touche ? C'est ça ? Mais je le savais, moi, qu'il ne fallait pas ! J'aurais pas dû, les fois d'avant. A partir du moment où il est planté, le petiot, le ventre de sa mère est à lui tout seul ! Faut pas aller le déranger ! N'aie pas peur, Emélie, je saurai me tenir. Nous l'aurons, celui-ci, affirma-t-il en posant ses deux mains, doucement, sur le ventre à peine arrondi. Et si c'est un garçon, si tu veux bien, nous l'appellerons Jacques, comme Jacques Thiébaux, mon patron, mon ami.

C'était un des conseils de la mère Boulanger, la prétendue visite au docteur. Une démarche rare, chez les gens du peuple, plus enclins à consulter les charlatans et les rebouteux. Par souci d'économie, la plupart du temps, mais pas seulement. Leur science effrayait presque autant qu'elle rassurait. Souvent appelés en dernier recours, parfois après des traitements fantaisistes, voire carrément néfastes, ils commençaient souvent par reprocher à l'entourage des malades leur avarice et leur légèreté, surtout quand il s'agissait d'enfants ou de femmes victimes du despotisme des hommes.

— Tu as bien fait d'aller consulter ce docteur, Emélie, reprit Jean-Nicolas. Mais tu aurais dû me parler plus tôt. Je t'aurais donné de quoi le payer. Comment as-tu fait ?

— J'ai pris sur ce que tu me donnes pour le ménage, petit à petit...

Il se sentit coupable, voulut se rattraper. Il se leva et alla puiser dans la réserve d'argent, où elle ne se servait pas elle-même. Elle ne l'avait jamais fait, pas même au temps de leur bonheur, lorsqu'il allait au-devant de ses besoins et de ses désirs.

— Tiens, dit-il, voilà dix francs. Ce docteur, je veux que tu retournes le voir, de temps en temps, pour t'assurer que tout va bien, pour mettre toutes les chances de notre côté. Tu y retourneras, hein ?

Le lendemain Emélie, soulagée d'avoir si bien passé cette première épreuve, remit comme convenu les dix francs à la femme Boulanger. Ainsi que les six tasses de porcelaine. Elle raconterait à Jean-Nicolas, s'il venait à s'en apercevoir, qu'elles avaient cessé de lui plaire. Il lui fut plus difficile de se défaire des boucles d'oreilles, dont pourtant il ignorait l'existence, mais elle était liée par la promesse faite à la matrone. En découvrant les bijoux, si fins, celle-ci eut quelque scrupule à en dépouiller Emélie, pour laquelle elle éprouvait une réelle sympathie. Mais elle n'en dit rien, estimant que leur valeur donnait encore plus de poids à leur engagement.

Aucun incident ne vint troubler le déroulement de l'incroyable comédie orchestrée par les deux femmes. La mère Boulanger distillait de savants conseils à Emélie, qui les suivait avec talent. A son ventre, elle donnait progressivement du volume et de la fermeté, choisissant les linges les plus adaptés, la manière de les enrouler, de les serrer. Par contre elle n'augmentait plus la taille de ses seins, parce qu'il lui faudrait, le temps venu, avouer qu'elle n'était pas en état d'allaiter, une situation à laquelle il faudrait aussi trouver à remédier. Les voyages de Jean-Nicolas, en le tenant éloigné pendant plusieurs jours de suite, jusqu'à quatre parfois, lui permettaient de réaliser en toute tranquillité ces manipulations, et aussi de permettre à son corps libéré de son carcan de se laisser un peu aller, de retrouver sa souplesse et son aisance. Ces soirs-là, seule dans sa chambre, elle était prise de l'envie de dormir nue, mais elle y renonçait, de peur d'être surprise par un retour inopiné de Jean-Nicolas.

Par chance pour elle, l'automne fut précoce et humide, et le début de l'hiver rigoureux. Elle simula une frilosité excessive, due à son état, pour accumuler les caracos et les jupons qui enveloppaient ses rembourrages factices.

Elle apprit aussi, en prenant modèle sur les femmes grosses qu'elle rencontrait, à adopter certaines poses. Par exemple, lorsqu'elle remontait un seau d'eau du puits et que celui-ci apparaissait au bord de la margelle, elle bloquait la manivelle, marquait un court instant d'arrêt avant de l'empoigner, le temps de se redresser, comme avec un grand effort, les mains sur les reins et le ventre tendu. Dans les rues étroites de son quartier, toujours encombrées de passants, de camelots et d'enfants, elle simulait une grande prudence, se reculait sous les porches, hésitait à traverser, remerciait d'un sourire ceux qui s'effaçaient pour la laisser passer.

Elle entrait si bien dans son rôle qu'il lui arrivait de ressentir l'impression, émouvante et troublante, de porter réellement un enfant. Jusqu'à espérer le sentir bouger en elle. Elle croisait alors ses mains sur son ventre dans l'attente de ce petit signe. Les instants suivant ces illusions étaient difficiles. Elle perdait son courage, son espoir, s'accusait de mensonge, de manipulation, se demandait s'il ne fallait pas abandonner, avouer. Elle pensait à celle qui avait accepté de lui donner son enfant, elle ne la connaissait pas, elle ignorait jusqu'à son prénom. La mère Boulanger l'avait prévenue : « Elle est jeune, saine, elle te donnera un bel enfant, tu n'as rien à savoir d'autre. »

Elle se ressaisissait, se chapitrait. Se rappelait qu'elle avait elle-même imaginé, cherché, et finalement trouvé ce moyen de devenir mère. Elle n'allait pas renoncer au bonheur alors qu'il apparaissait maintenant à sa portée !

Sa vie était redevenue plus douce. Jean-Nicolas l'entourait à nouveau de tendresse, de prévenances. Mais par un reste de crainte, ou de peur d'attirer le mauvais sort par un excès d'enthousiasme, il parlait peu de l'enfant à venir, trésor en préparation qu'il convenait de laisser mûrir en toute quiétude.

Il respecta sans difficulté l'interdiction de tout contact charnel avec Emélie. La voir si grosse, dans les derniers mois de son attente, lui en ôtait toute envie, non par dégoût, mais par respect. Et puis il avait ses habitudes, nées des déboires des années passées... Des habitudes auxquelles il se jurait de renoncer après la naissance de l'enfant.

Les multiples précautions dont Emélie s'entourait, le soin qu'elle semblait apporter à dissimuler son corps lui paraissaient un peu excessifs, mais il se gardait de la brusquer, conscient de n'avoir pas toujours bien agi envers elle.

Une nuit, elle en était au sixième mois environ, alors qu'elle dormait à côté de lui, allongée sur le dos, sa chemise de nuit passée par-dessus ses vêtements de dessous, chemise de jour et pantalon fendu, il fut pris de l'envie de toucher le ventre qui contenait son enfant. Il n'osa pas, de peur de la réveiller, relever la chemise, écarter la coulisse du pantalon. Il posa sa main, doucement, sur le tissu pelucheux de la chemise de nuit. Emélie avait le sommeil léger. Elle sursauta, sentit le poids de la main sur son ventre, poussa un petit cri.

— Oh ! Jean-Nicolas, non, il ne faut pas !

— N'aie pas peur, Emélie, souffla-t-il doucement, je voulais seulement sentir mon petiot. Mais... il ne bouge pas... Je croyais qu'à six mois...

— Oui, il bouge, mais pas tout le temps. La nuit il me laisse dormir, il se repose, lui aussi..

— Il va bien ? Tu en es sûre ?

— Oui. Tiens, dit-elle, le voilà qui remue, nous l'avons dérangé.

Et elle se tourna sur le côté, se roula en boule, les jambes et les bras repliés, comme pour protéger son fruit.

Les deux familles, naturellement, avaient été prévenues de l'événement. Mais dans les « à la bonne heure ! », « c'est pas trop tôt ! », « ben t'y as mis le temps ! », et plus encore les « alors cette fois-ci c'est la bonne ? », Emélie avait senti une retenue, presque une incrédulité, qui ne se dissiperait vraiment que quand on pourrait voir cet enfant. Ce manque d'empressement l'arrangeait plutôt. Elle ne fit que de rares visites à ses parents et à sa belle-famille, pour se soustraire aux questions et aux regards avertis de toutes ces femmes qui avaient connu la maternité pour de bon.

Pendant ce temps, chez les maraîchers où elle avait été acceptée le temps de sa grossesse et qu'elle récompensait de leur bonté par sa discrétion et son travail, la petite Marie Saintjevin prenait elle aussi des formes.

Grégoire, le mari de Victorine, s'était bien sûr étonné de la voir revenir et d'apprendre qu'elle n'avait pas voulu s'en remettre à la compétence de la matrone. Aussi bon que sa femme, il n'avait pas fait de reproches à la gamine, mais s'était tout de même inquiété :

« Le petiot, alors, elle en fera quoi, après ?

— C'est pas pour demain, avait répondu Victorine, on avisera le moment venu. »

Comme elle était appréciée et respectée du voisinage, elle avait prévenu toute curiosité malintentionnée en disant ce qu'elle entendait dire, et rien de plus ; Marie ne subissait donc aucune moquerie, ni aucune humiliation. Elle n'était pas la première à qui ça arrivait, et sa mésaventure rappelait des souvenirs amers à plus d'une femme du quartier. On lui fichait la paix, à la petite. Elle était plus à plaindre qu'à blâmer.

Elle se trouvait bien dans cette famille provisoire, mais se tenait toujours un peu en retrait, non seulement à cause de son statut, mais aussi pour ne pas risquer de s'attacher. En effet il lui faudrait, dans quelques mois, retourner à Clermont, puisque c'était décidé ainsi.

Jusqu'au milieu de l'automne, elle ne souffrit pas trop de son état. A son arrivée chez les maraîchers, c'était la pleine saison des récoltes. Grégoire et Colin, leur fils, un gamin d'une douzaine d'années, se mettaient à l'arrachage dès le lever du soleil, carottes, pommes de terre, raves, rutabagas, navets, choux, rejoints ensuite par Victorine, qui faisait les cueillettes plus délicates, les haricots, les fèves, les herbes. Quant à Marie, ou bien elle effectuait les tâches de la maison, aux côtés de Sidonie et de Margot, petites ménagères précoces, ou bien elle secondait Victorine.

Elle n'avait que deux et trois années de plus que les fillettes, mais en raison de sa condition d'orpheline vite mise au travail, et plus encore de son état, qui l'avait prématurément placée au rang des femmes, elle préférait la compagnie de leur mère. De plus, elle appréciait de travailler au grand air, elle aimait le contact des plantes, la caresse du soleil. Tant qu'elle put se baisser sans effort et porter des brassées de légumes, Victorine la laissa faire, contente de voir que dans ces tâches elle semblait oublier un peu sa situation. Les légumes arrachés par les hommes ou cueillis par les femmes étaient débarrassés de la terre et des feuilles jaunies, puis nettoyés, mis en paniers, en bottes nouées par des liens de jonc. Victorine seule se chargeait des livraisons, deux fois par semaine. La famille possédait pour cela un âne, d'autres maraîchers avaient un cheval, des bêtes qui tiraient aussi la charrue lorsque c'était le temps de labourer les terres heureusement fines et meubles. Marie l'aidait à charger le bât débordant de verdure, et elle s'en allait chez des aubergistes de la ville et des environs, ainsi que chez des particuliers de la haute, où elle avait affaire à des domestiques qui examinaient scrupuleusement ses produits en prenant des airs importants.

Mais à la fin de l'automne, Marie fut prise d'une véritable angoisse. Comme elle n'était ni de grande ni de forte taille, son ventre n'en paraissait que plus gros. La pauvrette s'en trouvait gênée, surtout lorsqu'elle sentait des regards sur elle. En particulier ceux de

Sidonie et de Margot ; sans oser poser de questions, elles flairaient le drame et la honte.

Pour la nuit, une place lui avait été faite dans la pièce où dormaient les deux filles, sur une paillasse posée à même le sol, isolée par un simple calicot tendu, derrière lequel elle pouvait aussi procéder à sa toilette. Elle ne les y rejoignait qu'après avoir aidé Victorine à mettre de l'ordre dans la salle principale. Que les deux filles dorment ou pas, elle se faisait discrète, ne se dévêtait jamais entièrement, se couchait à demi habillée, sans savoir que pas bien loin de là, au cœur de la ville, la femme attendant le même enfant qu'elle prenait les mêmes précautions... Mais si celle-ci affirmait à son mari que cet enfant respectait le repos nocturne de sa mère, le sien, le vrai, lui ébranlait le ventre de vigoureux coups de pied.

Neuf mois. Victorine avait calculé pour elle, avancé une date probable. La pauvrette ne trouvait pas le sommeil, elle recalculait, comptait et recomptait, pour prendre conscience, de plus en plus sûrement, que le jour approchait où son enfant demanderait à naître. Elle avait peur. A en trembler. A en pleurer. D'abord retenus, ses gémissements, puis ses sanglots finissaient souvent par réveiller les filles. L'une ou l'autre se levait alors et allait chercher Victorine.

« Maman... c'est Marie... elle pleure encore... »

Victorine soulevait le rideau, s'agenouillait au bord de la paillasse.

« Ne pleure pas, petite, tu te fais plus de mal encore.

— J'ai peur...

— Peur de quoi ? Puisque tout est arrangé, tu le sais.

— Peur de faire mon petit...

— Ce n'est l'affaire que d'un moment. Et ça, vois-tu, la souffrance, ce sera le prix de ta faute, ou plutôt de ta faiblesse, qui t'apprendra à te méfier des hommes. Tu as quand même de la chance dans ton malheur, Marie, parce que ton petit sera heureux. Allez, sois sage maintenant, et endors-toi vite. »

Marie se calmait, se raisonnait. Pensait à celles qui devaient élever leurs bâtards dans la misère, ou les abandonner. Elle posait la main sur son ventre, sentait le sien, de petit bâtard. Comme il s'agitait ! Peut-être avait-il peur, lui aussi, de bientôt affronter le monde. Elle se devait de le rassurer. Elle s'enhardissait à lui parler, timidement, des lèvres seulement, les sons ne sortaient pas, comme si elle n'en avait pas eu le droit. « Mon petiot... mon petiot... Tu auras un père et une mère, qui prendront soin de toi... Tu seras heureux, je te le promets... »

Elle se sentait prête à fondre de tendresse pour le petit être que par son innocence et sa faiblesse elle avait entraîné dans l'aventure de la vie. Mais il ne la partagerait pas avec elle.

Vint l'hiver, qui ne devait pas s'achever sans la naissance de l'enfant.

Les routes étant parfois impraticables, rendues glissantes par le gel ou la neige, ou noyées par les pluies et ravinées d'ornières, Jean-Nicolas se trouvait plus présent aux côtés d'Emélie. Elle en ressentait une gêne, parce qu'elle devait se surveiller en permanence pour ne pas risquer de se trahir. Elle mit son anxiété sur le compte de son état, simula des fatigues, des élancements, qui lui donnaient de bonnes raisons de refuser les élans de tendresse de son homme. A haute voix elle tentait de se justifier, avançait que sa singularité venait de sa maternité tardive, de ses échecs, que ces derniers avaient fini par lui détraquer le corps et la rendre trop prudente.

— Mais enfin, concluait-elle, j'ai réussi le principal, n'est-ce pas, Jean-Nicolas ?

Ils préparèrent de quoi accueillir l'enfant. Le père Médée apporta un jour le berceau qui avait été celui de Gustave, puis d'Emélie. L'objet, tout en bois, se composait d'un chevalet monté sur quatre pieds. S'y adaptait une sorte de nacelle, qu'on pouvait pousser à la manière d'une balançoire pour bercer le bébé. Mais il était en piteux état, Amédée l'ayant relégué sans ménagement au fond de son atelier, dans un geste de colère, après la mort de sa dernière fillette.

— Tu pourrais peut-être l'arranger... dit-il à Jean-Nicolas. J'aimerais y voir le petit de ma fille.

Le berceau une fois consolidé et rafraîchi, Emélie le garnit d'une paillasse qu'elle remplit de balle d'avoine. Chez les Morel comme dans toutes les fermes, ces résidus de battage étaient en effet soigneusement récupérés et conservés pour fabriquer ou renouveler la literie. Contrairement à la balle de blé ou de seigle, plus dure, qui parvenait à traverser la toile et démangeait les dormeurs, celle d'avoine, plus douce, convenait mieux aux jeunes enfants. Emélie s'activa aussi à rassembler du linge usagé pour y tailler des langes, et à coudre des robes et des bonnets. Elle se sentait fébrile dans ces menus travaux, émue, inquiète aussi. Ils décidèrent que l'enfant serait d'abord placé près d'eux, dans leur chambre, avant d'occuper le cagibi qui deviendrait la sienne comme il avait été celle de son père.

Madeleine trouvait bien un peu étrange la discrétion de son amie. Elle aurait aimé la voir davantage, pour la conseiller, l'aider, partager avec elle ces moments si spécifiques aux femmes. Mais elle ne cherchait pas à forcer cette réserve. Emélie, sans doute, était si heureuse qu'elle devait se concentrer sur son bonheur, au point d'en devenir un peu égoïste...

Chez les maraîchers, Grégoire, sachant que le terme était proche, finit par s'étonner de l'absence de préparatifs autour de l'événement attendu. On avisera, avait dit Victorine...

— Je ne sais pas ce que t'as dans l'idée, avança-t-il, mais quand les douleurs vont la prendre, faudra bien de quoi s'occuper du petiot, même si après...

Comme il était entendu que les femmes étaient souveraines dans le domaine des marmots, avant, pendant et après leur naissance, les hommes affichaient rarement ce genre de préoccupation. Laisser agir les femmes à leur guise pouvait passer pour un hommage rendu à leur condition, alors qu'au fond, un peu lâches, ils s'estimaient contents de n'avoir à se mêler de rien...

Prise de court, et touchée par cette preuve de bonté de la part de Grégoire, Victorine entreprit alors de le récompenser en lui révélant le sort arrangé de Marie et de l'enfant.

— Ben ça alors, quelle affaire... dit-il, estomaqué d'un tel arrangement.

Puis il se laissa rapidement convaincre du bienfait de la chose, et pour finir, assuré que le risque éventuel ne concernait que l'acheteuse et sa pourvoyeuse, il jura de ne jamais révéler à quiconque ce qu'il venait d'apprendre.

Il ne confia pas à Victorine, pour ne pas remettre en cause une affaire si bien orchestrée, que si elle avait proposé de garder et la mère et l'enfant il se serait peut-être un peu fait tirer l'oreille, pour la forme, mais qu'il n'aurait pas dit non...

9

Bientôt on bascula d'une année à la suivante. Janvier. Puis février, le temps du dénouement, pour Marie et Emélie. Tout s'accéléra soudain, et en l'espace de quelques jours, du 12 au 15 précisément, se produisit une succession de faits, prévisibles ou fortuits, dans un enchaînement qui conforta la mère Boulanger dans l'idée qu'elle était une arrangeuse de premier ordre.

Victorine suivait de près l'état de Marie. Le 12 au soir, elle la prit à part.

— Ton ventre a changé de forme, lui dit-elle, il a commencé à descendre. Ta délivrance est proche. Tu vas préparer ton paquet et demain matin je t'emmènerai chez l'accoucheuse.

Marie s'y attendait, mais elle n'était pas prête. Elle se mit à pleurer et s'approcha de Victorine. Celle-ci n'eut pas le cœur de la repousser. Elle la serra contre elle, mais lui parla fermement :

— Tu savais bien que ce moment devait arriver, hein ? Tu dois être courageuse, maintenant. Pour ton avenir, et plus encore pour celui de ton petit. Ne crains rien, la femme prendra bien soin de toi.

Elle devait se forcer, la brave Victorine, elle comprenait que ces larmes n'exprimaient pas que de la peur. Mais au point où l'affaire en était, mieux valait ne pas la laisser s'épancher, au risque de tout remettre en question.

— Allez, petite, va faire ton balluchon, et dormir, demain sera bientôt là.

Le lendemain, Marie quitta la maison des maraîchers sans adieux, ni à Grégoire, ni à Colin, ni aux filles, parce que personne n'aurait su comment s'y prendre. Le quartier était désert. Il n'y avait rien à faire dans les jardins. Les hommes, à cette période de l'année, réparaient leurs outils ou en fabriquaient de nouveaux, tressaient des paniers, tandis que les femmes taillaient et cousaient les vêtements de leur maisonnée.

— Marcher te fera du bien, dit Victorine à Marie, ça activera ton travail.

Lorsque Marie était venue chez la femme Boulanger, les deux fois précédentes, c'était l'été, la ville grouillait de monde. En ce 13 février les rues étaient presque désertes. Les artisans travaillaient au fond de leurs ateliers, à la chaleur des poêles. Les ménagères, tout emmitouflées, le dos rond sous le vent frisquet, se hâtaient vers les boutiques sans regarder autour d'elles. A l'angle de la rue du Saint-Esprit, le seau attendait sur la margelle ourlée de glace. L'hiver mettait en sommeil les curiosités féminines, le goût pour les bavardages et les commérages, par lesquels, à la belle saison, beaucoup se vengeaient des aléas de leur vie. Ainsi nul ne vit Marie et Victorine se faufiler chez la matrone.

Celle-ci les accueillit, tâta le ventre, les reins, les seins de Marie. Elle s'adressa à Victorine :

— C'est bon, je la garde. Si c'est pas pour aujourd'hui, ce sera pour demain. Filez maintenant, et revenez dans, disons, quatre ou cinq jours. Vous reprendrez la fille comme s'il ne s'était rien passé. D'ailleurs il est entendu, n'est-ce pas, qu'il ne se sera rien passé, pour personne.

Victorine serra Marie contre elle, brièvement, mais fort, et lui murmura en embrassant ses cheveux :

— Courage, petite.

La femme Boulanger installa Marie dans la petite pièce borgne où elle exerçait ses activités occultes. Elle lui rappela le secret, lui recommanda de ne faire aucun bruit. Même quand les douleurs la prendraient, elle ne devrait pas crier. L'effacement de sa faute était à ce prix.

Le même matin, rue des Rouyers, face à Emélie au visage marqué par l'anxiété, ce qui pouvait passer pour de la fatigue, Jean-Nicolas, parti à son travail et revenu aussitôt, se déclarait contrarié. Deux hommes d'affaires de la ville, expliqua-t-il, venaient de demander à être conduits à Sedan, où l'industrie textile était en pleine expansion, alors que les ateliers de tissage de Verdun périclitaient l'un après l'autre. Ils voulaient voir sur place le fonctionnement d'une filature de grande envergure, poussés par l'idée, peut-être, d'en monter une pareille ici, ce qui serait bon pour la ville. Les conditions leur semblaient favorables pour un tel voyage, du froid, mais pas de pluie ni de verglas. Pour économiser leur temps, précieux comme celui de tous les hommes d'affaires, ils souhaitaient partir le soir même, voyager de nuit et reprendre la route le lendemain, au soir, pour retourner à Verdun au petit matin du surlendemain.

— Et c'est à moi que Jacques entend confier les deux bonshommes ! conclut-il.

Emélie sentit que le choix de son patron le flattait, mais elle fit mine de s'étonner :

— On dirait que ça ne te plaît pas ! Tu sais pourtant que quand tu roules la nuit il te paie davantage !

— Bien sûr que ça me plaît, mais j'ai peur que tu accouches pendant ce temps-là. C'est pour ça que je suis revenu te consulter avant de donner mon accord.

Elle posa tranquillement ses deux mains sur son ventre et sourit.

— Tu peux partir, Jean-Nicolas, le petiot ne donne encore aucun signe d'impatience. Il t'attendra. Promets-moi seulement d'être prudent.

— Je le serai. Mon cheval et moi, pendant que ces messieurs seront à leurs affaires, on aura toute la journée de demain pour se reposer.

Là-dessus il embrassa Emélie et s'en fut conclure son affaire avec son patron.

Emélie courut aussitôt chez la femme Boulanger.

— Elle est là, lui souffla celle-ci en guise d'accueil.

— Un hasard bienheureux, annonça Emélie, Jean-Nicolas s'en va ce soir, il ne rentrera qu'après-demain au matin.

— Alors ce sera fait, tout va pour le mieux.

La matrone se retint de remercier Dieu. Déjà qu'il devait froncer les sourcils à cause de cette histoire, elle n'allait pas le courroucer davantage en l'y impliquant…

Emélie aurait voulu découvrir celle qui allait lui donner son enfant, lui parler, la remercier, lui promettre que le petit ne manquerait de rien et serait heureux. La mère Boulanger refusa. Il ne fallait rien faire qui puisse établir la moindre sympathie, la moindre émotion, entre les deux « mères », afin de ne pas compliquer l'instant décisif du passage de l'enfant de l'une à l'autre.

— Tu la verras au dernier moment, juste le temps qu'il faudra. Son prénom est Marie, je ne t'en dis rien de plus. Préparons-nous plutôt toutes les deux. Alors dès ce soir tu apporteras ici…

Emélie écouta attentivement les consignes, précises, concernant l'aspect matériel des choses. Elle ne manquerait pas de les appliquer scrupuleusement.

De retour chez elle, elle passa l'après-midi à préparer du linge et des vêtements. Jean-Nicolas, rentré de bonne heure, dormit un peu en prévision de sa nuit de voyage et la quitta pour aller se mettre au service de ses passagers, après l'avoir embrassée tendrement.

— Fais en sorte que notre petiot ne se décide pas à montrer le bout de son nez en mon absence, dit-il sur le ton de la plaisanterie, ou alors arrange-toi pour le faire patienter un peu, je veux être là pour l'accueillir, depuis le temps que je l'attends...

Emélie laissa passer un petit moment, pour être sûre qu'il ne ferait pas demi-tour pour l'embrasser encore, puis elle repartit aux nouvelles. Où en était la petite Marie ? Le travail n'avait pas commencé. Ce ne serait que pour le lendemain.

La mère Boulanger vérifia le contenu du panier qu'Emélie avait au bras.

— C'est bien, dit-elle, tu n'as rien oublié. Ne reste pas ici cette nuit, ça n'avancerait à rien. Rentre chez toi et tâche de dormir.

Au beau milieu de la nuit, la sage-femme fut réveillée par des coups frappés à sa porte. Il arrivait qu'on vienne ainsi lui demander son aide à une heure indue, soit pour un enfant surprenant son monde par sa rapidité à naître, soit pour une naissance particulièrement difficile. Elle avait l'habitude de ces réveils brusques. Cette fois-ci, pourtant, son sang ne fit qu'un tour. Et si cette visite avait un rapport avec la supercherie qui se préparait dans la pièce du fond ? Elle se raisonna rapidement. Non, c'était impossible, tout était si bien combiné, et rien de rien n'avait transpiré. Elle se leva, alluma sa chandelle, se dirigea vers la porte où l'homme – ce ne pouvait être qu'un homme – frappait toujours aussi énergiquement et braillait :

— Mère Boulanger, arrivez, pour l'amour du ciel, sinon ma Toinette va y passer ! Elle crie à réveiller tout le quartier !

Elle ouvrit. L'homme s'avança un peu. Elle le reconnut. C'était un ouvrier maçon de la ruelle des Sergents toute proche, dont elle avait déjà accouché la femme à plusieurs reprises.

— Le temps de m'habiller et j'arrive, lui dit-elle, partez devant !

Elle se douta que Marie avait entendu le raffut et s'en était effrayée. Elle prit le temps d'aller la rassurer. Elle la trouva en effet assise sur sa couchette étroite. La pauvrette tremblait. Le maçon avait parlé haut, dans son affolement. Elle l'avait entendu.

— Elle crie donc si fort, la femme ? Alors c'est qu'elle va mourir ? demanda-t-elle.

— Mais non, les hommes perdent la tête dans ces moments-là, et ils disent n'importe quoi. Je la connais, sa Toinette, je suis sûre qu'elle s'en fait moins que lui !

La femme n'y passa pas, mais l'enfant, si. Etouffé par le cordon qui s'était enroulé autour de son cou. C'était le septième du couple. Le maçon ne cacha pas son soulagement de voir survivre la femme, et se lamenta à peine au sujet de l'enfant – ç'aurait été une bouche de plus à nourrir. Devant la sage-femme, dont l'intervention avait été salutaire pour la délivrer enfin, il jura à sa Toinette, la main sur le cœur, que désormais il la laisserait tranquille, pour ne plus risquer de mettre sa vie en danger.

La mère Boulanger regagna son domicile dans le froid glacial du petit matin de février. Elle aurait préféré pouvoir sauver la mère et l'enfant. Certes, l'accouchement de Toinette n'avait aucun lien avec celui de Marie, mais elle se demandait si l'apparition de la mort, venue rôder dans les parages cette nuit-là justement, n'était pas de mauvais augure. Mais en même temps, calculatrice et organisatrice avant tout, elle se disait déjà que Toinette serait une nourrice bienvenue pour l'enfant que la mère officielle, et la seule pour tous, ne pourrait pas allaiter. Elle n'aurait donc pas à se mettre en quête après la naissance. Encore une difficulté qui s'arrangeait comme par miracle, pensa-t-elle, vite ragaillardie.

Marie ne dormait toujours pas. Elle entendit la porte, puis les bruits de pas. Elle se manifesta. Elle voulait être rassurée. Si cette Toinette n'était pas morte, elle non plus ne mourrait pas. C'était le pari qu'elle avait engagé, pour conjurer la peur physique, terrible, qui s'était emparée d'elle. Mais allait-elle souffrir autant ? Saurait-elle retenir ses cris ?

— Alors ?

La mère Boulanger vint jusqu'à elle. Lui dit que ça s'était bien passé pour Toinette, et que pour elle aussi ça se passerait bien.

Aucune des deux ne retrouva le sommeil. Rue des Rouyers, Emélie non plus ne dormait pas.

L'aube pointait tout juste quand un cri de Marie avertit la matrone que le travail commençait. En comprenant ce qui arrivait, elle avait oublié la consigne. Mais les braves gens alentour dormaient encore à poings fermés, sous les volumineux édredons de plumes qui les garantissaient du froid.

Au même moment la berline conduite par Jean-Nicolas, après un arrêt à Stenay et l'autre à Mouzon pour laisser souffler le vaillant petit cheval, rejoignait Sedan. Les deux voyageurs avaient réussi à s'assoupir plus qu'à dormir, à demi allongés sur les banquettes étroites. Ils s'éveillaient, les reins un peu douloureux. Une collation solide dans une auberge leur redonna leur allant et ils partirent à leurs affaires, après avoir fixé rendez-vous pour le soir à leur cocher, confié à l'aubergiste, chargé de lui fournir, ainsi qu'à son cheval, de quoi se restaurer et se reposer.

Pendant qu'ils dormiraient paisiblement, l'homme à l'intérieur de la berline rangée au fond d'une remise, la bête sur une épaisse litière de paille, la sage-femme, Marie et Emélie, qui les avait rejointes, s'apprêtaient à vivre une journée d'une rare intensité.

La vie de Marie ne fut pas mise en danger. Mais elle souffrit beaucoup, et longtemps, puisqu'il ne lui fallut pas moins de la journée et du début de la nuit suivante pour atteindre sa délivrance. Emélie s'inquiétait, redoutait une issue malheureuse, repensait à Eulalie, si fragile. La jeunesse de Marie ne la rendait-elle pas aussi vulnérable ? La matrone la rassurait :

— Elle est bien jeune, c'est vrai, et de ce fait fort étroite, il faut donc du temps, surtout pour un premier. Mais elle résiste bien. C'est ça aussi, la jeunesse, ça s'accroche à la vie.

Quand il s'avéra que l'événement ne tarderait plus, elle la fit entrer dans la petite pièce, et Emélie découvrit enfin sa « donneuse ». L'unique poêle de la maison ne dispensait pas sa chaleur jusque-là, pourtant Marie, allongée sur la couchette exiguë, les cheveux collés par la sueur, avait repoussé la courtepointe. Leurs regards se rencontrèrent, mais aucun mot ne fut échangé. La petite tourna la tête, elle haletait, dans un bref répit que lui accordait sa douleur. La mère Boulanger coupa court à toute réaction d'Emélie, apparemment bouleversée.

— Aide-moi maintenant, tu sais ce que nous devons faire.

Elles aidèrent la petite à se lever et à s'asseoir dans un fauteuil. Dans ce geste de proximité, les deux ventres, le vrai et le faux, se frôlèrent. Puis elles disposèrent sur la couchette les draps qu'Emélie avait apportés dans son panier, les beaux draps de lin qui l'avaient accueillie dans son lit de jeune mariée. Il y avait aussi une chemise de nuit, qu'elles passèrent à Marie en remplacement de la sienne avant de la recoucher, du linge et des effets de nouveau-né qu'elles posèrent sur une table à portée de main. Une fois Marie réinstallée sur la couchette, et vite reprise par les douleurs, Emélie, en se tournant dans un réflexe dérisoire de pudeur, releva ses jupes et déroula enfin les linges qui épaississaient son corps.

Le travail entrait dans sa phase finale. Pendant que la sage-femme incitait Marie à de derniers efforts et tendait ses mains au-devant de l'enfant, Emélie l'empêchait de crier en lui donnant les siennes à broyer, et même à mordre. Il lui semblait que son ventre se tordait, comme si à la place de celui qu'elle venait de déposer elle avait adopté l'autre, celui qui se soulevait et ondulait dans son œuvre de vie.

C'est donc cela accoucher, pensait-elle, cette souffrance que je ne connaîtrai jamais...

Elle n'aurait su dire si elle bénissait la providence de l'en avoir dispensée, ou si elle la maudissait pour l'en avoir privée.

Lorsque enfin l'enfant glissa hors de sa mère, sur un signe de la femme Boulanger Emélie se détacha de

Marie et se précipita pour attraper la courtepointe prévue à cet effet et l'y recueillir, l'enveloppant d'assez près pour assourdir ses premiers cris, d'assez loin pour permettre à la sage-femme de couper et de lier le cordon.

— Un garçon ! dit-elle en prenant contre elle le précieux paquet afin de l'emmener dans l'autre pièce, près du poêle où de l'eau avait été mise à chauffer.

Elle eut un dernier regard pour Marie, qu'elle ne reverrait jamais. Bien qu'à demi inconsciente, dans cet état bizarre de l'après-souffrance mêlé à une étrange sensation de vide, celle-ci avait entendu le mot lâché par Emélie : « Un garçon ! » Elle essaya de se soulever, y parvint à peine, et murmura faiblement :

— Jacques... s'il vous plaît... qu'on l'appelle Jacques...

— Jacques... répéta Emélie, déjà sous le coup d'une formidable émotion.

Comment peut-elle savoir... se demanda-t-elle, si profondément troublée qu'elle en resta clouée sur place, le temps de comprendre qu'il ne pouvait s'agir que d'une coïncidence.

Un temps très bref, quelques secondes, assez cependant pour que Marie trouvât la force d'esquisser un geste, une amorce de bras tendus...

Une coïncidence, en effet. Le bel étudiant séducteur et le patron de Jean-Nicolas portaient le même prénom, pourtant assez peu répandu. Emélie aurait été plus troublée encore si elle avait pu savoir qu'en plus de cela son homme, sept mois plus tôt, avait offert l'hospitalité de sa voiture à Marie...

Elle lava l'enfant, bouleversée par ce petit paquet de chair portant des traces du sang de sa mère, gigotant et s'essayant à des miaulements de surprise, puis elle l'emmaillota selon les conseils de la sage-femme, pour en faire un gros ballot blanc qu'elle tint contre elle, le berçant doucement.

— Jacques, murmurait-elle, mon petit Jacques, comme nous allons t'aimer !

Des larmes coulaient le long de ses joues, parce qu'elle était sous le coup d'un trop-plein d'émotions, le bonheur de tenir enfin entre ses bras l'enfant tant convoité, mais aussi le choc de l'accouchement, et le regard de Marie, qui la poursuivrait longtemps.

Dans la pièce voisine, la mère Boulanger donnait les premiers soins à cette dernière. Elle la dévêtit, molle comme un chiffon, de la chemise d'Emélie, la souleva d'un bras pendant que de l'autre elle tirait les draps maculés de sang. Ensuite elle la rhabilla de ses effets personnels et la réinstalla sur la couchette, enveloppée d'une couverture. Enfin elle lui fit boire une tisane et lui recommanda de se laisser aller au sommeil, car elle en avait bien besoin.

Elle rejoignit Emélie, qui s'était assise et avait écarté un peu les linges pour regarder et caresser doucement la frimousse légèrement fripée du petit Jacques. Quand l'un de ses doigts effleurait sa bouche, il faisait mine de vouloir téter, déjà...

La mère Boulanger mit un peu de sucre à fondre dans de l'eau tiède et humecta de ce mélange un bout de tissu qu'elle passa sur la bouche de l'enfant.

— Pour le lait... hasarda Emélie, inquiète.

— Tu sais que je peux tout arranger. J'ai la nourrice. Dès que tout sera fait, je filerai la chercher.

Il leur restait à faire passer l'enfant de son lieu de naissance clandestin au domicile de ses parents, où il serait censé avoir fait son apparition.

Encapuchonnées et drapées dans leurs longues capes, à la lueur de la lune blafarde, sous un petit vent aigrelet, elles sc faufilèrent comme des voleuses de la rue du Saint-Esprit à la rue des Rouyers. Pour étouffer jusqu'au bruit de leurs pas, elles avaient gardé leurs épais chaussons de feutre. Emélie marchait devant, la tête baissée, le dos rond, tout son corps ramassé pour protéger du froid le précieux paquet qu'elle tenait dans ses bras. La mère Boulanger suivait, porteuse elle aussi d'un paquet roulé sous son bras. Les clefs tournèrent en silence dans les serrures, les escaliers, les portes retinrent leurs grincements. En bas, le cordonnier et sa famille dormaient du sommeil profond des êtres simples. Au premier, l'ouïe fine de la couturière ne fut pas alertée par le moindre frôlement.

Derrière les volets de bois plein, à la lueur de quelques chandelles, les deux femmes procédèrent en silence à la mise en scène finale. Emélie déposa dans le berceau le petit Jacques, le laissant entouré de son épais cocon pour assourdir d'éventuels cris, puis elle alluma le feu dans le poêle de la chambre. La mère Boulanger avait ouvert le lit pour y placer les draps qu'elle avait rapportés de chez elle sous son bras, ceux dans lesquels Marie avait accouché. Emélie redoutait cet instant. Celui où, après s'être déshabillée, elle devrait se glisser dans sa chemise de nuit et ses draps tachés du sang d'une autre, qui deviendrait le sien. Cette sinistre mascarade réveilla et raviva son émotion, si bien qu'elle fut prise de tremblements et se mit à pleurer.

On n'attendait plus que le retour du père. Il ne tarderait pas. Jean-Nicolas avait un peu brusqué les deux messieurs. Satisfaits de leurs démarches, ils auraient volontiers prolongé la soirée à l'auberge, mais ils s'étaient facilement ralliés à son désir de se mettre vite en route pour une si belle cause. Son cheval n'avait eu droit qu'à une seule pause, étonné du train qui lui était imposé, au point d'arriver au but couvert d'écume malgré le froid. A trois heures du matin, les deux hommes d'affaires, serrés dans leurs chaudes pelisses, se hâtaient vers leurs demeures cossues, tandis que Jean-Nicolas bouchonnait vivement son cheval et le rendait à sa litière pour un repos bien mérité, avant de courir vers la rue des Rouyers.

Mon Emélie, se disait-il, elle est bien capable de m'attendre pour faire son petit...

Chez lui, c'était le grand branle-bas, déclenché un peu plus tôt par la mère Boulanger. Elle avait à dessein tisonné vigoureusement les poêles, remué les ustensiles, fait battre les portes, et surtout incité Emélie à crier, pour réveiller les gens du dessous, dont elle guettait les réactions. Quand elle entendit Jeanne ouvrir sa porte et qu'elle aperçut sa silhouette à la lueur de sa chandelle, elle se pencha dans l'escalier et lui cria :

— C'est Emélie qui accouche !

La couturière se renferma illico chez elle.

Madeleine entreprit aussitôt de monter pour proposer son aide. La mère Boulanger lui assura que tout se présentait pour le mieux et qu'Emélie ne voulait personne à son chevet, sauf son mari, qu'elle réclamait.

Il arrivait justement. Quand, dans sa hâte, il ouvrit sans ménagement la porte du bas et que ses pas commencèrent à ébranler l'escalier, Emélie n'en pouvait plus de cette comédie, de ces cris forcés, de ce contact avec les draps souillés. A nouveau rongée d'inquiétude, elle n'eut pas à simuler pour se laisser aller à l'épuisement : elle était en réalité au bord de l'évanouissement. L'enfant, sorti de son berceau par la matrone qui faisait mine de finir de le langer, s'était enfin mis à brailler pour de bon.

Jean-Nicolas s'arrêta sur le seuil de la chambre, pétrifié.

— Ta femme vient de te faire un beau garçon, roulier, je te félicite, lui dit la matrone d'un ton enjoué. Elle a essayé de t'attendre, mais le petit gars était pressé. Il a bien fait, les pères ne servent à rien de bon dans ces moments-là, au contraire. Allons, roulier, remets-toi, va embrasser ta femme, elle le mérite bien !

Il s'approcha du lit, s'agenouilla, saisi par la pâleur d'Emélie, ses traits décomposés. Il lui prit la main, la couvrit de baisers.

— Un fils... Tu m'as donné un fils, mon Emélie... Sainte Vierge du ciel, merci...

Le drap était à demi repoussé, il vit les taches de sang.

— Tu vois, reprit la sage-femme, je finis juste la toilette de ce petit gaillard-là, tiens, prends-le donc, que je m'occupe d'elle, maintenant !

Jean-Nicolas se sentait gauche, l'enfant braillant entre ses bras. Il ne savait que faire, tentait de vagues oscillations pour le bercer, sans succès. Il détaillait le fin duvet brun de son crâne, les poings minuscules qui s'agitaient. Il n'osait pas se tourner du côté du lit, où la mère Boulanger faisait mine de donner à Emélie ces soins que par gêne et par pudeur il ne voulait pas connaître. Gauche, mais tellement heureux, et fier. Si heureux qu'il était en état de tout croire, de tout accepter. Par exemple la nécessité d'avoir recours à une nourrice, une pratique généralement réservée aux grandes bourgeoises qui ne voulaient pas s'astreindre à la corvée d'allaitement et craignaient pour la beauté de leur poitrine.

— Ta femme a trente ans, roulier, lui expliqua la matrone, c'est tard pour mettre un premier enfant au monde, surtout après plusieurs ratages. Mais mieux vaut tard que jamais, n'est-ce pas ? Le petit est tout ce qu'il y a de plus réussi, c'est le principal. Seulement voilà, elle ne peut pas le nourrir, faut une nourrice, et sans tarder, le petit gaillard réclame !

— Mais où en trouver une, en pleine nuit ?

— J'ai ce qu'il vous faut, j'y vais de ce pas.

Le maçon qui l'avait réveillée la nuit précédente fut à son tour tiré du sommeil et se présenta, hagard.

— Ah c'est vous, mère Boulanger !

— Dis-moi, ta Toinette, est-ce qu'elle céderait son lait, pour un petit qui en a besoin ?

— Pour sûr que oui !

— Alors dis-lui de se lever bien vite. La femme du roulier Morel a accouché, elle ne peut pas nourrir son enfant, ils payeront ta Toinette.

Quelques instants plus tard, le petit Jacques tétait goulûment la brave nourrice, dont la sûreté des gestes révélait la grande expérience. Elle souriait de la voracité du petit soulageant ses mamelles douloureuses, et en même temps une larme coulait sur sa joue, à la pensée de son enfant à elle qui serait mis en terre le soir même.

— Si la mort du mien peut permettre à celui-ci de vivre... murmura-t-elle dans un soupir.

Mon enfant aura trois mères, pensait Emélie, à qui il avait bien fallu révéler le malheur de Toinette. L'une lui a donné la vie, l'autre lui donne son lait. Et moi, qui ne lui ai rien donné, j'aurai pourtant la meilleure part. Est-ce bien juste ? Sainte Vierge, par pitié, ne me punissez pas pour cette injustice.

— Je la paierai bien, cette pauvre Toinette, affirma Jean-Nicolas quand il se retrouva seul avec sa femme et son enfant. Et toi, mon aimée, je te demande pardon pour les colères et les mauvais gestes que j'ai eus contre toi. Maintenant tu pourras me demander tout ce que tu veux, en particulier de l'argent. Je ne suis pas un richard, certes non, comme ceux que j'ai transportés jusqu'à Sedan, mais j'ai assez pour que mon fils ne manque de rien ! Mon fils, ajouta-t-il en se penchant sur le berceau dans lequel dormait l'enfant repu, il sera brun de cheveux, comme sa mère. Dis-moi, Emélie, tu crois qu'il me ressemblera un peu, à moi aussi ? Mais je te vois si fatiguée, mon aimée, je vais te laisser dormir.

Avant d'aller prendre lui aussi un peu de repos dans la logette, il déposa un baiser sur le front d'Emélie et murmura :

— C'est le plus beau jour de ma vie.

Les yeux fermés, elle luttait contre une irrésistible envie de pleurer à laquelle enfin elle céda.

Pour déclarer un enfant nouveau-né à l'état civil, il convenait de se rendre à l'hôtel de ville pour l'y présenter, une formalité accomplie par le père, du moins quand il y en avait un légitime, accompagné de deux témoins.

Ses deux témoins, Jean-Nicolas les avait prévus et prévenus depuis plusieurs semaines. Il s'agissait de deux hommes auprès desquels il entendait, à travers cet honneur, s'acquitter d'une dette morale.

Son jeune patron d'abord, Jacques Thiébaux, qui avait eu la bonté de le conserver à son service après le douloureux épisode des chevaux brutalisés. Puis un aubergiste de la place Magdelaine, Jean Munhoven, un brave homme d'origine flamande, qui avait beaucoup bourlingué et disait bien connaître le cœur des hommes. A l'occasion de certaines soirées de beuverie, Jean-Nicolas s'était épanché auprès de lui ; l'aubergiste l'avait toujours réconforté, le devinant malheureux. Au contraire de certains commerçants qui encourageaient les ivrognes à toujours consommer plus, quitte à provoquer des drames, Jean Munhoven s'était efforcé de ramener Jean-Nicolas à un comportement plus digne, en particulier envers sa femme.

Après quelques heures de repos, le nouveau père se rendit donc successivement auprès de son patron, puis de l'aubergiste, pour leur faire part de la naissance de son fils, et leur donner rendez-vous à l'hôtel de ville pour dix heures. De retour chez lui, il y trouva la mère Boulanger auprès d'Emélie, alors que Toinette donnait au petit sa seconde tétée.

— Préparez-moi ce jeune homme ! leur lança-t-il

d'une voix joyeuse, celle qu'il avait perdue depuis si longtemps qu'Emélie l'avait presque oubliée.

Quelques instants plus tard il réapparaissait dans son bel habit de drap gris sous lequel flamboyait, comme au jour de leur mariage, sa large ceinture de flanelle rouge.

— Mazette ! s'exclama la matrone. Comme te voilà beau, roulier !

Il reçut dans ses bras l'enfant tout emmailloté de blanc, la tête couverte d'un bonnet garni de dentelles. La bonne Toinette le contemplait d'un air extasié, les yeux mouillés.

— Est-il mignon, le Jésus...

Chez elle, les lendemains de couches étaient moins glorieux, c'était toujours de mauvaise grâce que le maçon allait présenter ses rejetons, en bougonnant contre ces heures de travail perdues, des corvées selon ses dires. Celles de la veille, bien que les dernières selon ses promesses, avaient été aussi les plus dures, puisque, obéissant à la loi, c'est l'enfant mort-né qu'il avait dû aller présenter aux autorités de la ville.

Les deux témoins attendaient Jean-Nicolas dans la cour de l'hôtel de ville, et bientôt ils furent introduits dans une petite pièce pour une courte attente. Un greffier, vieil homme maigre entièrement vêtu de gris, à l'exception de ses manchettes de lustrine noire, de rares cheveux blancs dépassant d'une petite calotte, des lorgnons sur le nez, vint les y chercher pour les conduire dans un bureau où les attendait le maire.

Celui-ci répondit aux salutations des trois hommes, les invita à s'asseoir, félicita le père, demanda à voir l'enfant. Puis il les laissa en compagnie du greffier. Celui-ci s'installa à une table sur laquelle se trouvaient des liasses de papiers, du matériel d'écriture et un grand registre. Il le feuilleta jusqu'à parvenir à la page en cours, ouvrit l'encrier, vérifia le bec de sa plume et commença la rédaction de l'acte grâce aux renseignements fournis par Jean-Nicolas et ses deux témoins. La tâche fut assez longue. Il fallait parfois répéter, épeler. L'homme s'appliquait, la plume crissait sur le papier. Le petit Jacques, indifférent, dormait comme un bienheureux dans les bras de son père.

Une fois l'acte entièrement dressé, le greffier le sécha soigneusement avec le tampon buvard, puis il alla prévenir le maire qu'on pouvait maintenant passer à la lecture et aux signatures.

— Monsieur Clément arrive tout de suite, annonça-t-il.

Thiébaux et Munhoven se levèrent à son entrée, mais le maire fit signe à Jean-Nicolas de ne pas bouger pour éviter de déranger l'enfant.

Le greffier commença sa lecture :

— « Acte numéro 74 du registre des naissances de la ville de Verdun... L'an 1849, le 15 février à dix heures du matin : par-devant nous, Nicolas-Gabriel Clément, maire et officier de l'état civil de la ville de Verdun, est comparu en l'hôtel de ville Jean-Nicolas Morel, âge de quarante ans, conducteur de diligences, demeurant à Verdun rue des Rouyers, lequel nous a déclaré que Emélie-Henriette Robert, sa femme, âgée de trente ans, sans profession, avec lui domiciliée, était accouchée dans son domicile aujourd'hui 15 février à trois heures du matin d'un enfant du sexe masculin qu'il nous a présenté et auquel il a dit vouloir donner les prénoms de Jacques-Alphonse. Lesdites déclarations en présentation faites en présence de Jean Munhoven, âgé de cinquante ans, restaurateur, et de Jacques Thiébaux, âgé de trente ans, facteur de diligences, tous deux demeurant à Verdun, amis des père et mère de l'enfant et témoins choisis par le comparant. De tout quoi nous avons de suite, sur le registre à ce destiné, dressé acte que le déclarant et les témoins ont signé avec nous, lecture et collation faites... » Honneur au père, dit-il en tendant sa plume à Jean-Nicolas.

Celui-ci se leva, ce qui eut pour effet de réveiller l'enfant. Le nouveau-né grimaça et s'agita un peu. Le temps d'apposer sa signature, Jean-Nicolas le tendit à Jacques Thiébaux, qui en parut flatté mais un peu embarrassé. Il prit le porte-plume, se pencha sur le registre, écrivit son nom, en soignant particulièrement la majuscule. Un nom court, bien simple, ordinaire même, qu'il relut à haute voix, « Morel », parce que ce jour-là il le trouvait particulièrement important. Puis il reposa le porte-plume et reprit l'enfant dans ses bras. Jean Munhoven et Jacques Thiébaux signèrent à leur tour. Enfin le greffier, d'un geste déférent, invita le maire à s'exécuter, ce qu'il fit avec le mélange d'assurance et de panache convenant à sa fonction. Il prolongea son paraphe d'une large boucle nerveuse que la plume acheva d'une audacieuse glissade au travers de la page.

Au moment où les trois hommes s'apprêtaient à sortir de l'hôtel de ville, l'enfant, complètement éveillé, se mit à crier.

— Comment, dit Jean-Nicolas, je viens de te donner mon nom devant monsieur le maire, comme je l'ai donné à ta mère, et tu brailles ? Ça ne te plaît pas, Morel ? C'est pourtant un beau nom, et en tout cas celui d'un honnête homme. Tu verras, petiot, tu t'y habitueras, et tu seras fier de le porter, le nom de ton père...

L'après-midi du même jour, le premier de l'enfant, Emélie reçut la visite de Madeleine. Un peu étonnée, sans doute aussi peinée de ne pas avoir été autorisée par la sage-femme à venir assister son amie au moment de l'accouchement, alors qu'elle avait été la seule bienvenue dans des circonstances douloureuses, celle-ci n'en laissa rien paraître, pas plus qu'elle ne fit de remarque au sujet de la nourrice. Elle trouva Emélie légèrement distante, comme gênée. L'enfant s'étant mis à pleurer, elle le prit dans son berceau, et après l'avoir calmé par des mots doux et des caresses, elle le tendit en souriant à sa mère assise dans son lit.

Elle remarqua alors qu'en le prenant contre elle Emélie tremblait un peu et paraissait au comble de l'émotion.

Comme le jour où elle avait annoncé à Madeleine le début de cette grossesse si particulière, Emélie était tentée de tout lui révéler. Cet aveu lui aurait fait du bien, lui aurait permis de pleurer en toute simplicité, de se libérer de cette angoisse qui l'empêchait d'être vraiment heureuse et qu'elle ne pouvait confier à personne d'autre. Les yeux de Marie, la trace de ses ongles et de ses dents – elle les sentait encore dans la chair de ses mains –, le courage de Toinette souriant au petit Jacques alors qu'elle pleurait son propre enfant, tout cela lui criait sa culpabilité et faisait planer une menace sur son bonheur.

Madeleine s'apprêtait à redescendre. Elle savait que Jean-Nicolas était allé prévenir les deux familles et que les grand-mères, au moins, ne tarderaient pas à accourir. Les deux femmes échangèrent un long regard profond.

A elle je pourrais tout dire, pensait Emélie.

Je devine un grand secret, une blessure, pensait Madeleine, je pourrais tout entendre, et tout garder pour moi.

Il ne se passa rien. Des pas, d'ailleurs, ainsi qu'une rude voix de femme, celle d'Adèle qui pestait contre sa jambe d'estropiée, résonnaient dans l'escalier. Elle était suivie de son fils, prêt à la soutenir en cas de chute, et de Philomène. Madeleine s'effaça pour les laisser entrer, s'éclipsa discrètement.

Adèle commença par s'asseoir pour se remettre de la trotte et des marches qu'elle avait dans les jambes, pendant que Philomène serrait sa fille dans ses bras en larmoyant, avant d'aller se pencher sur le berceau et de découvrir le chérubin.

— Enfin te voilà père ! lança Adèle à Jean-Nicolas, lorsqu'elle eut repris son souffle.

Puis elle s'approcha d'Emélie et l'embrassa.

— C'est bien, ma fille, tu as fait ton devoir de femme, tu as donné un enfant à ton homme. Mais tu ne peux pas le nourrir, à ce qu'il m'a dit ? Décidément tu n'es pas faite comme les autres...

Elle entreprit ensuite de chercher sur l'enfant des éléments de ressemblance avec Jean-Nicolas. Les cheveux ? Non, ce petit gars-là était brun. Les mains ? Il les avait longues et fines, alors que celles de son père étaient larges et trapues, des mains de paysan, comme celles d'Antonin. Elle l'aurait démailloté pour chercher la marque de fabrique des Morel, celle que portaient tous les garçons de la famille, qui les transmettaient à leur tour à leurs fils, comme Pierre à Valère, une tache de vin sur l'épaule gauche, si Toinette n'était pas apparue à l'heure de la tétée.

Une nourrice... Si Adèle y trouvait matière à rabaisser sa bru, Philomène, au contraire, était flattée pour sa fille. Celle-ci s'apparentait ainsi aux bourgeois, dont les artisans, pensait-elle, étaient plus proches que les paysans, aux mœurs rustiques.

Il fut ensuite question du baptême de l'enfant, pour lequel il sembla raisonnable d'attendre le printemps. Philomène demanderait au curé Bertrand de venir ondoyer l'enfant, pour que celui-ci, en cas de malheur – « A Dieu ne plaise, implora-t-elle en se signant » –, puisse devenir un petit ange.

— Quand on le baptisera, glissa-t-elle en se penchant sur Emélie, tu mettras tes boucles d'oreilles, n'est-ce pas, celles que je t'ai données...

— Quelles boucles d'oreilles ? demanda Jean-Nicolas, qui s'était approché.

— C'était jusqu'ici un secret de femmes, elle vous expliquera.

L'arrivée de la mère Boulanger, qui en bonne sage-femme déclara venir apporter les soins d'usage à l'accouchée de la nuit, provoqua le départ de Philomène et d'Adèle. Jean-Nicolas proposa de les raccompagner avec la berlinette, un privilège que son patron – il lui avait déjà accordé sa journée de congé – ne lui refuserait pas. Emélie échappa ainsi à la gêne au sujet des fameuses boucles d'oreilles.

Une nouvelle vie commença pour le couple réuni autour de l'enfant.

L'enfant du miracle, répétait souvent Jean-Nicolas. Il ne cessait de s'étonner et de s'émouvoir de sa fragilité apparente, de s'amuser de son appétit féroce. Il guettait ses moindres progrès, les petits doigts qui s'accrochaient à son pouce de géant, la peau qui se défripait, les grimaces qu'il prenait pour des risettes.

L'enfant du mensonge, de la tromperie, pensait en écho Emélie. Elle aimait le petit, le soignait avec attention, mais quelque chose la retenait de se laisser aller à des débordements de tendresse, et à des excès de fierté. Quand elle le tenait dans ses bras, une petite voix, celle de sa conscience, lui soufflait qu'elle l'avait volé.

Jean-Nicolas rentrait sitôt son travail fini, ne songeait plus à courir ni les auberges ni les filles de mauvaise vie, faisait sonner l'argent qu'il rapportait. Vite remise de ses couches, et pour cause, elle lui jurait, s'il la trouvait debout, qu'elle venait juste de se lever. Elle s'efforçait de paraître gaie, elle riait sous ses caresses et ses baisers, et de ce qu'il appelait sa sagesse, c'est-à-dire ses efforts pour lutter contre le désir qu'il avait à nouveau d'elle, son corps, par obligation et par pudeur, lui étant encore interdit.

Jean-Nicolas la surprit pourtant, un soir, les yeux mouillés.

— Qu'as-tu, mon Emélie ? Oh, je comprends, c'est le passé qui te rend triste. Mon aimée, je t'en supplie, oublie le mal que je t'ai fait, efface tout cela de ton souvenir, pardonne-moi ! Si l'un des deux devait pleurer, ce serait moi. Que puis-je faire, ou te donner, pour que tu me pardonnes ? Des bijoux ?

A propos de bijoux, elle lui expliqua que Philomène, en effet, lui avait offert de fort belles boucles d'oreilles, qu'elle tenait de sa mère. Pour rester dans la tradition, plutôt que de les porter au baptême de Jacques, elle préférait les garder cachées, jusqu'au jour où à son tour elle aurait une fille. Il ne trouva rien à redire à ce secret de femmes ; d'ailleurs, depuis qu'il était père, il ne trouvait à redire à rien. Il s'étonna un peu tout de même :

— Une fille ? Notre fils n'a que quelques jours et déjà tu penses à me donner une fille ?

Elle se contenta de sourire, elle ne répondit pas. Si par miracle j'avais un jour une fille, pensait-elle, je l'appellerais Marie. Elle entrevit deux visages derrière ses paupières qu'elle ferma un instant, celui de la jeune mère, ravagé de douleur, et celui de la Vierge de Saint-Victor, serein sous son masque de plâtre aux couleurs vives.

10

Au surlendemain de la naissance de Jacques, la mère Boulanger, qui se retenait de témoigner de l'affection à Marie et n'attendait que le moment de la remettre à la maraîchère pour clore l'affaire, la trouva en pleurs. Bien que fermement serrés dans des linges, ses seins, gonflés et douloureux, regorgeaient de lait, jusqu'à inonder son caraco. La sage-femme, qui n'avait pas prévu une telle marée chez une si jeune mère, n'avait pas jugé utile de lui faire prendre à temps des tisanes d'herbes censées enrayer ce débordement, et c'était trop tard.

— Je ne peux pas te laisser dans cet état de souffrance, lui dit-elle. De plus, ton lait doit être de qualité, il semble que tu aies été convenablement nourrie chez ta parente. Il serait dommage de le perdre. Ecoute-moi. Je vais te conduire jusqu'à l'hospice Sainte-Catherine, où le besoin de nourrices est grand, pour tous les marmots qui y sont recueillis.

Les bonnes sœurs ne font pas les difficiles, elles ne te demanderont même pas ton nom, il te suffira de leur dire que ton enfant n'a pas vécu. Quand la maraîchère se présentera, je lui dirai de revenir te chercher un peu plus tard, voilà tout.

La proposition de la sage-femme fit soudain entrevoir à Marie un autre destin que celui qui l'attendait. Elle n'avait pas la moindre envie de retourner à Clermont, chez son oncle Philibert ; il ne manquerait aucune occasion de lui rappeler sa faute et de la lui faire payer. En même temps, elle redoutait de revoir le beau Jacques ; il avait dû en séduire plus d'une autre depuis leur brève étreinte et peut-être, l'ayant possédée si facilement, aurait-il envie de recommencer. Elle ne pouvait pas non plus demander à retourner dans la famille de Victorine, qui en avait déjà fait tellement pour elle, au risque de lui attirer des ennuis avec l'oncle Philibert. Les bonnes sœurs de Sainte-Catherine... Après avoir fait la nourrice, quand son lait se tarirait, elle demanderait à rester auprès d'elles, à l'abri d'un monde si cruel pour les pauvres filles de son espèce, quitte à y accomplir les tâches les plus ingrates, juste pour le gîte, le couvert et la sécurité. L'auberge, la rue, les hommes lui faisaient peur. Le couvent lui apporterait au moins la paix, sinon pour toujours, du moins pour quelques mois, voire quelques années.

Dans les institutions dites de charité, où se pratiquait l'assistance aux mères en détresse et aux enfants abandonnés, l'hôpital et l'hospice, l'anonymat, en effet, était encore de mise. Mais on ne s'y montrait pas toujours charitable... En particulier à l'hôpital, où les filles-mères étaient souvent confiées à des carabins pour lesquels elles devenaient des objets d'études. Elles y subissaient des vexations, des quolibets ajoutant encore à leur misère. Les risques d'infection, les décès, les échanges de nourrissons étaient fréquents. Et toujours, leur souffrance, qu'on ne s'efforçait guère de soulager, leur était présentée comme un juste châtiment de leurs fautes. Au moins Marie avait échappé à cela...

La femme Boulanger accompagna la jeune fille, qui emportait avec elle son maigre balluchon, jusqu'à la porte de Sainte-Catherine. En chemin, Marie lui révéla son désir d'y demander asile.

— Quand ma parente Victorine viendra me chercher chez vous, dites-lui où je suis, et que je la remercie de toute sa bonté, ainsi que sa famille. Dites-lui aussi qu'elle m'y laisse en paix, qu'elle ne se préoccupe plus de moi, que je m'en remets aux bonnes sœurs pour mon avenir, implora Marie.

La matrone, émue par l'aspect pathétique et romanesque de cette décision, l'embrassa et, pour ne pas se laisser trop émouvoir, lui tourna le dos au moment où elle se saisissait de la cloche.

Marie fut accueillie sans formalités particulières. Elle se contenta de dire qu'elle avait donné le jour à un enfant de père inconnu n'ayant pas vécu, et qu'elle se proposait comme nourrice. Elle découvrit alors l'univers de l'orphelinat des nourrissons.

De petites chambres, des cellules plutôt, plus que sommairement meublées, où les donneuses de lait étaient hébergées. Des pauvresses ayant connu bien des misères, pour la plupart plus poignantes encore que la sienne. Toutes se prétendaient comme elle mères d'enfants morts dès leur naissance. Elle se demanderait souvent si elle était la seule à avoir donné le sien, par contre il ne lui viendrait jamais à l'esprit que certaines avaient pu se débarrasser des leurs d'une façon infiniment plus dramatique. Les repas étaient pris en commun, les promenades autorisées dans la cour intérieure, le tout dans un silence de rigueur. A heures régulières, les nourrices se rendaient dans la grande salle où étaient placés les nourrissons, chacun dans un berceau de bois. Marie eut le cœur serré lorsqu'elle y pénétra la première fois, avec la sœur qui devait lui désigner « son » enfant. La plupart des marmots, réveillés par la faim, braillaient à qui mieux mieux. Elle dut fermer les yeux, à l'idée, insoutenable pour elle, que son petit Jacques aurait pu connaître leur sort si trois femmes, Victorine, la sage-femme et celle dont elle ignorait tout, jusqu'à son nom, n'avaient pas été réunies par un hasard providentiel.

Près de chaque berceau se trouvait un siège. Marie s'assit, ouvrit son caraco, arrondit l'un de ses bras pour y recevoir un enfant. Le lait perlait tout seul au bout de son sein sur lequel se rua le petit affamé. Fille ? Garçon ? Rien ne permettait de le deviner.

— C'est un petit gars, dit la sœur, déposé ce matin, tout juste enveloppé d'un mauvais tricot, par ce froid, si c'est pas malheureux...

Marie ne pouvait détacher son regard de l'enfant, et ses lèvres murmuraient en silence le prénom du sien : Jacques...

Quelques donneuses, à la poitrine particulièrement généreuse, allaitaient deux enfants à la fois. Certaines plaisantaient, d'autres pleuraient, de douleur ou d'autre chose, quelques-unes marmonnaient des récriminations entre leurs dents, contre les sœurs, et même contre les innocents qu'elles tenaient entre leurs bras.

Sitôt les tétées terminées, les donneuses de lait devaient replacer les nourrissons dans leur berceau. Pour éviter qu'elles ne s'y attachent, et aussi pour ne pas habituer les petiots à une chaleur dont ils seraient privés ensuite, les sœurs ne les autorisaient pas à leur prodiguer d'autres soins.

De temps en temps, l'hospice Sainte-Catherine recevait des visiteurs de marque, des personnalités administratives, ou des donateurs qui venaient constater le bon usage de leurs largesses, et aussi des femmes, de la petite noblesse de province, ainsi que de riches bourgeoises, qui faisaient œuvre de charité en déposant des paquets contenant du linge et de la layette pour les enfants pauvres.

Trois jours après l'arrivée de Marie chez les bonnes sœurs, une certaine madame Castellier, grande femme élégante proche de la cinquantaine, que deux religieuses accompagnaient avec déférence, pénétra dans la salle où œuvraient les nourrices, en fit le tour en s'arrêtant près de chacune et finit par s'immobiliser devant elle.

— Celle-ci ? demanda-t-elle à l'une des religieuses.

— Une pauvresse comme les autres, madame, mère d'un enfant mort, sans père évidemment, vous savez que la règle nous interdit de les questionner, nous n'en savons rien de plus. Elle s'en retournera vers sa vie de pécheresse quand sa présence ici ne se justifiera plus.

La femme regardait Marie avec un mélange de curiosité et de sympathie. Elle lui souleva le menton, comme avait fait la femme Boulanger à sa première visite. Elle ne lui trouva pas dans les yeux ces airs de défi et d'insolence permettant à son avis de déceler chez ce genre de fille une réelle culpabilité ou, pire, la marque infamante du vice.

Elle lui sourit, acheva son geste dans une caresse et la rendit à son occupation en s'adressant à nouveau à la bonne sœur :

— Celle-ci ne me semble pas être une mauvaise fille, j'aurais bien envie de vous l'enlever.

Il y avait des régions en France, comme le Morvan, ou la Creuse, que parcouraient des « laitières », c'est-à-dire des recruteuses de nourrices pour l'aristocratie et la haute bourgeoisie parisienne, avec la complicité de médecins qui inspectaient les candidates, allant jusqu'à goûter leur lait pour en apprécier la qualité. Ces femmes, attirées par les salaires et les conditions de vie promises, n'hésitaient pas parfois à sacrifier leurs propres enfants en les confiant à de plus malheureuses qu'elles. Dans les familles où elles étaient accueillies, elles étaient généralement bien traitées, voire gâtées, et beaucoup, trouvant ensuite d'autres emplois, ne regagnaient pas leur région d'origine. Il n'y avait pas une telle organisation dans la Meuse, mais il arrivait que des femmes fortunées se mettent en quête de nourrices là où on pouvait en dénicher de disponibles, c'est-à-dire dans les endroits, comme à Sainte-Catherine, où elles allaitaient les orphelins et les enfants trouvés.

Madame Castellier avait une fille sur le point d'accoucher et n'envisageant pas de nourrir elle-même son enfant. C'est pour elle qu'elle eut envie d'« enlever », selon ses propres mots, Marie, en qui elle vit une possible nourrice, susceptible de devenir ensuite une femme de chambre tout à fait présentable. Elle demanda à s'entretenir avec elle, en tête à tête.

Marie avoua qu'elle était mineure, certes, mais orpheline, et qu'elle craignait de retourner chez son tuteur. Elle cita, sans la nommer, la lointaine parente qui l'avait hébergée le temps de sa grossesse. Madame Castellier eut la délicatesse de ne pas faire allusion au sort du nouveau-né, le croyant mort. Marie expliqua enfin qu'elle préférait demeurer auprès des sœurs, aux conditions qui seraient les leurs, plutôt que de devoir encore affronter le monde et ses pièges.

— Tu es bien trop jeune, petite Marie, dit madame Castellier, pour vouloir te renfermer ainsi...

Trop jolie aussi, même si pour elle, la pauvrette, c'est davantage un danger qu'un atout... pensa-t-elle, avant d'ajouter :

— J'ai beaucoup mieux à te proposer.

Touchée à la fois par l'accent de sincérité de Marie et les qualités qui se lisaient dans son regard, elle se faisait fort d'arranger la chose grâce à ses relations haut placées si d'aventure son tuteur venait à retrouver la trace de la fille et à la réclamer.

Marie s'en remit à madame Castellier comme elle s'en était remise à Victorine et à la femme Boulanger. Elle eut un pincement au cœur en reposant pour la dernière fois dans son berceau le petit garçon qu'elle n'avait pourtant allaité que pendant quelques jours. Une berlinette l'emmena un matin, avec sa bienfaitrice, jusqu'à Sedan où l'enfant s'apprêtait à naître, au trot d'un petit cheval qui cette fois n'était pas blanc pommelé de gris mais bai.

Personne ne fut mis au courant de son départ. Ni la maraîchère – la femme Boulanger n'avait pu que lui transmettre l'intention de Marie de s'en remettre aux bonnes sœurs, et aussi sa gratitude, sans rien demander pour ses services –, ni les Picmal – Victorine se fit transporter auprès d'eux pour leur rendre compte de la situation, taisant, bien sûr, le marché avec la femme du roulier, s'en tenant à la version de l'enfant mort-né et du choix de Marie. Hortense s'émut de cette décision, qu'elle trouva digne et courageuse. Si Philibert, dans son for intérieur, regretta de perdre une servante, au moins put-il se réjouir de n'avoir rien à débourser pour elle.

— Chez les bonnes sœurs ou au diable, conclut-il, peu m'importe, pourvu que cette ingrate, que j'ai nourrie pendant toutes ces années, ne se représente jamais chez moi !

Léon Saubert, le gendre de madame Castellier, mari de sa fille Apolline, était le fils et le futur héritier d'un drapier de Sedan. La Maison Saubert, avec un grand M, affichait sa haute renommée par une enseigne sur la façade d'un bel immeuble, au cœur de la ville, au rez-de-chaussée duquel se trouvait le magasin. Les ateliers, situés dans un quartier plus populaire, employaient une centaine de personnes, hommes, femmes, et aussi des enfants, qu'on pouvait juger privilégiés par rapport à ceux qui travaillaient ailleurs au fond des mines. Chez Saubert avaient été installées, dès le milieu du siècle, les premières navettes actionnées par la force de la vapeur. La production, du beau drap de laine, le fameux drap de Sedan, et aussi d'autres tissus divers, était vendue en partie dans le magasin, aux tailleurs, aux couturières et aux particuliers, ainsi que sur les foires de la région où se rendaient régulièrement le père et le fils.

Lorsque Apolline Saubert avait vu se rapprocher la date de son accouchement, elle avait écrit à sa mère pour lui demander de lui trouver et de lui amener une nourrice. Elle aurait pu recruter une Sedanaise, mais elle préférait employer une femme d'une autre ville pour la garder à demeure et s'assurer ainsi d'un meilleur service. De plus, elle était très liée à sa mère, qui saurait dénicher une personne de qualité.

Madame Castellier avait fait son choix. Il risquait de choquer la belle-famille de sa fille, mais elle avait la certitude que celle-ci accepterait en toute confiance cette fameuse petite Marie dénichée à Sainte-Catherine.

Dans la voiture envoyée par Léon Saubert et l'emmenant vers Sedan, Marie avait les yeux fermés, mais elle ne dormait pas. Sa vie venait, en quelques jours, de changer si brutalement qu'elle se sentait prise dans un tourbillon. Madame Castellier respectait son repos. Elle la regardait avec un léger sourire.

Un petit Louis venait de faire son apparition à leur arrivée à la Maison Saubert. La grand-mère rejoignit la famille autour du lit de l'accouchée, pendant que Mathilde, la cuisinière, se chargeait d'installer Marie et de la préparer pour sa future mission

La belle-famille fut un peu choquée, en effet. Une fille-mère, si jeunette… sans références… Elle avait perdu son enfant ? Le chagrin, si elle en avait, n'était-il pas susceptible de gâter son lait ? Madame Castellier les rassura et se déclara prête à répondre de Marie.

Quand celle-ci apparut pour son premier office, gracieuse malgré sa fatigue, jeunette en effet mais d'apparence solide, le regard triste mais droit, Apolline, encore allongée, lui sourit.

— Merci, Marie, de venir prendre soin de notre petit Louis. Nous aussi nous prendrons soin de toi.

Lorsqu'elle porta pour la première fois le nourrisson dans ses bras et lui offrit son sein, sous les yeux de la mère et des deux grand-mères attentives, Marie dut faire un effort pour ne pas fondre en larmes. Des images lui brouillèrent un moment les yeux. Celles des marmots de Sainte-Catherine, condamnés à passer de bras en bras, selon les circonstances. Le sien, elle n'avait même pas pu le voir, ni le toucher, elle ne pouvait que l'imaginer. Mais bientôt, l'enfant s'étant mis à téter, elle trouva la force de se ressaisir, leva les yeux et sourit à madame Castellier.

11

Emélie, à qui la recherche du bonheur avait su donner des audaces insoupçonnables, n'était pas heureuse.

Elle vivait dans la certitude que la machination l'ayant rendue mère avait inévitablement éveillé des soupçons et serait un jour découverte.

Nombreuses étaient celles dont les visages, les attitudes, les regards lui revenaient à l'esprit. Toutes des femmes, cette intuition-là étant essentiellement féminine.

A commencer par celles pour qui elle n'avait pas, ou si peu, de sympathie.

La femme Marizy, d'abord. Cette matrone au regard froid avait évoqué les fers et l'échafaud avant de l'éconduire sèchement. Elle s'était dite préoccupée de se mettre en règle avec le bon Dieu. L'occasion ne serait-elle pas bonne pour elle de racheter ses propres fautes par la dénonciation d'une faute plus grave encore ? Plusieurs fois, au cours de sa prétendue grossesse, Emélie avait eu un frisson dans le dos en croyant l'apercevoir dans les rues de son quartier. Chaque fois elle s'était trompée, mais la matrone, qui avait à coup sûr de l'expérience et de la rouerie, pouvait mener son enquête dans la discrétion...

Elle craignait aussi la couturière, ne s'étant jamais sentie parfaitement à l'aise auprès d'elle. Que pouvaient bien cacher la froideur de cette femme, le ton neutre de ses conversations, et plus encore sa solitude ? Des souffrances secrètes, des déceptions de femme sans doute. Aigrie jusqu'à la jalousie, ne serait-elle pas capable de se venger en détruisant le bonheur de quelques autres ?

Que de fois, également, au sortir des boutiques ou en s'éloignant du puits, avait-elle perçu dans son dos des regards aiguisés, et deviné des commentaires malveillants. La sympathie qui lui avait été manifestée à son arrivée dans le quartier, six années plus tôt, n'avait pas résisté à sa vie conjugale tourmentée, à ses échecs, aux écarts de conduite de son mari, à cette grossesse inespérée dont elle n'avait jamais cherché à partager la joie. Si certaines femmes du peuple, comme Madeleine, avaient un sens inné de la solidarité, d'autres, au contraire, plus ou moins malmenées par la vie, trouvaient une sorte de consolation dans les misères des autres, et se révélaient assez fines mouches pour détecter ailleurs les moindres anomalies. Avait-elle su maîtriser suffisamment la progression de son embonpoint et ses attitudes pour tromper leur regard ?

Elle avait peur d'Adèle, aussi. Oser imaginer dans le rôle d'une justicière la propre mère de son mari l'empourprait de honte, mais elle n'y pouvait rien, cette pensée allait certains jours jusqu'à la harceler. La naissance de Jacques n'avait pas ramené Adèle à de meilleurs sentiments envers elle, ou alors si peu. Parce que c'était trop tard ? Ses quelques amabilités étaient toujours suivies d'insinuations perfides. Et cette insistance, à sa seconde visite, pour dénuder le bébé, à la recherche de la fameuse tache de vin, introuvable bien sûr. Et après cela, pire qu'un étonnement bruyant, un silence glacial. Le silence de qui devine des choses et se réserve de les dévoiler le moment venu...

Les deux seules femmes de son entourage dont Emélie ne redoutait rien étaient Madeleine et la femme Boulanger.

La sage-femme était sa complice ; elle n'aimait pas ce mot, mais c'était celui qui convenait. Dénoncer sa cliente aurait été se livrer elle-même aux rigueurs de la justice. Selon le pacte qu'elles avaient conclu, elle lui avait donné des gages de sa parole, et s'arrangerait pour lui verser bientôt une somme d'argent plus importante. Mais elle préférait se sentir liée à elle par autre chose. Par le partage d'une aventure hors du commun, par des scènes poignantes vécues ensemble, par une connivence de femmes qu'elle avait envie de nommer amitié.

Quant à Madeleine, c'était du domaine de l'instinct. Aucune question, aucune confidence, aucune allusion même n'avait abordé le problème. Rien n'avait été dit. Mais Emélie aurait donné sa main à couper que Madeleine avait tout deviné. Cette certitude ne l'effrayait pas du tout ; au contraire, elle lui réchauffait le cœur. Le secret partagé lui aurait été moins lourd à porter, et elle devait se retenir pour ne pas tout avouer à son amie. De son côté, cette dernière avait senti quelque mystère ténébreux, mais respectait la discrétion dans laquelle Emélie s'enfermait.

C'était un matin semblable aux autres, ce 24 février, dix jours après la naissance du petit Jacques. Toinette, fidèle à sa mission, était arrivée alors que le jour se levait à peine. La première tétée était toujours la plus attendue par son Jésus, comme elle appelait son nourrisson, sur lequel elle s'extasiait à chaque fois comme si elle le découvrait. Emélie s'affairait à préparer un petit bagage pour Jean-Nicolas qui, pour la première fois depuis qu'il était devenu père, allait effectuer une course de plusieurs jours. Le cœur et les mains pleins de tendresse, il l'agaçait gentiment, lui pinçait la taille, lui effleurait la poitrine, tentait d'obtenir la promesse qu'à son retour il pourrait retrouver tous ses droits sur elle.

Quand des pas virils retentirent dans l'escalier et que des coups donnés sans ménagement ébranlèrent la porte, Emélie ne fut pas étonnée.

— Mon Dieu... dit-elle en joignant ses mains sur sa poitrine.

Livide, elle leva vers Jean-Nicolas des yeux affolés.

— Au nom de la loi, Jean-Nicolas Morel, ouvrez !

— Ouvre, murmura-t-elle, c'est pour moi...

— Pour toi ? Que veux-tu dire ?

Déjà, les coups redoublaient. Il ouvrit.

Les trois gendarmes, sanglés dans leurs uniformes, ignorant le mari, s'approchèrent d'Emélie.

— Emélie-Henriette Robert, femme Morel ?

Elle fit oui, de la tête. Elle n'avait pas encore procédé à sa toilette, elle était en camisole et jupon de flanelle, ses longs cheveux seulement rassemblés en une torsade épaisse.

Elle ne semblait vouloir opposer aucune résistance, alors que la plupart de ses semblables dans la même situation ou bien se transformaient en furies et il fallait alors les maîtriser, ou bien se laissaient aller à des supplications, ou même se jetaient carrément aux genoux des hommes de l'ordre. Celle-ci se tenait devant eux, la tête basse, comme prête déjà à leur tendre ses mains rapprochées.

— Mais enfin, messieurs, intervint Jean-Nicolas, les prenant de haut, je peux savoir ce que vous lui voulez, à ma femme, pour venir ainsi faire du tapage à la première heure du jour !

— Nous avons un mandat d'arrêt signé de monsieur le procureur. La femme Morel est accusée d'avoir fait passer pour sien un enfant né d'une autre femme. Article 345 du code pénal.

Suivit un court instant d'un silence glacial. Le ciel venait de tomber sur la tête de Jean-Nicolas.

Toinette, installée dans le cagibi, intriguée par cette brusque visite matinale, avait un moment suspendu son office pour tendre l'oreille, ce qui n'était pas du goût de son nourrisson ; il se mit à protester vigoureusement.

— Nous devons nous saisir aussi de l'enfant. Il sera rendu à sa véritable mère, ajouta alors l'un des gendarmes.

Jean-Nicolas ne tenta pas de s'opposer à l'arrestation d'Emélie. Au contraire. Il avait brusquement compris la machination qui s'était tramée à son insu, et, redevenu l'homme et le mari trompé, ridiculisé, abusé, il laissa exploser sa colère avec une violence inouïe, au point que les gendarmes eux-mêmes durent protéger la femme des coups dont il la menaçait.

— Emmenez-la au diable ! Que je ne la revoie jamais devant mes yeux ! hurlait-il.

Il ne fut pas nécessaire de l'enchaîner, elle se laissa entraîner dans le couloir, puis dans l'escalier. Anéantie, couverte de honte, elle emportait cependant dans son cœur les mots prononcés par l'un des gendarmes : l'enfant serait rendu à sa véritable mère. Ainsi donc, crut-elle, la petite Marie, qu'elle n'avait fait qu'entrevoir, s'était ravisée, prise de remords, et avait demandé l'aide de la loi pour récupérer son enfant... Quels indices avait-elle ? Une adresse, celle de la sage-femme. Celle-ci aurait-elle alors parlé à son tour ? Sous quelles pressions, quelles menaces ? Emélie ne leur en voulait pas, au contraire elle approuvait leur courage. Ce sera ma consolation dans l'épreuve qui m'attend, pensa-t-elle, de savoir que le petit Jacques aura retrouvé sa vraie mère.

Le tintamarre avait réveillé le voisinage. La couturière ne se manifesta pas, mais le cordonnier et surtout Madeleine virent Emélie entre les deux gendarmes, poursuivie par les imprécations de Jean-Nicolas.

— Attendez ! cria Madeleine. Est-ce qu'on emmène une femme qui n'est pas même habillée ?

Elle disparut un instant et revint avec une longue cape de laine dont elle entoura la tête, les épaules et le corps de son amie. Un regard fut échangé entre les deux femmes, porteur d'amitié, de confiance réciproque.

Quant à l'enfant, la pauvre Toinette lui avait redonné le sein pour faire cesser ses cris, et elle crut un moment, lorsque l'un des gendarmes fit irruption dans la petite pièce, que ses bras resserrés autour de lui suffiraient à le protéger.

— Vous n'allez tout de même pas emporter un petiot comme ça, et grand Dieu pour où donc ?

— Ordre nous a été donné de le mettre en lieu sûr en attendant qu'il soit rendu à sa mère. Si on la retrouve.

— Laissez-le-moi, je vous en prie, gémit Toinette, je le nourris depuis son premier jour, je saurai prendre soin de lui le temps qu'il faudra...

Elle dut céder, remettre entre les bras du gendarme le nourrisson enveloppé d'une courtepointe. Au bas de l'escalier, Jean-Nicolas tourna le dos pour ne pas le voir. Le gendarme qui s'était chargé de l'enfant et s'en trouvait bien emprunté se hâtait déjà vers ce « lieu sûr » auquel il avait fait allusion.

Il faisait maintenant jour, une clarté blême de février qui n'incitait pas les gens à sortir de chez eux. Rares furent donc les passants, quelques ouvriers se rendant à leur travail, quelques boutiquiers occupés à ouvrir leur échoppe, qui s'arrêtèrent un instant pour regarder passer le triste cortège. Emélie avait beau être une figure familière du quartier, personne ne la reconnut.

En plein jour, les arrestations offraient parfois des spectacles pittoresques, qu'il s'agisse de rixes entre hommes, de scènes de beuverie ou de démêlés conjugaux. Mais au petit matin... Ceux ou celles qu'on allait cueillir au saut du lit pour ne pas les rater en avaient généralement plus lourd sur la conscience, des infanticides par exemple quand c'étaient des femmes.

La surprise serait grande dans le quartier lorsqu'on apprendrait que la criminelle arrêtée le matin n'était autre qu'Emélie Morel, la femme du roulier de la rue des Rouyers, celui qui avait clamé si fort sa joie d'être devenu père la semaine d'avant !

A la prison civile, située rue de Rû, les femmes détenues étaient placées sous l'autorité et la surveillance de quelques religieuses.

La plupart d'entre elles ne se trouvaient enfermées que pour des motifs mineurs, pour y purger leur peine après un jugement expéditif. Ces pauvresses s'étaient rendues coupables soit de mendicité, soit de vol. Vol d'argent, de bois, d'effets (c'est-à-dire de vêtements), de légumes dans les jardins ou les caves ou aux étalages des marchés... Les peines leur étaient imposées en fonction de leur situation, de la composition de leur famille, de la saison, l'hiver rendant leur misère plus cruelle. En fonction aussi du caractère, voire de l'humeur des juges, parfois agacés par des récidives, ou par le ton des accusées. Certaines se révélaient arrogantes, grossières, n'hésitaient pas à les injurier. Si de façon générale la justice était plutôt rigoureuse envers les femmes, qui par leur nature se devaient d'être plus vertueuses que les hommes, il lui arrivait aussi parfois de se montrer clémente.

Toute frissonnante, Emélie se tenait debout face à la religieuse chargée d'établir le signalement des vêtements dont elle devait se défaire avant sa mise sous écrou.

— Une cape de laine brune. Et dessous, c'est tout ce que tu portes ? Voyons... Un jupon de flanelle grise. Une camisole, de flanelle aussi.

La bonne sœur en venait aux dessous plus intimes, que la détenue pourrait conserver.

— Une chemise de finette... un pantalon fendu... une paire de bas de laine... une paire de pantoufles.

Elle plia le jupon et la camisole d'Emélie et lui tendit en échange une tenue de drap gris et un bonnet de même couleur.

— Tu n'auras pas chaud là où je vais t'emmener, ajouta-t-elle, je te laisse la cape.

Alors que les détenues déjà jugées étaient placées dans des cellules communes, les cas plus graves, celles dont le jugement supposait une longue préparation, une enquête, des témoignages se retrouvaient à l'isolement.

Seule dans une cellule sombre et plus que sommairement garnie d'une paillasse, d'une petite table et d'un tabouret de bois, Emélie s'effondra et pleura longuement. Elle n'avait rien osé demander, ni aux gendarmes qui l'avaient amenée à la prison, ni à la religieuse. Peut-être même, simples exécutants, ignoraient-ils ce qu'elle aurait voulu savoir. Jacques avait-il déjà été rendu à Marie ? La pauvrette aurait-elle les moyens de prendre soin de lui ? Où se trouvaient-ils maintenant, tous les deux ?

Elle murmura plusieurs fois : « Jean-Nicolas, pitié... au secours... », finit par s'endormir, épuisée d'angoisse.

A l'heure où les trois gendarmes s'étaient présentés rue des Rouyers, deux autres avaient procédé, rue du

Saint-Esprit, à l'arrestation de Marie-Louise Olivier, veuve Boulanger, sage-femme, pour complicité de substitution d'enfant. Elle était enfermée dans une cellule voisine.

Elles ne se retrouvèrent en présence l'une de l'autre que trois semaines plus tard, le jour de leur procès. Il devait avoir lieu à Saint-Mihiel, où se tenait la cour d'assises de la Meuse, la substitution d'enfant étant assimilée à un crime.

Dans la voiture cellulaire aux bancs de bois et à l'étroite lucarne grillagée qui filait au galop des chevaux, Emélie et la femme Boulanger se voyaient à peine. Interdiction leur avait été signifiée de se parler. Mais leurs gardes, au moment un peu confus de « l'embarquement », n'avaient pas pu empêcher entre elles une étreinte rapide et incomplète, du fait de leurs chaînes. Elles y avaient puisé l'assurance de leur solidarité, en dépit du ratage de leur stratagème, donc un supplément de courage et d'espoir. Soumis au même inconfort qu'elles et passablement secoués, les gendarmes les épiaient de l'œil.

Quelques autres voitures, un peu plus confortables, s'apprêtaient à prendre elles aussi la route de Saint-Mihiel, leurs occupants ayant décidé d'assister au procès.

L'abbé Bertrand avait tenté en vain de convaincre Philomène et Amédée Robert qu'il était de leur devoir de soutenir leur fille en dépit de sa culpabilité, d'adoucir par leur présence la rigueur attendue du jugement. Ils savaient depuis le jour de l'arrestation, où, encore ivre de colère, il était venu les informer, que Jean-Nicolas ne reviendrait pas sur sa position. Quel que soit le sort d'Emélie, il ne la considérait plus comme sa femme et ne voulait plus rien savoir d'elle. Philomène n'avait su que pleurer et gémir, répétant qu'elle ne supporterait pas de voir sa fille dans un tribunal, qu'elle pourrait bien en mourir sur place. Amédée, dont le caractère s'était aigri depuis que ses affaires battaient de l'aile, ne s'était pas non plus laissé apitoyer. Il avait même fini par exploser :

« Sacrée engeance de bonnes femmes ! Ça ne sert donc qu'à empoisonner la vie des hommes ! Je n'ai pas de temps à perdre pour une fille qui s'est montrée indigne !

— Promettez-moi au moins, avait insisté le curé, de l'accueillir chez vous quand elle aura fini de purger sa peine...

— Si on est encore là... parce que c'est sûrement pas pour demain ! » avait grogné Amédée.

C'est donc seul, dans le but de réconforter la malheureuse Emélie – il n'approuvait pas sa conduite, mais cela n'empêchait pas la compassion –, que l'abbé Bertrand se faisait conduire au procès.

Madeleine partageait la berlinette de Jacques Thiébaux. Elle avait eu l'audace d'aller le solliciter, persuadée qu'il tiendrait lui aussi à témoigner. Elle aurait pu se contenter des réponses qu'elle avait faites aux gendarmes venus la questionner, comme bien des gens du quartier. Elle s'était entêtée face à son bonhomme de cordonnier qui allait perdre une journée avec la marmaille autour de lui, à l'empêcher de travailler.

« Faut qu'j'y aille, faut qu'elle sache que tout le monde n'est pas contre elle ! »

Enfin messieurs Bresch et Jaussy, avocats du barreau de Verdun, chargés de la défense des accusées, profitaient du trajet pour reprendre les arguments qu'ils entendaient développer afin d'obtenir la clémence des juges.

— L'affaire Galavaux était autrement difficile, soulignait l'un d'eux, et pourtant j'ai obtenu l'acquittement.

— Oui, approuvait l'autre, nous pourrons le rappeler au besoin.

Dans l'affaire Galavaux, du nom de la prévenue, il s'agissait d'un infanticide, commis l'année d'avant par une petite bergère de vingt ans, une Verdunoise elle aussi, du village de Belleray exactement. Contre toute évidence, puisque les faits avaient été constatés par un médecin, la criminelle avait plaidé non coupable, une attitude risquant de lui être fatale. Or, maître Jaussy, comme il le faisait remarquer, avait réussi à la présenter davantage comme une victime que comme une coupable, et la petite Galavaux était ressortie libre du tribunal ! Celle qu'ensemble ils allaient défendre n'avait pas tué, on pouvait donc espérer que la cour les suivrait, cette fois encore.

— Cette femme a une physionomie tout à fait intéressante... murmura le président du tribunal lorsqu'il découvrit Emélie.

Trois semaines avaient passé depuis son arrestation, pendant lesquelles seule Madeleine lui avait rendu visite. Aussi obstinée que persuasive, la brave femme avait réussi à obtenir de Jean-Nicolas qu'il lui permît d'aller prendre chez lui quelques effets et nécessaires de toilette d'Emélie. Puis elle s'était rendue à la prison, où elle avait été autorisée à la voir pour les lui remettre.

« Ne te laisse pas aller au chagrin, lui avait-elle dit. Tu es une femme courageuse et belle, c'est ainsi que tu dois te présenter à tes juges, pour qu'ils découvrent ta vraie personnalité. »

Emélie apparaissait donc vêtue d'une longue jupe et d'un caraco de laine bleue, les épaules couvertes d'un châle violine. De ses beaux cheveux bruns, dans lesquels les épreuves traversées avaient commencé de semer des fils blancs, elle avait fait un lourd chignon retenu par des épingles sur sa nuque. Elle se présentait sans arrogance, mais sans excès de désespoir non plus, les yeux baissés. Elle avait suffisamment d'expérience de la vie pour savoir que si les larmes des femmes touchent parfois le cœur des hommes, elles les irritent et les rendent plus durs encore quand ils les estiment trop abondantes, donc peu sincères, même s'ils se trompent. Des mots étaient gravés en elle, ceux d'Amédée, son père, sur les jérémiades de Philomène. Plus cruels, ceux de Jean-Nicolas, son mari, empruntés au vocabulaire des ivrognes et des mauvais garçons, lorsqu'elle avait pleuré devant lui.

— Je ne vois rien de pervers non plus sur la figure de sa comparse, constata à son tour l'un des juges en réponse au président.

De dix ans plus âgée qu'Emélie, la femme Boulanger, un peu épaisse et grisonnante, ressemblait en effet davantage à une quelconque ménagère qu'à une redoutable matrone.

L'acte d'accusation fut lu avec toute la solennité d'usage. Nom de fille et de femme, âge, situation, domicile de chacune d'elles. Elles furent déclarées accusées « d'avoir supposé à ladite femme Morel un enfant du sexe masculin, présenté le 15 février 1849 à l'officier de l'état civil de Verdun, alors que cet enfant était né d'une autre femme, un crime prévu par l'article 345 du code pénal ».

Tantôt interrogées l'une après l'autre, tantôt invitées à s'expliquer simultanément sur des points précis, elles reconnurent les faits.

Emélie, la voix tremblante d'une touchante émotion, fit le récit de ses premières années de vie commune avec Jean-Nicolas, puis de ses espoirs déçus de maternité. Elle n'éludait aucun point, ni « la bonne entente, au lit aussi » ni l'affection débordante de son mari pour les enfants de ses frères et sœurs. Son regard ne cherchait pas à éviter celui de ses interrogateurs. Elle ne le baissa que quand on en vint au changement de caractère de Jean-Nicolas.

— Il s'était mis à boire ?

— Oui, monsieur le président.

— Il vous insultait ? De quoi vous traitait-il ?

— De femme incapable... de ventre de chiffon... de... genoux flageolants...

L'audience était publique, quelques ricanements – d'hommes évidemment – fusèrent.

— Menaçait-il de vous frapper ?

— Oui.

— Lui est-il arrivé de mettre ses menaces à exécution ?

Elle releva les yeux.

— Non, monsieur le président, jamais !

Ensuite il fut question de l'élaboration, puis de la réalisation du stratagème, « dont il faut bien admettre, souligna le président du tribunal, qu'il supposait une belle dose de culot, d'imagination et de constance ! ».

— D'amour aussi ! lança maître Jaussy, approuvé par des murmures, féminins cette fois, dans l'assistance.

Après un moment de silence, preuve que cette brève intervention avait fait mouche, la mère Boulanger fut amenée à s'exprimer longuement, à énumérer les conseils fournis à Emélie.

— Et le mari passait pour quoi, là-dedans ? assena le procureur. Pour un naïf, pour ne pas dire plus !

Approbation du public masculin, prompt à partager l'infortune du mari berné.

Pour appuyer ces interrogatoires, faute de les contrarier puisque les accusées n'étaient pas réticentes, la parole était donnée aux témoins présents, Jacques Thiébaux, Madeleine, ou au greffier chargé de lire les dépositions de ceux qui ne s'étaient pas déplacés, pour l'essentiel des habitants du quartier.

Le témoignage de Madeleine fut particulièrement touchant, par la simplicité de ses mots, par sa sincérité.

— J'ai eu des doutes, reconnut-elle, mais elle avait tellement souffert déjà, et tellement espéré...

Lorsqu'il fut question de la véritable mère de l'enfant, Emélie, le cœur battant, s'attendait à tout apprendre de cette petite Marie, plus désireuse de savoir que Jacques lui avait été effectivement rendu que la manière dont elle avait agi pour faire éclater la vérité.

Mais de Marie la cour ne savait rien de plus que ce que la femme Boulanger livra comme indices. Une gamine de seize ans en détresse, amenée à elle par une lointaine parente. Une gamine terrorisée préférant donner son enfant à une bonne personne plutôt que de l'abandonner.

Les noms ? Les adresses ?

— Monsieur le juge, dit la femme Boulanger, les femmes que j'accouche, je les connais par leur nom, et je sais où elles habitent, forcément, mais avec celles qui viennent me voir pour autre chose, ça se passe dans la discrétion absolue, vous le savez bien...

Ces derniers mots auraient pu déplaire au juge. Ils le touchèrent, au contraire. Par la façon si simple et directe dont ils avaient été dits. Et il savait bien, en effet, à quel point les femmes savaient respecter les secrets dans leurs manigances, alors que les hommes, dans leur défense, livraient plus facilement les leurs et dénonçaient plus volontiers leurs comparses.

— L'enfant est déclaré né au domicile des époux Morel, rue des Rouyers à Verdun, reprit-il d'une voix ferme qui voulait cacher le léger flottement de sa conscience, la mère s'est donc transportée audit domicile ?

La femme Boulanger fut à la fois réaliste et sobre pour évoquer l'accouchement à son propre domicile, puis pour expliquer le transfert de l'enfant, d'une mère à l'autre, d'une maison à l'autre, et la joie du mari à son retour. Plus un murmure dans la salle. Les hommes n'en revenaient pas de tant d'audace ; les femmes, de tant de courage. Elle expliqua pour finir comment, par un triste coup du sort qui fit son effet, elle avait déniché une nourrice.

— Quand on me l'a arraché des bras pour l'emmener je ne sais où, ça m'a fait aussi mal que lorsque j'ai perdu le mien !

Tout le monde se tourna vers celle qui s'était levée de sa place, tout au fond de la salle, une femme du peuple, aux vêtements fripés et souillés de boue.

Toinette... Elle s'était débrouillée pour connaître la date et le lieu du procès et pour se rendre à Saint-Mihiel, partie la veille, la moitié de la route faite en diligence, le reste à pied parce qu'elle n'avait plus de quoi payer.

Enhardie par son audace, elle continua :

— La mère du petiot, je parle de la vraie, n'a pas encore été retrouvée, à ce que m'ont dit les gendarmes. Alors je voudrais demander une chose. Le pauvre Jésus, je voudrais qu'on me le redonne, en attendant... je prendrai bien soin de lui... je le nourrirai... pour rien.

Ainsi Emélie apprenait la triste vérité. Marie avait disparu et le petit Jacques se trouvait « je ne sais où », comme avait dit Toinette, pour ne pas dire à l'hospice des enfants abandonnés. Livide, elle avait porté ses mains à son cœur, et ne retenait plus ses larmes.

Un silence suivit l'intervention de Toinette. Celle-ci finit par comprendre qu'on ne lui répondrait pas et se rassit lourdement.

Marie avait en effet disparu comme elle était apparue.

— Allez donc retrouver une jeune femme avec en tout et pour tout son prénom, le plus commun qui soit de surcroît, et une lointaine parente, soupira le président en reprenant le fil du débat.

Il fallait bien continuer. Les deux accusées durent révéler la nature de leur accord.

— Ce que je sais aussi, reprit le président en s'adressant à la matrone, c'est que les femmes de votre espèce, même si elles prétendent agir pour venir en aide à des créatures en détresse, ne le font pas pour rien. Qu'avez-vous exigé de la femme Morel pour prix de votre office ?

— Je n'ai pas exigé. Elle m'a donné six tasses de porcelaine, et une paire de boucles d'oreilles.

— Pas d'argent ?

— Si. Dix francs.

— Seulement ?

— Je n'ai pas eu le temps de lui en donner plus, dit Emélie. Je l'aurais fait plus tard si...

Il leur fut enfin demandé si elles connaissaient la portée de leur acte par rapport à la loi.

— Non, dit Emélie.

La femme Boulanger ne pouvait pas l'ignorer, ce qu'elle reconnut.

Le procureur ne demanda pas la mort. La gravité des faits, d'après le code civil, l'y autorisait, mais elle était de moins en moins souvent requise. Dix années de prison lui semblèrent suffisantes. Les deux avocats requirent carrément l'acquittement... et l'obtinrent. Grâce à quoi ? A leur talent, sans doute, mais aussi à celui des deux accusées. C'était en quelque sorte la reconnaissance de la détermination de l'une, de l'ingéniosité de l'autre. L'humain avait supplanté le sordide.

Restait le sort de l'enfant. Pourvu d'un état civil qui n'était pas le sien, il fut stipulé qu'il le conserverait provisoirement, jusqu'à ce que sa mère vienne à le réclamer ou soit confondue de son abandon, pour lequel elle ne serait pas poursuivie. Faute de foyer, provisoirement aussi, il demeurerait confié aux bonnes sœurs de Sainte-Catherine à Verdun.

L'abbé Bertrand réussit à s'approcher d'Emélie pour lui faire savoir qu'elle pourrait trouver asile auprès de ses parents.

— Je ne te promets pas, ma chère enfant, lui dit-il, qu'ils te feront bon accueil, ce qui sera pour toi une manière d'expier ta faute, mais le temps vous rapprochera.

Elle regagna Verdun avec la mère Boulanger dans la berline qui les avait amenées, pour effectuer à la prison les démarches de leur libération.

Jacques eut pitié de Toinette et l'invita à partager sa voiture, avec Madeleine.

12

Son ignorance manifeste des faits, confirmée par les deux coupables, avait tenu Jean-Nicolas à l'écart de toute intervention de la justice. Bien que dépossédé de ce qu'il avait de plus précieux, pour elle il était en dehors de l'affaire.

Après l'énorme surprise, puis l'explosion qui l'avait fait menacer Emélie au point que les gendarmes avaient dû la protéger, il ne s'était pas rendu aux écuries de Jacques Thiébaux. Il s'était rué successivement chez Amédée et Philomène, puis chez ses parents, pour leur crier, hagard et ivre de colère, l'atroce vérité, insultant les uns comme s'ils étaient eux-mêmes responsables, reprochant aux autres de n'avoir pas su le préserver du malheur en lui ouvrant les yeux quand il était encore temps.

Puis il était entré dans une période de repli total. Porte, volets et fenêtres obstinément tenus fermés, il ne voulait ni sortir ni recevoir aucune visite. Bien des fois il entendit des pas dans l'escalier, des coups frappés à la porte, des appels. Madeleine, Jacques, Jean Munhoven, tous inquiets de son silence. Leurs mots étaient touchants. Madeleine s'alarmait : avait-il de quoi manger ? Pouvait-elle lui apporter une aide ? Puis vint Antonin, avec Adèle qu'il n'avait pas réussi à dissuader de se transporter jusque-là. Essoufflée au point de hoqueter, elle ne sut d'abord que répéter, en martelant la porte de ses poings :

« Tu ne nous aurais pas écoutés, mais moi j'm'en doutais... je l'savais... »

Puis elle cria sa haine pour la pécore qui ne pensait qu'à se faire belle, pour la fainéante, la tricheuse, la voleuse, à qui elle souhaitait l'échafaud ! Antonin revint seul, tenta de raisonner son fils, le supplia, le menaça... Rien n'y fit. Tous n'obtinrent que des refus : « Laissez-moi ! »

Il passait par des moments de désespoir, gémissait qu'il avait tout perdu, que sa vie ne valait plus d'être vécue. Il revoyait en pleurant les scènes les plus belles de son bonheur, Emélie à son bras le jour de leur mariage, la découverte de son corps dans la pénombre de leur chambre, leurs promenades dans la ville. Le poids léger de l'enfant dans ses bras, si petit, si fragile. Mais bien vite la colère le reprenait et il en revenait à ce qui lui coûtait le plus, avoir été abusé.

— Comme le dernier des imbéciles, disait-il en se prenant la tête entre les mains, et moi j'étais prêt à croire que le petiot me ressemblerait ! J'étais fier comme un roi en le présentant au maire à l'hôtel de ville !

Le petiot... Dieu sait qu'il en voulait, des enfants, au moins un. Un enfant sorti de lui, puis du ventre de sa femme. Pas un enfant volé ! Parce qu'il avait une mère, celui qu'Emélie, avec cette sorcière de femme Boulanger, avait fait passer pour le sien, une mère à laquelle il allait être rendu, si ce n'était pas déjà fait ! Un orphelin, peut-être, un petit malheureux soudain privé de ses vrais parents, dont ensemble ils auraient eu pitié, oui, un enfant comme ça, il aurait réussi à le regarder comme sien. Mais un enfant volé ? Imposé à lui par la plus grotesque et la plus malhonnête des comédies ? Nom de nom ! Cet enfant n'était pas le sien et Emélie ne méritait plus d'être considérée comme sa femme. Dans une crise de colère il jeta au sol et brisa à coups de pied le miroir devant lequel elle arrangeait ses cheveux, puis il s'empara du berceau, si bien rafraîchi par ses soins, pour le fracasser.

S'il refusait de sortir, c'était pour ne pas avoir à affronter les autres. Ses proches, les voisins, tous. Les uns devaient le plaindre ; d'autres, se moquer de lui, le mari aveugle qui s'était laissé abuser par un carnaval de chiffons ! Il redoutait autant, et peut-être même plus, la compassion que la moquerie. La mentalité était telle que les hommes, détenteurs de tous les pouvoirs, financiers, politiques, administratifs, s'attribuaient sans complexe les mêmes privilèges dans le domaine conjugal et familial, même si leur exercice savait souvent s'accompagner de respect et d'attentions. Ainsi les manquements à leurs devoirs scandalisaient moins que ceux des femmes. « Un homme est un homme, c'était à toi de te refuser ! » s'était écrié Philibert Picmal, apprenant la grossesse de Marie. Le mari qui trompait sa femme obéissait, somme toute, à des impulsions inhérentes à sa nature, la femme qui trompait son mari le ridiculisait et le déshonorait. Et lui, Jean-Nicolas Morel, avait été plus que trompé. Abusé, blessé dans sa dignité d'homme. Si la vue de certains objets, si quelques moments de faiblesse, quelques rêves éveillés, dans la solitude de ses nuits, lui mettaient des larmes aux yeux, et parfois même allaient jusqu'à lui arracher des sanglots, il refusait obstinément de se poser la question de savoir s'il aimait encore Emélie.

Au bout de deux semaines, il lui fallut bien consentir à sortir, à travailler. Madeleine le vit la première, un matin, revêtu de sa tenue de cocher. Elle comprit à son regard qu'il était trop tôt pour lui parler. Elle saurait patienter jusqu'à obtenir de lui ce qu'elle voulait, des effets pour Emélie.

Tout le quartier était au courant de l'affaire. Les gendarmes ne savaient pas toujours tenir leur langue et renseignaient volontiers les honnêtes gens.

Dans la rue des Rouyers, puis dans celle du Rempart-Chaussée, jusqu'aux écuries de Jacques Thiébaux, Jean-Nicolas ignora les manifestations de surprise, les ébauches de gestes chaleureux, les gloussements étouffés des boutiquiers et artisans qui le virent et des quelques passants qu'il eut à croiser.

Il se remit à travailler. Fit semblant de recommencer à vivre. Rechercha certains soirs de vide et de tristesse l'aide du vin et de l'absinthe. L'alcool lui inspirait des versions diverses de ses déboires, grossières, larmoyantes ou comiques, qu'il offrait à ses compagnons de beuverie.

Le soir du procès, Madeleine le guetta pour lui annoncer la clémence de la justice.

— Ils ne l'ont pas condamnée... demain elle sera libre... dit-elle, la voix tremblante. Les juges ont eu du cœur, ajouta-t-elle.

Elle espérait un revirement, ou au moins une émotion, mais il fit comme s'il ne l'avait pas entendue, ni même vue.

— La mère, continua-t-elle en le suivant dans le couloir, puis dans l'escalier, ils ne l'ont pas retrouvée... Le petit, ils l'ont mis à Sainte-Catherine...

Elle s'arrêta au premier étage. Au deuxième, la porte claqua brutalement.

Deux jours plus tard, un écriteau de la maison Gilson, vente et location de biens immobiliers, était appliqué sur la façade du numéro 16 de la rue des Rouyers, signalant aux passants qu'au deuxième étage un appartement de trois pièces, avec flamande et logette donnant vue sur la Meuse, était en vente, ainsi que le mobilier et les ustensiles divers à usage domestique qui s'y trouvaient.

Jean-Nicolas rassembla en vrac dans un drap noué aux quatre coins tous les vêtements et objets personnels d'Emélie, en déchirant quelques-uns au passage, et dans un autre, plus petit, le linge et les effets de l'enfant. Avant le lever du jour, il descendit l'escalier, chargé des deux balluchons. Il déposa le plus léger paquet devant l'échoppe du cordonnier, puis il se rendit rue du Pont-Lilette. Et là, devant la porte d'Amédée et de Philomène, il fit glisser le plus gros de son épaule. Enfin, pour arriver avec le jour, il prit la direction de la rue du Pont-Neuf, au bout de laquelle la ferme d'Antonin s'éveillait.

Triste ferme. On y entendait davantage de plaintes, de reproches et de cris de colère que de rires, comme au temps joyeux où la famille se retrouvait autour du vin d'Antonin et des galettes d'Adèle. Le père, devant à sa forte constitution d'avoir dépassé la soixantaine encore droit et vigoureux, alors que tant de gens de la terre ne l'atteignaient pas, ou alors dans un piètre état, usés, cassés en deux, entendait rester le maître, imposant ses volontés à Pierre. Quant à Adèle, pourtant brisée par le travail de toute une vie, les maternités et son infirmité, elle ne se résignait pas à capituler.

C'étaient des discussions, souvent des disputes, entre le fils et le père, chaque fois qu'une décision devait être prise. Pierre n'était pas d'un naturel très entreprenant, mais il se rendait bien compte qu'il fallait évoluer pour survivre. Le vin n'intéressait plus guère que le commerce local, les gosiers des gens du pays habitués à sa saveur aigrelette. Fini le temps où Antonin charriait au port des tonneaux en partance pour des régions où l'on préférait maintenant des vins plus corsés. Pourtant, si le fils parlait de réduire la surface des vignes, le père se fâchait, prétendait que lui vivant on ne toucherait pas à un seul de ses ceps.

Pierre, toujours, devait s'incliner, non sans avoir menacé son père de s'en aller au loin, vers ces régions où les mines, les usines et le fameux chemin de fer faisaient miroiter leurs promesses alléchantes. Par exemple dans le Nord, comme son frère Georget, qui, las de ces querelles, était parti un matin, son balluchon à l'épaule ; ils avaient appris un mois plus tard par une lettre apportée par le facteur à cheval qu'il avait été embauché dans une mine de charbon, à Denain. Pas de détails dans cette lettre, ni sur ses conditions de travail, ni sur la manière dont il vivait.

L'âme de la ferme, désormais, celle qui sans outrepasser ses attributions de femme et de bru réussissait à obtenir des concessions des uns et des autres, c'était Fanfan, dévouée à tous, corps et cœur généreux.

— T'en aller là-bas, mon Pierre, disait-elle, pour travailler dans le ventre de la terre, sans voir le ciel, ni le soleil... Mais tu en mourrais. Et les petiots ? Et moi ?

Il y avait Valère, l'enfant d'Eulalie, devenu le sien – un gamin vif et téméraire qui à trois ans grimpait déjà aux arbres pour dévaliser les nids des oiseaux, pilleurs de grain, et détruire les œufs –, Sophie, sa cadette de vingt mois, tout juste sortie de la prison de ses langes, s'enhardissant à son exemple, et celui qu'elle attendait depuis qu'elle avait sevré la gamine.

Fanfan vit arriver Jean-Nicolas et comprit aussitôt que ce n'était pas pour une simple visite. Faute de savoir comment l'accueillir mais émue de ce retour, elle courut prévenir son monde.

— Pierre ! Père Antonin ! Mère Adèle ! C'est Jean-Nicolas qui vous revient !

Il n'y eut pas d'effusions, peu de questions.

— « Elle » est où ? Et le marmot ?

D'un geste il fit comprendre qu'il les avait bannis de sa vie.

Ce n'était pas le retour du fils prodigue. Les parents lui opposèrent une façade bourrue en raison des circonstances, mais au fond chacun y trouvait son compte. Adèle pouvait ainsi triompher, intérieurement du moins, oubliant toute estime pour Emélie, marmonnant qu'elle avait prévu le malheur de son fils. Antonin vit une logique dans ce retour, celle qui faisait du fils aîné le successeur naturel du père. La France était en République, mais les paysans, à leur manière, gardaient, enracinée en eux, une mentalité tenace héritée du sacro-saint droit d'aînesse... Comme rien ne fut dit ouvertement, Pierre ne prit pas ombrage du retour de son frère aîné. Le père s'en irait un jour, et ils ne seraient pas trop de deux, pensait-il, pour empêcher la ferme des Morel d'aller à sa ruine.

Fanfan pensait sans cesse à Emélie. S'inquiétait de son sort, la plaignait. Ne pas avoir donné d'enfant à son homme... être rejetée par lui... Mais l'audace peu commune dont elle avait fait preuve la sidérait. Quand elle essayait d'imaginer comment Emélie avait pu entrer dans une telle combine et la mener à son terme, elle n'était pas loin de se sentir elle-même un peu coupable et s'obligeait à étouffer sa pitié.

La période des moissons, au cours de l'été 1849, fut marquée par une chaleur exceptionnelle. Fanfan, malgré son état et en plus de tout le travail lui incombant, faisait de son mieux pour aller porter aux hommes de quoi se rafraîchir et entre-temps soulager Adèle, alitée, qui perdait le souffle et la suppliait : « Redresse-moi, ma fille, je vais pâmer... »

Elle mourut. Maîtresse de maison de fait, Fanfan, qui devait en permanence tenir compte des ordres de sa belle-mère, le devint en réalité, sans pour autant y gagner le droit de s'immiscer dans le domaine des hommes.

A l'automne, la vendange fut médiocre. C'était presque une chance. Si le pressoir avait fourni davantage de jus, les tonneaux auraient manqué, puisque beaucoup étaient encore pleins du vin des années précédentes qui n'avait pas trouvé preneur, d'autant que la récolte de 1847 avait été particulièrement abondante. Antonin dut en convenir. Le bon temps de la vigne était passé.

Le vin nouveau avait à peine entame sa fermentation qu'il rejoignit Adèle pour partager avec elle ce qu'ils n'avaient jamais goûte sur terre, le repos.

Ce fut Valère qui le trouva, étendu près des chevaux dont il venait de renouveler la litière. Il se précipita vers Fanfan, jaloux de cette familiarité avec les bonnes bêtes que son grand-père se permettait, alors qu'à lui on interdisait de s'en approcher de trop près.

— Man, lui dit-il, viens voir où le pé Tonin fait son dodo !

Antonin ne portait aucune trace de ruade, les chevaux étaient calmes. Les fils conclurent à une mort subite. Les exemples n'étaient pas rares de ces vieux paysans auxquels leur corps endurci épargnait la dégradation et cédait brusquement, comme un arbre rongé de l'intérieur.

Impossible de communiquer les deux tristes nouvelles à Georget, il n'avait jamais plus écrit, son adresse était donc inconnue.

Au premier jour de novembre Fanfan mit au monde une petite Belline, avec pour toute aide celle d'une bonne voisine. Ce service faisait partie, quand la chose s'annonçait facile et ne nécessitait pas l'intervention d'une sage-femme, de l'entraide que les familles paysannes pratiquaient volontiers entre elles.

Jean-Nicolas, n'ayant rien oublié de toutes les années vécues à la ferme, y avait vite retrouvé les gestes, les habitudes et les plaisirs. Comme Pierre il passait l'essentiel de son temps dans les champs, à préparer les terres pour les semailles de printemps, ou dans les bois, à abattre et débiter de quoi approvisionner le bûcher. Il leur revenait aussi de donner les soins aux animaux et de remettre en état le matériel.

Les hommes ne se trouvaient donc en famille que lors des repas et des veillées. Trois enfants, cela en faisait, des rires, des cris, des pleurs. Des scènes familières, et même intimes, aussi. Fanfan cuisinait, servait, mangeait le plus souvent debout, et en même temps surveillait, aidait, consolait les enfants. Allaitait. Si la petite Belline s'impatientait trop fort, elle la prenait dans son berceau et s'asseyait au coin de l'âtre pour sortir son sein de son caraco, pendant que les hommes finissaient leur soupe.

Jean-Nicolas se souvenait des dimanches où, avec Emélie, il venait en visite, des marmots de ses sœurs qui escaladaient ses genoux, de la grappe d'enfants qu'il avait fait tournoyer dans l'auberge du père Hippolyte, le jour de son mariage. Comme il s'était souvenu, pendant la grossesse de Fanfan, de ses émotions devant la taille d'Emélie, qui par trois fois avait commencé de s'épaissir un peu, avant que son ventre, enfin, ne s'arrondisse vraiment. Bardé de chiffons...

Mais il avait appris à ravaler ses sentiments, au point que ceux-ci, la colère, les regrets, la honte, peu à peu, s'estompaient.

Pierre n'avait pas hérité de la même nature que lui. Jamais il n'avait manifesté le même entrain à vivre, la même disposition pour le bonheur et l'amour. S'il aimait Fanfan, comme il avait aimé Eulalie, ça se passait au fond de son cœur, et de l'alcôve, mais pas au bout des doigts, des lèvres, pour des frôlements, des caresses, des baisers à tout bout de champ. Il n'était guère démonstratif non plus envers ses enfants, et s'en remettait entièrement à Fanfan pour tout ce qui les concernait. Valère, toutefois, sorti de la toute petite enfance où se confondaient les garçons et les filles, commençait à flatter un peu plus sa fierté de père.

Sur Valère s'attardait aussi, souvent, le regard de son oncle Jean-Nicolas, qui le découvrait adroit, intelligent, et avec ça mignon, et drôle. Il ignorait qu'Emélie avait rêvé, follement déjà, d'en faire leur enfant...

Devenus ensemble les maîtres de la ferme, les deux frères se sentirent libres de se laisser tenter par quelques idées et techniques nouvelles qui faisaient leur chemin.

— Pauvre père, dit Pierre le jour où ils entreprirent de réduire le lot de vignes, au moins il n'aura pas vu ça...

Les vignes étaient vieilles, plantées depuis si longtemps qu'il fallut l'aide d'un cheval pour arracher de terre les bois noueux et leurs longues racines tortueuses.

Ils n'en épargnèrent qu'à peine un demi-arpent, juste de quoi satisfaire la consommation familiale. Chez les Morel, du temps d'Antonin et d'Adèle, le vin était réservé aux occasions et pouvait alors être généreusement servi, mais sur la table quotidienne on se contentait d'en rougir l'eau tirée du puits.

Une charrue neuve, à l'armature d'acier et non plus de bois, au soc à la fois plus acéré et plus galbé, permit de labourer profond les anciennes terres à vigne, un travail difficile puisqu'elles se trouvaient sur le versant de la côte Saint-Barthélemy, à l'assaut duquel réussirent à grimper, année après année, quelques champs. Le métier de roulier avait donné à Jean-Nicolas une grande expérience dans la conduite des chevaux. La somme qu'il avait reçue de la maison Gilson pour la vente de ses modestes biens de la rue des Rouyers fut dévolue à l'acquisition, en plus d'une moissonneuse-lieuse, de deux superbes chevaux de race ardennaise. Jamais, même lorsque les bêtes peinaient sur la pente de la colline, il ne fut tenté d'obtenir d'elles un effort plus grand par la violence. De la triste scène du port qui avait tant choqué Emélie, il avait conservé un arrière-goût de honte.

Encouragés par les exemples de quelques précurseurs, les frères Morel développèrent la culture de la pomme de terre, qui se négociait facilement, celle des betteraves fourragères, osèrent l'emploi d'engrais minéraux pour diminuer la jachère, découvrirent l'avantage des prairies artificielles de trèfle, de luzerne et de sainfoin.

— La terre est moins ingrate qu'une femme, dit un soir Jean-Nicolas à Pierre. Quand on l'aime et qu'on prend soin d'elle, elle vous le rend...

Pierre comprit le sens de ces paroles, quel visage le mot « femme » dessinait derrière les paupières à demi closes de son frère. Il ne répondit pas. Sa Fanfan n'avait rien d'une ingrate.

13

Le lendemain du procès, Emélie avait quitté la prison au début de la matinée, après des formalités comparables à celles de son entrée, en même temps que la femme Boulanger. Une fois refermée la lourde porte et repoussé, de l'intérieur, le gros loquet au bruit métallique, elles étaient restées un moment muettes face à la liberté retrouvée, et plus encore à leur avenir immédiat. La femme Boulanger s'était reprise la première :

— On a joué, et perdu ensemble, Emélie. Toi plus que moi. Un enfant, et un mari. Les hommes sont trop orgueilleux, et injustes. C'est comme ça... Changeront-ils un jour ? Que vas-tu faire ?

— Le curé Bertrand a obtenu de mes parents qu'ils ne me ferment pas leur porte. Et vous, mère Boulanger ?

— Je vais m'en aller d'ici. Pas bien loin, à Ancemont, au bord de la Meuse, une de mes sœurs, veuve comme moi, reste encore dans la maison de nos parents, à vivre de peu. Je vais aller lui tenir compagnie, et au besoin aider les femmes de là-bas à mettre leurs petiots au monde.

Un silence avait suivi, puis Emélie avait posé la question qui la hantait :

— Le petiot, mère Boulanger, qu'est-ce qu'il va devenir ?

— Rassure-toi, Emélie. La petite Marie était tout le contraire d'une fille de rien, elle avait le sentiment maternel, j'ai vu ses yeux et ses bras tendus quand tu as pris le petit. Les pareilles à elle reviennent toujours rôder dans les endroits où elles ont été obligées d'abandonner leurs petiots. Comme des femelles, des chiennes, ou des chattes, quand on leur a enlevé leurs portées. J'en ai vu plus d'une du côté de Sainte-Catherine. Tôt ou tard elle reviendra et, aidée par la loi, elle retrouvera son enfant. De cela tu peux être sûre.

Elle avait parlé d'une voix assurée, en regardant Emélie droit dans les yeux, pour la persuader qu'elle disait vrai.

— Plus sûre que de savoir un jour qui a découvert notre manège et l'a dénoncé… ajouta-t-elle.

Enfin les deux femmes s'étaient longuement étreintes avant de se séparer.

Enveloppée de la cape de laine que Madeleine lui avait jetée sur les épaules le matin de son arrestation, Emélie se dirigea vers la rue du Pont-Lilette, soucieuse de n'être reconnue de personne, mais aussi de ne pas attirer l'attention par une attitude trop craintive. Elle bifurqua pour éviter la rue Saint-Sauveur, où se trouvait l'hospice Sainte-Catherine. Trop honteuse pour oser une véritable prière, elle murmura :

— Sainte Vierge Marie, faites revenir la petite Marie, vite...

Savoir leur fille condamnée par la justice et soumise à un châtiment aurait été pour Amédée et Philomène Robert une terrible épreuve, où la honte, sans doute, l'aurait emporté sur le chagrin.

Mais la découvrir si tôt à leur porte, qu'ils avaient promis, devant un représentant du bon Dieu, de lui ouvrir, en fut une aussi lourde. Encore aggravée le lendemain par le geste d'affront de Jean-Nicolas. Le gendre berné avait jeté le paquet d'effets sur le seuil, comme un client insatisfait serait venu rapporter à un artisan, et avec quel mépris, une marchandise non conforme à sa commande.

Emélie n'avait pas d'autre choix que d'accepter l'asile de ses parents, même s'il ne lui était pas offert de bon cœur. Entre une mère sans cesse larmoyante et un père tonnant de multiples colères, elle s'efforça dans les premiers temps de garder une lueur d'espoir. Les yeux de Marie, son geste ébauché vers celle qui emportait son enfant la poursuivaient, mais en même temps appuyaient les affirmations de la mère Boulanger. Elle va revenir... se disait-elle. Elle est en train de revenir... Elle est revenue... Elle imaginait

Marie et Jacques réunis, leur inventait le début d'une nouvelle vie, où l'indulgence, le pardon, l'affection avaient leur place.

Pour elle-même elle n'osait rien espérer, rien tenter. Se hasarder jusqu'à la rue des Rouyers, sous prétexte de rendre la cape à Madeleine ?

Ce fut cette dernière qui vint rue du Pont-Lilette. Surprise, Philomène ne lui ferma pas sa porte. Madeleine dit ce qu'elle avait constaté, ou appris. L'écriteau sur la maison. L'installation d'une famille au deuxième, l'homme ouvrier tonnelier. La couturière était partie aussi, ça faisait bien du changement. Jean-Nicolas n'était plus voiturier chez Jacques Thiébaux, il avait été vu travaillant dans les champs de son père. Au moment de s'en aller, en serrant Emélie dans ses bras, Madeleine eut pitié. Elle inventa un mensonge :

— Fallait que je sache, lui glissa-t-elle, j'ai été à Sainte-Catherine. A la bonne sœur qui est venue m'ouvrir le petit guichet de la porte, j'ai demandé si l'enfant amené par les gendarmes le mois dernier était encore là. Non, qu'elle m'a répondu, on l'a rendu à sa mère.

Pieux mensonge qu'Emélie prit pour une vérité.

Si Amédée avait encore été un artisan heureux, une fois passé le choc de l'affaire et de ses suites, peut-être aurait-il pu se montrer plus indulgent envers sa fille. Peut-être même aurait-il fini par apprécier sa présence, irrité comme il l'était par les plaintes continuelles de Philomène. Mais il n'était plus l'homme qui trouvait son équilibre dans la réussite de ses affaires, l'ambiance laborieuse et cependant gaie de son atelier, plus les quelques fredaines imposées par sa vigoureuse nature.

Le déclin des activités artisanales, particulièrement celui de la tannerie, le rendait furieux. Il en connaissait bien les raisons, mais ne les admettait pas, parce qu'elles le condamnaient. Verdun demeurait à l'écart des mutations économiques, de la mécanisation, et il fallait reconnaître que les installations le long des canaux étaient trop vétustes pour pouvoir se développer. Il s'en prenait aux autorités locales, à la frilosité des financiers qu'il tenait pour responsables, et au satané chemin de fer qui ne venait toujours pas offrir sa chance à la ville. Il pestait contre les fabricants qui réussissaient à se maintenir, et même prospéraient, en particulier les confiseurs. La production annuelle de la maison Braquier se comptait en tonnes pour les dragées, en milliers d'hectolitres pour les liqueurs ! Et ses croupons, à lui, lui restaient sur les bras ! Allait-on vivre dans un monde où les bonbons auraient plus d'importance que le cuir ?

Emélie ne quittait la maison que pour se rendre à l'atelier tout proche, lorsque Amédée semblait avoir oublié l'heure du repas. Philomène ne sortait déjà plus guère avant le retour de sa fille ; désormais elle se cloîtrait elle aussi, pour ne pas exposer sa honte. Elle chargeait une pauvre veuve, qui venait aussi pour les lessives, d'aller pour elle au marché et chez les commerçants du quartier.

Des deux ouvriers qu'Amédée avait conviés au festin de noce de sa fille, six années auparavant, il n'en restait plus qu'un, Augustin Baudidier, aussi brave que compétent. L'autre avait provoqué la surprise en décidant de s'embarquer, dès 1847, vers l'Algérie, où le gouvernement de Bugeaud encourageait l'installation de colons en leur concédant des terres. Amédée avait alors embauché un jeunot de vingt ans, Déodat Lerouge, un garçon vif et malin n'ayant pas sa langue dans sa poche.

Quand Emélie venait chercher son père, Augustin la saluait aimablement et Déodat la dévisageait avec curiosité. Elle filait aussitôt, Amédée la suivait de près. Les deux ouvriers s'installaient pour manger sur place le contenu de leurs gamelles. Sa curiosité excitée par la vue d'Emélie, le jeunot essayait de faire parler l'ancien, qui en savait plus que lui mais rechignait à le satisfaire.

Augustin quitta à son tour la tannerie à la fin de l'année 1849, pendant qu'il estimait et respectait encore Amédée. Si l'artisanat battait de l'aile, par contre Verdun achevait de remplacer les derniers ponts de bois par des ponts de pierre, et sur les bords de la Meuse commençait la construction des quais en vue de la canalisation. Il avait travaillé le cuir, il manipulerait la pierre. L'expérience s'acquiert vite lorsque les bras sont courageux et les mains habiles. Amédée ne le remplaça pas. Son départ ne fit qu'accentuer la décadence de l'atelier. Déodat Lerouge se sentit en position de force par rapport à son patron. Il prenait un malin plaisir à le contrarier ou à répliquer à ses colères par des maladresses qui n'en étaient pas toujours. Des erreurs de dosage dans les bassins de trempage, des coups d'écharnoir malheureux dévalorisant les peaux...

De plus en plus hardi, il s'offrit le plaisir de provoquer le patron sur un sujet qu'il devinait sensible. Quand Emélie paraissait, discrète toujours, il la saluait à voix haute d'un retentissant « Bonjour, demoiselle ! » et, faisant celui qui ignorait tout du drame de la famille, s'étonnait ensuite qu'une aussi belle personne n'ait pas encore trouvé chaussure à son pied. Amédée finit par interdire à Emélie de se montrer à l'atelier. Elle en fut soulagée, car si l'ironie du « demoiselle », visant son père, ne lui avait pas échappé, elle avait vu aussi dans les yeux du jeune homme un intérêt pour sa personne qui lui faisait passer des frissons sur la chair. Pas d'envie, loin de là.

Jean-Nicolas... Elle ne savait pas si elle l'aimait encore. La quasi-réclusion imposée par Philomène lui convenait, tant elle aurait redouté, si elle avait eu à se rendre en ville, de le rencontrer. Elle ne s'envisageait aucun avenir. Elle laissait s'écouler le temps. Elle ignorait, mais acceptait d'avance, ce qu'il lui réservait. Mais l'esprit qui n'est plus sollicité a vite fait de s'engourdir. Comme meurent l'espoir qu'on n'entretient pas, les sentiments qu'on n'alimente plus...

14

En 1854, en avril, les Verdunois redécouvrirent pour la troisième fois dans le siècle la sinistre menace du choléra.

Par chance pour la ville, les épidémies précédentes l'avaient relativement épargnée. Une centaine de victimes en 1832, à peine vingt en 1849, la plupart des indigents, alors qu'à Paris on en recensait jusqu'à six cents par jour. Mais cette fois on comprit dès les premières semaines que la situation serait plus grave.

Le maire, Cartier, prit des dispositions pour tenter de limiter la contagion. Des recommandations furent faites à la population, en particulier dans les endroits les plus insalubres, telles qu'utiliser le chlore et faire bouillir l'eau destinée à la consommation. Ordre fut donné d'éloigner des habitations les tas de fumier et autres immondices. Les consignes en cas de symptômes révélateurs, diarrhée, vomissements, soif, abaissement de la température, crampes douloureuses des membres, furent rappelées. Il fallait se préserver de la contagion en isolant les malades, envelopper ceux-ci de couvertures, leur donner si possible des bains chauds. Les médecins organisaient des distributions de médicaments, de l'élixir parégorique, des pilules de permanganate de potasse.

A la ferme des Morel, Fanfan tremblait pour les trois enfants. Elle n'avait que six ans en 1832, l'âge de sa Belline, mais elle se souvenait du chagrin du père et de la mère Cottin, pourtant pas très portés sur les sentiments, lorsqu'ils avaient perdu deux petiots, du choléra justement.

— Grâce au bon Dieu, on en a tous réchappé... dit-elle, soulagée, quand la maladie s'éteignit.

En trois mois, elle avait emporté près de deux cents personnes. Un bon nombre d'enfants parmi elles. Et certains à Sainte-Catherine, où avait été constatée une recrudescence des abandons. Pour leur donner une meilleure chance de guérison, ou pour qu'ils meurent dans d'autres bras que les leurs, de misérables mères avaient confié au tour des marmots déjà atteints par la maladie.

En 1854, Jacques, qui avait cinq ans, n'était plus chez les bonnes sœurs de Sainte-Catherine, où l'arrestation d'Emélie l'avait amené au lendemain du départ de Marie.

De ceux qu'elles trouvaient à la porte de l'hospice, ou au tour, les religieuses ignoraient tout. De celui-ci, arrivé dans les bras d'un gendarme, elles avaient appris à la suite de quelle malversation il leur était confié. Le secret étant de règle, elles devaient garder pour elles ce qui leur fut dit, sur la « voleuse » et sa complice. Sur la mère, à part son prénom, rien, sinon qu'elle serait recherchée. Comment auraient-elles pu faire le rapport avec la pauvrette venue offrir son lait et arrachée à sa condition par l'excellente madame Castellier ?

Le petit Jacques avait donc été allaité par des nourrices d'occasion, aux seins plus ou moins généreux, aux bras plus ou moins accueillants. Toutes n'étaient pas des Toinette, loin de là...

Bel enfant aux fins cheveux bruns et aux yeux clairs, pas braillard pour un sou et très éveillé, il s'était vite révélé précoce. Ses yeux s'illuminaient, ses bras se tendaient dès qu'une silhouette s'approchait du berceau. Les dix premiers jours de son existence avaient-ils donc suffi à lui donner cette soif d'intérêt et de tendresse ?

« Il n'est pas comme les autres, celui-là, constataient les sœurs, il ne doit pas "sortir" de n'importe qui, il ne présente aucune tare. »

Ses petits compagnons d'infortune, à de rares exceptions près, devaient à la misère et aux vices de leurs géniteurs des faiblesses de tout ordre, physiques et mentales. Bien qu'ignorants du monde, beaucoup avaient déjà au fond des yeux une lueur de méfiance et de crainte qui les rendait sauvages et, très tôt, sournois et querelleurs.

Comme Jacques ne nécessitait pas de surveillance particulière, dès ses premiers pas les sœurs lui avaient accordé plus de liberté qu'aux autres, et il avait pris le pli de les suivre, tantôt l'une, tantôt l'autre, à la cuisine, à la lingerie, à la chapelle. Celles qui avaient voulu faire preuve de fermeté s'en étaient vite lassées. Il était ainsi devenu le chouchou de toutes, un gentil dérivatif dans leur vie de silence et de solitude affective. Elles l'habillaient avec plus de soin que les autres, choisissant le meilleur dans les paquets de vêtements dus à la charité publique. Une fois sevrés, les petits pensionnaires de Sainte-Catherine recevaient une nourriture de laitages, de panades et de bouillies, puis de soupes, de potées de légumes et de fèves, d'où la viande était le plus souvent absente. A leur petit mignon les sœurs offraient quelques gâteries prélevées dans la cuisine qui leur était réservée, certainement pas somptueuse tous les jours mais comportant tout de même des choses qui restaient inconnues aux enfants, du poisson, de la volaille, des fruits...

Particulièrement aux lendemains des visites de la mère Bornizet.

Cette bonne femme, veuve, poussait une fois par mois sa brouette depuis le village de Belleray pour livrer à ses clients attitrés quelques produits dont elle se faisait une spécialité. Femme très pieuse, admirative de celles qui s'occupaient des misères du pauvre monde, à la fin de sa tournée elle venait tirer la cloche de Sainte-Catherine. Elle apportait une poularde, ou un beau canard gras, ou encore un lapin tout écorché. Des œufs, pondus de la veille. En saison des fruits délicats, des fraises, des mirabelles. Elle n'était pas rare, cette forme de générosité sélective, adaptant la qualité des dons à la position de ceux à qui ils étaient destinés. Du pain, des pommes de terre, des nippes défraîchies pour les pauvres ; des volailles pour les servantes du bon Dieu.

La mère Bornizet s'était étonnée, le jour où elle avait découvert Jacques dans les jupes des sœurs : « Vous avez là un joli petit drôle ! Il a donc le droit de rôder par ici ? »

Elle avait pris un abricot dans son panier, le lui avait tendu.

« Tiens, mon mignon, il est pour toi ! »

Si la présence de Jacques était un agrément pour les sœurs, elle les entraînait aussi sur la voie du péché en leur faisant connaître des joies qu'elles avaient choisi de bannir de leurs vies. Il devenait donc urgent de le placer, comme les autres. C'était pour ces enfants la découverte, souvent brutale, d'un monde inconnu ; ils y plongeaient démunis. Jacques eut droit à une dernière faveur. La mère Bornizet, sollicitée, accepta de le prendre chez elle :

« Y me connaît déjà, le mignon, et y aura point d'autres garnements avec lui pour le tourmenter. »

L'enfant quitta Sainte-Catherine sans déchirement et s'installa avec bonheur dans la vie tranquille de la mère Bornizet. Celle-ci y trouva aussi son compte.

Sa maison était proche du presbytère et elle rendait de nombreux services au curé, qui vivait seul. Elle tenait son ménage, cuisinait pour lui, assurait aussi la propreté de l'église. D'abord surpris, puis conquis à son tour par la vivacité d'esprit de l'enfant, l'abbé Vallin entreprit de lui apprendre à lire, avant même que la mère Bornizet n'aille le présenter à l'école.

Toujours à la recherche de quelque chose à voir ou à entendre, Jacques déambulait souvent dans les rues du village et, grâce à sa jolie frimousse et à son surprenant bagout de gamin, il n'était repoussé de personne. Bientôt il n'y eut plus une maison, plus un atelier, plus une cour de ferme qui n'eût reçu sa visite. Il lui arrivait aussi, petit bonhomme curieux de tout, d'aller explorer la campagne autour du village, les champs, les prairies, les ruisseaux et les mares, dont il découvrait les hôtes, hérons, grenouilles, martins-pêcheurs, écureuils, lièvres...

Dans les villages où se trouvaient placés des enfants de l'orphelinat, on les désignait généralement par le nom de ceux à qui ils étaient confiés. Par ignorance du leur, qu'eux-mêmes, souvent, ne connaissaient pas. Ou taisaient, par crainte du ridicule. Ou par honte, pauvres innocents. Tous les sans-nom... Les autres enfants les questionnaient :

« Tu t'appelles comment ?

— Paul... »

Ou Octave... ou Joseph...

Oui mais... Paul comment ? Octave comment ? Joseph comment ?

Ils baissaient la tête, ne répondaient pas.

« T'as pas de nom ? T'es chez qui ?

— Chez les Garrois... »

Ou chez les Bernaudin... ou chez les Caillet...

Alors on les appelait Paul Garrois, ou Octave Bernaudin... ou Joseph Caillet...

Il y eut ainsi Jacques Bornizet. Très tôt, l'abbé Vallin le mit à servir la messe. Il complétait pour lui l'enseignement sommaire de l'école, lui apprenait un peu de latin, lui donnait des notions d'astronomie. Il se disait que cet enfant-là, avec son intelligence, pourrait facilement entrer au séminaire et devenir à son tour curé.

15

Valère, déjà, avait donné l'alerte pour le père Antonin.

Ce fut lui, encore, qui arriva, tout essoufflé, depuis le Haut-Saint-Barthélemy, une course de près d'une heure.

— Un accident... Le chariot renversé... Papa... Papa...

Juillet 1855. La moisson du blé, après l'orge et avant l'avoine. Les frères Morel pouvaient se permettre de travailler sur deux fronts à la fois, grâce à leurs quatre chevaux.

Cet après-midi-là, alors que Jean-Nicolas était parti avec la moissonneuse-lieuse pour finir une pièce dans le plat de la vallée, Pierre avait attelé les deux ardennais au chariot.

« Viens avec moi, p'tiot, le blé du Haut est bon à engranger. »

Valère ne se l'était pas fait dire deux fois pour grimper sur le chariot et s'appuyer à l'échelette, près de son père qui lui laisserait peut-être guider l'équipage jusqu'au champ. Il n'avait que dix ans, mais il tenait déjà bien sa place à la ferme, surtout en période de moisson. Il savait mettre en tas les gerbes, les « moyettes », en tenant compte de la direction d'où pourrait venir la pluie, comme il savait les arranger sur le chariot pour que la cargaison soit équilibrée, et aussi serrer la mécanique pour redescendre la pente.

Pierre avait une préférence pour son garçon, mais pas au point d'ignorer les deux fillettes. Elles réussissaient de temps en temps à se faire hisser elles aussi sur le chariot ou sur le dos des chevaux. Elles rapportaient des champs des bouquets d'épis glanés qu'elles égrenaient ensuite pour la nourriture des poules. Ce jour-là, Fanfan les avait gardées pour cueillir avec elle des groseilles et des framboises.

Lorsqu'elle vit arriver Valère, elle rapportait du jardin une bassine débordant de fruits.

— Papa... répétait le gamin. Un accident... sous le chariot...

Jean-Nicolas avait fini de dételer et d'abreuver les chevaux. Il entendit le gamin et accourut.

— J'y vais !

Il saisit la main que Valère lui tendait.

— J'y retourne avec toi, oncle Jean-Nicolas !

— Moi aussi j'y vais, dit Fanfan, c'est mon homme. Sophie, tu es la plus grande, surveille la Belline, restez tranquilles toutes les deux !

Du bas de la côte ils virent l'attroupement dans le champ, sur le lieu de l'accident. Sur ces pentes d'où les vignes avaient été arrachées, les attelages progressaient à flanc de coteau, avec le risque de riper. Ça se produisait souvent, surtout avec les chariots pleins, mais un bon coup de collier des chevaux stimulés rétablissait l'équilibre. Le chariot cette fois était-il trop chargé ? Quand il avait commencé à déraper, Pierre tenait sa fourche en main pour tendre une gerbe à Valère. Il n'avait pas eu le temps de la lâcher pour courir à la tête des chevaux et les prendre au mors pour les entraîner vivement, il était trop tard. Valère avait eu le réflexe de se laisser glisser, puis de sauter à terre, à l'arrière du chariot. Celui-ci avait basculé, entraînant dans sa chute les deux chevaux affolés. Pierre était dessous. Les paysans occupés dans les champs voisins étaient accourus aussitôt.

« Va vite prévenir chez toi, p'tit, on va sortir ton père de là-dessous, nous autres ! »

Quand Jean-Nicolas, Fanfan et Valère les rejoignirent, c'était le silence.

Les deux chevaux avaient été dételés et s'étaient relevés, indemnes. Calmés mais pas totalement remis de leur frayeur, la tête basse, ils soufflaient à pleins naseaux et des frissons couraient encore sur leurs flancs couverts d'écume. Les paysans s'étaient empressés de dégager l'énorme tas de gerbes sous lequel l'espoir était mince de retrouver Pierre vivant. Coincé par les débris du chariot qui s'était brisé, étouffé sous les gerbes, il était mort, en effet. Les hommes avaient enlevé leurs chapeaux de paille qu'ils tenaient entre leurs mains et entouraient le corps en attendant la famille et en échangeant des paroles de circonstance. Sur les risques de leur foutu métier, la gelée, la grêle, la sécheresse, le feu, les maladies du bétail, et en plus de tout ça la fatalité, les accidents... Sur le malheur qui décidément poursuivait la famille Morel. Eulalie, les deux vieux, et maintenant Pierre, plus l'affaire de Jean-Nicolas...

Un cortège insolite s'organisa pour raccompagner Pierre à la ferme, étendu sur un lit de gerbes, sur un chariot attelé d'un seul cheval. Derrière marchait Fanfan, courageuse et digne dans son chagrin. Elle tenait la main de Valère, qui de l'autre avait accroché celle de Jean-Nicolas. Puis venaient les paysans ; ils n'avaient pas pour habitude d'abandonner l'ouvrage inachevé, mais le cœur n'était plus au travail. Ils tenaient à la bride les chevaux dont ils devaient, par respect pour le mort, ralentir l'allure. La nouvelle de l'accident se répandait déjà dans le quartier Saint-Nicolas lorsque le cortège arriva à la ferme. Les deux fillettes attendaient sagement, la grande serrant contre elle la petite.

Jean-Nicolas se retrouva ainsi le seul maître de la ferme. Une situation dont il ne se réjouit pas : il avait du respect et de l'affection pour son frère, avec qui il avait travaillé en confiance. Valère décréta qu'il n'irait plus à l'école de la paroisse parce qu'il devait remplacer son père à la ferme. Jean-Nicolas pensa fortement à Georget, regretta de ne connaître aucune adresse pour lui proposer de revenir, au cas où sa vie là-haut dans le Nord ne le satisferait pas.

Avec l'accord de Fanfan, il engagea un homme de journée pour l'aider dans les travaux où la bonne volonté du gamin ne pouvait pas encore suffire.

Jean-Nicolas organisait, commandait l'ouvrage des hommes. Mais pour les enfants, et aussi pour Fanfan, il s'aperçut bien vite qu'il ne représentait pas seulement l'autorité. Leurs regards, le soir, à table, alors que généralement tous mangeaient en silence, disaient ce qu'ils ressentaient confusément. Dans les yeux de Valère il voyait la confiance. Dans ceux de Sophie et de Belline, ouverts bien grands, bien sérieux, vers lui, il y avait une petite étincelle exprimant leur envie si féminine de plaire, de charmer, et d'être aimées.

Lorsque Fanfan était seule, occupée à son ouvrage, elle se parlait à elle-même.

Comment je ferais, sans lui... soupirait-elle. Une femme seule, avec tout le travail et les enfants... Les terres, les semailles, tout ça j'y connais guère... Faut un homme, dans une ferme. Le père Cottin, qui se mêle encore de tout ce qui se passe chez ses enfants, il serait bien capable de chercher à me remarier. Avec un vieux garçon, ou avec un veuf, pauvre de moi...

Du vivant de Pierre, Jean-Nicolas s'adressait rarement à Fanfan. La ferme des Morel, sans être très spacieuse, permettait cependant au couple de préserver son intimité relative. Il occupait la chambre qui avait été celle d'Adèle et d'Antonin, et Jean-Nicolas, n'ayant pas voulu restreindre l'espace dévolu aux enfants, s'était contenté d'une soupente sommairement aménagée qui avait servi de fenil. Les époux savaient-ils que certains soirs il s'en échappait ? L'entendaient-ils en faire grincer l'escalier quand il rentrait dans la nuit ? Si oui, Pierre seul se doutait d'où il sortait, d'une de ces « maisons » accueillant les hommes « dans le besoin », sans savoir qu'il les avait déjà fréquentées en d'autres circonstances.

Il n'y avait donc aucune familiarité entre Jean-Nicolas et Fanfan. Pierre disparu, ils furent amenés à davantage de contacts. Jean-Nicolas se mit à parler à Fanfan comme il parlait à son frère, à l'informer de ses travaux, puis à la consulter. Elle était chez elle autant que lui, elle avait droit au chapitre. Si elle avait toujours été considérée comme une fille de peu d'esprit, c'était parce que son bon sens avait seulement été sollicité pour les tâches féminines routinières, jamais pour des décisions. Elevée sous l'emprise du père Cottin, elle s'était naturellement soumise à Antonin et à Adèle, puis à Pierre, qui l'estimait et l'aimait à sa façon mais respectait la tradition.

D'abord étonnée d'être ainsi associée à la marche de la ferme, elle y puisa un plaisir évident et une aisance qui se communiqua à toute sa personne. Jean-Nicolas remarqua qu'elle souriait plus souvent, que son visage n'était pas déplaisant, qu'elle apportait un peu plus de soin à sa tenue et à sa coiffure.

Un soir d'avril 1856, où tous les signes du printemps s'étaient trouvés rassemblés, une fois les enfants couchés, puis Fanfan, Jean-Nicolas ne quitta pas la pièce pour rejoindre sa soupente. Il se dévêtit, et poussa la porte de la chambre. Il se dirigea vers l'alcôve qu'il distinguait, au fond, dans la pénombre, et en entrouvrit les rideaux. Fanfan ne dormait pas. Depuis des soirs et des soirs elle l'espérait. Elle l'attendait. Confiante. Sans hâte ni impatience.

La soupente fut rendue à sa destination première. Jean-Nicolas oublia le chemin des « maisons ».

Dix mois plus tard, dans le lit où étaient nés tous les enfants d'Adèle et d'Antonin, Fanfan, sans autre aide que celle d'une voisine, donna le jour à un garçon. Jean-Nicolas était père, enfin.

Impossible, pour lui qui avait claqué la porte sur son passé, qui avait refait sa vie, selon l'expression consacrée, d'éviter le choc d'une marée soudaine. Une vague de souvenirs, heureux et malheureux. Il courut se réfugier près de ses chevaux. Il éclata en sanglots, pleura longtemps. Il en sortit lavé. Ses larmes avaient refoulé le flot vers cette partie murée de sa vie. Ils sont capables de ces choses, les hommes, lorsqu'il s'agit de leur fierté de mâle, qu'ils nomment leur honneur...

— Ce petit gaillard-là, proposa Fanfan quand il revint auprès d'elle, je serais d'avis de l'appeler Pierre. On lui dira P'tit Pierre, pour faire la différence.

Quelques années plus tôt, quand Jean-Nicolas était revenu vivre chez ses parents, le voisinage, pourtant avide de commentaires et de commérages, lui avait vite pardonné la raison peu glorieuse de son retour, parce qu'il avait retrouvé d'instinct les qualités et le savoir-faire des gens de la terre. Après la mort de Pierre, quelques âmes scrupuleuses s'étaient émues de le voir demeurer sous le même toit que la veuve, sans autre présence que celle d'enfants innocents.

Et maintenant ce toit-là abritait une curieuse famille. Quatre enfants, de deux mères et de deux pères différents. Il fallait réfléchir pour s'y retrouver. Une curieuse famille, mais une famille quand même. Tous avec le même nom.

Jean-Nicolas dut affronter une seconde fois la marée des souvenirs lorsqu'il alla présenter l'enfant, escorté de deux voisins. La ville avait changé de maire ; l'état civil, de greffier.

Pierre fut déclaré né de Jean-Nicolas Morel et de Françoise Cottin, veuve Morel.

Le curé de Saint-Sauveur, la paroisse dont dépendait le quartier, ne refusa pas de le baptiser. Il avait célébré tous les mariages, les baptêmes et les enterrements de la famille. Il connaissait suffisamment de situations illégales parmi ses ouailles, des concubinages, des adultères, des remariages plus ou moins forcés, sources de brimades, de violences, dont souffraient tant de femmes et d'enfants, pour admettre que l'union de Jean-Nicolas et de Fanfan, même contraire aux lois des hommes et de Dieu, ferait vivre leur famille dans une paix salutaire.

Ce fut plus que de la paix. Fanfan n'avait connu avec Pierre que les aspects les plus communs de l'amour. Jean-Nicolas l'éveilla au plaisir. Il apprécia la générosité de son corps. Redevenu paysan, il vit bientôt en elle l'incarnation de ce que devait être la femme, à la fois compagne de travail et de vie, femme et mère, solide, généreuse. Sophie et Belline eurent vite fait de confondre le père de P'tit Pierre, autour duquel elles s'empressaient, avec celui dont le souvenir s'estompait peu à peu.

— Ton père serait fier de toi, disait souvent Jean-Nicolas à Valère, petit homme à ses côtés.

Le gamin avait bien des qualités, lui aussi en était fier.

L'exode des campagnes vers les villes se poursuivait. Faute de moyens pour s'équiper correctement, ou à la suite d'une catastrophe, des paysans, simples fermiers ou même propriétaires de leurs quelques biens, s'en allaient « chercher fortune » ailleurs.

Chercher fortune, c'était façon de parler. Ils n'en espéraient pas tant. Les premiers partis ne donnaient guère de leurs nouvelles ; cela laissait plutôt supposer des désillusions.

Leur départ favorisait l'essor de quelques autres. Jean-Nicolas fut de ceux-là. Il racheta quelques terres, en reprit d'autres en fermage, au point que la ferme Morel fit bientôt figure de modèle.

La rue du Pont-Neuf, au bout de laquelle elle se situait, était proche du quai de la Comédie, où se trouvaient la halle au blé et une boucherie avec ses abattoirs, et de la rue des Augustins, où le couvent du même nom avait été remplacé en 1853 par un grand marché couvert. Tous ces endroits constituaient des débouchés intéressants pour les produits de la terre et de l'élevage. Faute de pouvoir devenir un centre industriel, Verdun conservait son rôle de marché local qui attirait la population des campagnes voisines.

Jean-Nicolas fréquentait aussi les quatre foires annuelles, qui avaient lieu traditionnellement le lendemain des fêtes religieuses. Là se négociaient les ventes et les achats de chevaux, de bœufs et de vaches, de porcs, de chèvres. Les femmes pouvaient y trouver aussi des articles de mercerie, de quincaillerie, des tissus de laine et de coton. Valère l'accompagnait toujours auprès des animaux et apprenait ainsi la façon de les observer et de les juger, puis de conclure les affaires. Fanfan, si réservée du temps d'Adèle, avait pris suffisamment d'assurance pour s'y rendre aussi, et même au bras de Jean-Nicolas. Elle se permettait alors quelques coquetteries, le bonnet blanc entouré d'un volant froncé garni de dentelle, le jupon dépassant d'une main de la jupe, un fichu de batiste couvrant son caraco, modestes fantaisies qui convenaient à son corps épanoui de mère sans pour autant chercher à attirer le regard.

Chez les paysans relativement aisés, on commençait à se préoccuper aussi de l'intérieur. Fanfan se souvenait qu'au temps de sa jeunesse, chez elle, comme chez les plus pauvres, ou les plus avares – le père Cottin était les deux –, c'était encore le sol de terre battue, si difficile à tenir propre. Chez les Morel, la terre avait été recouverte depuis longtemps déjà par des dalles de pierre, au point qu'elles étaient devenues inégales, usées par les clous des sabots et des galoches. Jean-Nicolas traita avec un menuisier du quartier la pose d'un parquet de chêne. Au fil des années, les coffres furent remplacés par de belles armoires lorraines et les bancs par des chaises au fond de paille tressée. En cirant ses armoires, Fanfan se disait qu'elle pourrait offrir à ses filles des trousseaux autrement plus garnis que ne l'avait été le sien. Adèle ne s'était d'ailleurs pas gênée pour lui en faire la remarque.

Un soir de janvier 1861, on frappa à la porte alors que la famille s'apprêtait à se rassembler autour de la soupière, dans la pièce éclairée à la fois par la lampe à pétrole et les flammes du feu dans l'âtre.

— Qui va là ? demanda Jean-Nicolas.

— C'est moi, Georget !

— Georget ? !

La surprise était de taille. Tous les gestes s'étaient figés. Sophie et Belline en oubliaient de disposer les écuelles et les cuillers, P'tit Pierre s'était réfugié d'instinct dans les jupes de Fanfan.

Jean-Nicolas ouvrit. Georget parut étonné de sa présence, mais spontanément les deux frères s'étreignirent longuement.

— Sois le bienvenu chez nous, depuis si longtemps... Tu vas trouver du changement, ici.

Georget avait laissé glisser son havresac de son épaule. Il portait un pantalon et une veste de gros drap, propres mais passablement usagés, une casquette de toile noire. Il avait vieilli, forcément, treize années, ça change un homme. Un peu gêné de débarquer de la sorte, un peu ému aussi, il faisait d'abord des yeux le tour de la pièce.

— Y a du changement, oui... et pas seulement dans les meubles, qu'on dirait. Les vieux ?

— Morts, tous les deux, la même année, en 49. On n'a pas pu te le faire savoir, faute de connaître ton adresse.

Georget ôta sa casquette.

— J'm'en doutais, vu leur âge. Et Pierre, il est où ? Il finit le travail des bêtes, à c't'heure-ci ?

— Lui aussi il est mort, répondit Belline. Un accident, un chariot renversé, ça fera six ans au moment des moissons.

Georget accusa le coup.

— C'est pour ça que tu es revenu à la ferme ? dit-il à Jean-Nicolas.

— J'étais déjà là, depuis l'année qui a suivi ton départ. J'ai quitté ma femme.

Georget hochait la tête, accablé par toutes ces nouvelles. Puis il s'avança vers les enfants, toujours debout autour de la table.

— Valère ? Comme te voilà grand, presque un homme déjà ! Et toi c'est... Sophie, hein ? Et toi ?

— Je suis Belline.

Fanfan poussa P'tit Pierre devant elle. Georget le regarda. Quel âge avait-il donc ?

— Il est à moi aussi, celui-ci, enfin à nous deux, dit-elle, en se rapprochant de Jean-Nicolas. Voilà, tu sais tout. Asseyons-nous maintenant, et mangeons.

Il n'avait pas écrit depuis treize ans parce que ce qu'il avait à raconter aurait contrarié les siens. La mine, ça n'avait rien à voir avec le travail de la terre. Des paysages dominés par le noir. Partout des terrils. Dans les galeries l'obscurité, à part la faible lumière des lampes de mineurs, la chaleur, les dangers. Les riches patrons dans leurs demeures luxueuses, dans des châteaux même, les ouvriers dans des maisons étroites serrées les unes contre les autres, les corons. Le salaire au rendement. Des chevaux dans les mines, à tirer les wagonnets, des pauvres bêtes qui ne revoyaient jamais le soleil, devenaient aveugles, qu'on ne remontait des puits que morts. Des enfants aussi, pour se glisser dans les galeries les plus étroites et atteindre les filons.

Tous buvaient ses paroles. Jean-Nicolas et Fanfan devinaient ce qu'avaient pu être sa désillusion, ses regrets, ses souffrances.

— Il y a du noir dans ta peau ! dit soudain P'tit Pierre, qui le regardait intensément.

Sa remarque amena un sourire sur le visage de Georget.

— Tu n'as pas les yeux dans ta poche, gamin. C'est la poussière du charbon, vois-tu. Elle s'infiltre partout, même dans les pores de la peau.

Il saisit la lampe à pétrole posée au milieu de la table et l'approcha de son visage pour montrer à tous ce que le gamin avait si justement remarqué.

Il expliqua ensuite que les conditions de travail et de vie des mineurs allaient s'améliorer, que le mouvement déjà était en route et que, même s'il fallait se battre et prendre des risques, les ouvriers étaient prêts à s'assembler, solidaires et déterminés.

Jean-Nicolas reprit la parole après un long silence. Georget avait repoussé son assiette. Malgré les deuils qui lui avaient été annoncés à son arrivée, il semblait heureux de se trouver là.

— Tu pourrais revenir au pays, si tu voulais. La terre venant de nos parents est à toi autant qu'à moi...

— Non. Ma vie est là-haut, maintenant. Et même si elle n'est pas rose tous les jours, je ne suis pas malheureux. Je me suis marié, elle s'appelle Geneviève, c'est une fille de mineur, son père en a bavé bien plus que moi. On a quatre petiots, comme vous, deux gars et deux filles. Je vais rester deux jours, puis je reprendrai la patache jusqu'à Sedan et ensuite le chemin de fer. Mais dites donc, vous autres à Verdun, quand est-ce que vous allez l'avoir, le chemin de fer, on en parlait déjà avant que je quitte le pays...

— Si tu as besoin... avança Jean-Nicolas quand, trois jours plus tard, Georget se prépara à quitter la famille.

— Non. Je te l'ai dit, on n'est pas malheureux. Chacun doit vivre avec le fruit de son travail. C'est ça, la justice, à mon sens.

16

L'oubli n'est-il pas le chemin le plus facile, et le plus sûr aussi, vers le pardon ?

Si la réponse est oui, alors Emélie n'était pas loin d'avoir pardonné à Jean-Nicolas. Ses violences, ses rancunes, ses infidélités, son rejet final, si brutal et définitif. Tout ce que lui avait commandé sa nature d'homme, et dont elle avait tellement souffert.

En 1854, l'année du choléra, était morte sa mère, Philomène. Pas de la maladie. Peut-être simplement d'avoir trop répété qu'elle finirait par en mourir.

Emélie, insensiblement, inconsciemment, s'était mise à lui ressembler de plus en plus, dans son physique, dans ses attitudes, dans son comportement, dont elle subissait les effets depuis son retour.

Elle avait renoncé à la coquetterie, se limitant à la propreté. Elle était dans la trentaine, bientôt elle n'eut plus d'âge. Son corps de femme, sa chevelure, ses trésors, depuis si longtemps privés des hommages d'un homme, s'étiolaient déjà.

Elle qui avait apporté tant de soin à sa toilette, ce qui avait passé aux yeux d'Adèle pour une légèreté coupable, semblait chercher à lui donner le moins de grâce possible. Une fois ses effets personnels, si brutalement rendus par Jean-Nicolas, hors d'usage, elle ne les renouvela pas et commença à puiser dans ceux de Philomène. Des jupons et des jupes descendant jusqu'au sol, ne découvrant plus ses chevilles, des chemises et des caracos dépourvus de dentelle. Des couleurs sans fantaisie, le gris, le bleu foncé, le marron des nonnes, des veuves ou des femmes sans amour. Elle voyait dans le miroir son visage se creuser, sa peau se faner, ses yeux perdre leur lumière, ses cheveux se teinter de gris, sans s'en étonner ni s'en attrister, comme si elle avait eu en face d'elle l'image de sa mère. Plus de chignon lourd épinglé sur la nuque, qui dégageait si gracieusement son cou et donnait de l'allure à sa silhouette de femme pas très grande. Elle enroulait ses cheveux en une simple torsade et la laissait pendre dans son dos ou la dissimulait sous une coiffe.

Elle n'allait plus à l'atelier depuis longtemps. Un jour, pourtant, elle n'aurait su dire pourquoi, elle s'y risqua. Elle ne vit d'abord que Déodat Lerouge, penché sur son ouvrage, l'écharnoir à la main. Amédée devait être dans le séchoir, à vérifier l'état de ses croupons. Déodat se retourna, en crut à peine ses yeux.

— Pauvre demoiselle, murmura-t-il en découvrant Emélie.

Il avait appris, par Augustin, que la fille du patron n'était plus demoiselle, mais femme, rejetée par son mari. Pourtant il n'avait jamais cessé de penser à elle, et d'en parler, comme si elle l'était encore. D'abord parce qu'il l'avait trouvée jolie. Ensuite parce qu'il avait assez longtemps caressé l'idée de se venger des colères du patron en se servant d'elle. Il s'était dit qu'elle ne resterait pas indéfiniment cloîtrée, qu'elle finirait bien par sortir, et alors il s'arrangerait pour la rencontrer, lui parler, lui inspirer confiance, la consoler à sa manière... Le temps avait passé, même en traînant des dimanches entiers dans la rue du Pont-Lilette et aux alentours il ne l'avait jamais revue.

Et si longtemps après, elle était à nouveau devant lui. Pauvre demoiselle, à peine reconnaissable. A faire pitié, bien plus qu'envie.

Amédée arriva, bougonna d'abord contre Déodat, planté là l'outil à la main alors que le travail attendait. Puis il s'approcha d'Emélie.

— Qu'est-ce que tu viens faire ici ?

Elle ne répondit pas, sortit aussitôt.

Peu de temps après, Amédée signifia son congé à Déodat.

— Je n'ai plus besoin de toi, lui dit-il.

L'explication convint à l'ouvrier, qui choisit de s'en aller sans histoires.

D'ailleurs, c'était vrai. Depuis plusieurs années Amédée avait compris que c'en serait bientôt fini de la tannerie telle qu'elle s'était pratiquée à Verdun, le long du canal Saint-Airy et du canal du Puty. Seuls quelques artisans de petite envergure, cordonniers, bourreliers fournissant à leur tour une clientèle peu exigeante, venaient encore s'approvisionner chez lui. Il aurait pu fermer boutique. Son activité avait été florissante et, s'il avait toujours donné à Philomène de quoi entretenir dignement sa maison et ses enfants, il avait aussi réalisé quelques économies et placements, pas des sommes folles, mais de quoi assurer sa subsistance jusqu'à la fin de ses jours, et même celle de sa fille, si indigne fût-elle.

Par orgueil il choisit de continuer à travailler, quitte à donner le change quand ses derniers clients lui feraient défaut. Et aussi parce qu'il préférait sa solitude à l'atelier à la seule compagnie d'Emélie à la maison, où, réplique de Philomène, elle faisait figure de servante, docile et appliquée.

Si par un réflexe de père il lui avait d'abord épargné certaines remarques peu convenables, il n'avait pas tardé à se laisser aller sans scrupule à ses humeurs.

« Si j'avais au moins près de moi une femme pour me réconforter... se lamentait-il. La mienne, parlons-en, à part les premières années, elle ne m'a guère donné de quoi me réjouir. Les migraines, les jérémiades, les prières, pour ça oui elle était bonne, mais au lit plus rien du tout. Et maintenant me voilà seul avec ma fille, qui a mis la honte sur moi et sèche sur pied avant l'heure ! Tiens, même si j'en avais encore l'âge, j'aurais plus le cœur à aller voir celles qui donnent du plaisir pour un peu d'argent... Les genoux flageolants, les morues. Ah, elles peuvent les regarder de haut, les femmes qui se disent vertueuses, heureusement qu'elles sont là, ces créatures, pour apporter un peu de réconfort aux hommes mal assortis ! Comme moi... ou un certain Jean-Nicolas ! »

Il devint plus méchant, se mit à remuer le passé, pour voir si elle l'avait vraiment oublié ou si elle faisait semblant.

« Tu es là comme une vieille fille, s'écriait-il, alors que tu as un mari ! Tu le sais encore, que tu as un mari ? Jean-Nicolas ! Seulement voilà, tu n'as pas été capable de lui donner un enfant ! Alors tu en as volé un et tu l'as abusé ! Et lui il t'a chassée ! »

Il la secouait.

« Jean-Nicolas ! Jean-Nicolas, hein ? »

Oui, dans ces moments-là, elle se souvenait. De ce passé à la fois encore si proche et cependant devenu si lointain jaillissaient des images. Jean-Nicolas, en effet, la tenant par la main dans les ruelles de la ville haute. La renversant en riant sur le canapé étroit de la logette. Soulevant son chapeau de cocher pour la saluer du bout de la rue, au pied de la tour Chaussée. Mais elle ne disait rien.

Il continuait :

« Et ton trafic avec la sorcière de la rue du Saint-Esprit, tu t'en souviens ? Et la dénommée Marie, et le marmot que tu lui as volé ? Jacques, dit Morel ! »

Oui, elle se souvenait : la rue du Saint-Esprit, Marie, le marmot, c'était bien Jacques, son prénom. Et aussi Madeleine. Et Toinette. Mais c'était flou, tout ça. Elle ne disait toujours rien.

La colère d'Amédée cédait devant son silence.

« A quoi bon la tourmenter, elle n'a plus son esprit. »

Que se serait-il passé si le hasard, au détour d'une rue, avait mis l'un en face de l'autre Emélie et Jean-Nicolas ? Verdun n'était pas si grand...

Mais elle sortait si peu. Même pas pour aller à l'église. Jusqu'à la mort de Philomène, qu'il avait suivie de peu, l'abbé Bertrand était venu la visiter, pour lui rappeler le repentir qui devait être le sien. Elle se rendait seulement, toujours pressée et furtive, chez le boulanger et l'épicier de la rue du Pont-Lilette, parfois jusqu'au marché de la place, qui avait perdu de son importance depuis l'ouverture du marché couvert, quand la veuve qui avait servi sa mère lui faisait défaut.

Lui n'avait plus de raison de fréquenter le quartier, ses activités de paysan prospère l'emmenaient vers d'autres lieux qu'elle ignorait.

Tant et si bien qu'ils ne devaient jamais se revoir.

17

Il y avait de quoi se plaire chez les Saubert. La maison était vaste, confortable, richement meublée. Des rideaux de velours ornaient les fenêtres. La nourrice avait sa chambre, avec ses aisances. L'enfant dormait près d'elle, dans un berceau délicatement capitonné, sous un voile de fine guipure. Marie avait été pourvue d'une garde-robe adaptée à sa fonction, taillée et cousue par une couturière spécialement engagée, qui avait travaillé sur place pendant toute une semaine. Apolline avait fait le choix des tissus, parmi les échantillons de la Maison étalés sur son lit.

« Marie est jeune et jolie, disait-elle, il faut en tenir compte. Je ne veux pas d'une nourrice d'apparence austère pour mon enfant. »

Marie prenait ses repas à la cuisine, en compagnie de Mathilde. Cette dernière avait reçu la consigne de lui faire manger ce qu'il y avait de meilleur, et en quantité, pour qu'elle puisse nourrir longtemps le petit. Une autre femme, Anna, qui venait pour les travaux de ménage et les lessives, se joignait régulièrement à elles. Marie appréciait leur bonté, leur dévouement, et elles rivalisaient de gentillesse envers la petite nourrice, bien des fois tentée de s'épancher auprès d'elles en leur racontant son histoire.

Marie était uniquement au service de l'enfant. Elle le nourrissait, le plus souvent dans sa chambre, presque toujours en présence de la jeune mère. Celle-ci lui expliqua qu'à la demande de son mari, monsieur Léon, elle n'allaitait pas elle-même pour ne pas nuire à la beauté de sa poitrine, qu'elle enduisait de pommades. Parfois, Apolline voulait faire profiter sa belle-mère du joli spectacle, et même son mari, alors Marie était appelée au salon avec l'enfant. Elle se sentait gênée de devoir dénuder son sein sous les regards d'un homme, et elle rougit violemment le jour où monsieur Léon se permit de dire, en s'adressant au bébé :

— Eh bien, mon fils, avec de si jolis tétons, ta nourrice va faire de toi un sacré bonhomme !

Elle s'occupait aussi de la toilette de l'enfant, ou se limitait à seconder madame Apolline lorsque celle-ci voulait s'en charger. Si le temps le permettait, elle l'installait dans un landau monté sur de grandes roues et le promenait dans le parc le plus proche. Elle y croisait quelques autres nourrices, toutes plus âgées qu'elle, et plus portées sur le bavardage. Elle ne refusa pas de s'asseoir quelquefois près d'elles, sur un banc du parc. Elles s'entretenaient des mères de leurs nourrissons, des grand-mères, n'en disaient pas que du bien, imitaient leurs travers en riant. De leurs propres enfants, confiés à d'autres femmes qui les élevaient avec les leurs, ici même à Sedan, ou bien à la campagne, elles parlaient rarement.

— Et le tien ? demanda une fois l'une d'elles à Marie.

Elle haussa les épaules et baissa les yeux. Elles comprirent, à leur façon.

Elles parlaient des hommes. Pas des leurs, si elles en avaient. Des pères de leurs nourrissons, qu'elles accusaient de regards, et même de gestes déplacés envers elles. Il y avait une garnison, à Sedan. Des militaires s'arrêtaient parfois près des nourrices, avec des propos galants à la bouche. Des rendez-vous étaient proposés, refusés ou acceptés, des aventures se nouaient. Marie se levait, empoignait le landau de Louis et s'éloignait dès qu'un homme s'adressait à elle.

— Tu es seule, à ce qu'il me semble, lui glissa une de ses compagnes d'occasion, et ta patronne ne peut pas t'empêcher de sortir, tu devrais en profiter, tant que tu nourris tu ne risques rien...

Apolline s'attachait à Marie, qui se livra un peu à elle. Orpheline. La tante Hortense et l'oncle Philibert, l'auberge. Ce qu'elle ne disait pas pouvait se deviner, à peu près. Sauf le plus important, bien sûr. Apolline ne posait pas de questions, comptait sur le temps pour gagner la confiance totale de Marie. Elle lui demandait de l'accompagner en ville, quand elle allait courir les magasins, lui offrait des babioles, des rubans, des peignes d'écaille, du savon parfumé.

Marie n'avait jamais été l'objet de tant d'attentions, sauf peut-être chez Victorine, qui l'avait soutenue et aimée, elle s'en souvenait avec émotion. Chez les Saubert elle pouvait se dire heureuse. Mais elle ne l'était pas totalement. A cause de Louis, qui lui rappelait à chaque instant qu'ailleurs un petit garçon comme lui grandissait, forcissait, souriait, gazouillait, tendait les bras à une autre femme. Si elle avait su...

Comme madame Castellier l'avait imaginé, lorsque faute de lait il fallut sevrer Louis, Apolline ne voulut pas renvoyer Marie. De nourrice elle devint bonne d'enfant, un peu aussi dame de compagnie, et encore aide-cuisinière et servante quand, en cas de réception, Mathilde ne pouvait suffire.

Un soir, Apolline étant sortie avec ses beaux-parents pour voir un spectacle de danse, Marie fredonnait auprès de Louis, qui tardait à s'endormir.

On frappa à sa porte, deux petits coups discrets, et sans attendre sa réponse monsieur Léon entra, souriant, en veston d'intérieur, et il referma la porte. Il était bel homme, la trentaine, l'œil vif et la moustache gaillarde, des atouts que Marie ne se serait pas même permis de remarquer chez lui.

— Ma femme était pressée, dit-il, elle ne m'a pas

amené mon fils pour le baiser du soir, je viens le lui donner.

Il souleva Louis dans ses bras, l'embrassa, le remit dans son lit.

— Tu te plais chez nous, Marie ? Tu ne sors guère, tu ne t'ennuies pas ?

— Je suis très bien, Monsieur, merci, je ne m'ennuie pas.

— Au fait, quel âge as-tu ?

— Je vais sur mes vingt ans, Monsieur.

Il s'approcha d'elle, elle baissa les yeux, il lui releva le menton de sa main.

La sage-femme puis madame Castellier avaient eu le même geste, rassurant, presque tendre. La main de monsieur Léon était ferme, audacieuse.

— Vingt ans ! Et tu es diablement jolie, Marie. Faite pour l'amour...

Brusquement il fut contre elle, le souffle court. Elle le repoussa des deux mains.

— Oh, Monsieur, qu'est-ce que vous faites... non... non... Et le petit qui est là...

Léon Saubert n'insista pas. Il n'était ni un obsédé, ni une brute, juste un homme vigoureux ayant de temps en temps des petits coups de chaud. Quelques-unes de ses ouvrières le savaient bien. Certaines se laissaient faire, flattées, soit parce qu'elles aimaient la chose, soit dans l'espoir d'une augmentation. Il ne forçait pas celles qui résistaient.

— Excuse-moi, Marie, ça ne se reproduira pas. Inutile d'en parler à madame. Oublie.

Marie était atterrée. Ainsi les hommes étaient comme ça, tous ? Même ceux qui comme monsieur Léon avaient le bonheur à la maison, la richesse, une femme parfaite ? Il ne se cachait pas pour l'embrasser et la caresser, et il profitait de son absence pour tenter de séduire la nourrice de son fils ! Le droit des hommes face à la soumission des femmes...

Elle pensa à celui auquel elle avait cédé, dans la cour de l'auberge de son oncle Picmal. Il fréquentait les grandes écoles, il serait bientôt un « Monsieur », lui aussi, avocat, banquier, médecin ou autre, il ferait un riche mariage, et userait de son rang avec les servantes de sa femme... Elle pensa à son enfant. Lui aussi deviendrait à son tour un homme.

Même s'il est heureux, se dit-elle, je veux qu'un jour il apprenne qui je suis. Ce que j'ai souffert. Ce que les caprices des hommes peuvent coûter aux femmes. Pour qu'il les respecte. Pour cela, je le trouverai.

Peu de temps après l'incident avec monsieur Léon, Marie annonça à madame Apolline son intention de la quitter.

— Mais pourquoi donc, Marie ? Dis-moi ce qui ne te convient pas ici, de quoi tu manques. Tu veux être plus libre ?

Marie ne répondait pas.

— Quelqu'un t'a mal parlé ? T'a fait de la peine ?

Puis, après un silence :

— T'a manqué de respect ?

— Non, Madame, il n'y a rien de tout cela. Je vais m'en aller parce que je crains de trop m'attacher à votre petit Louis.

Apolline comprit ce qui rendait Marie si grave, si sage, pour une fille de vingt ans : Louis l'empêchait d'oublier celui qu'elle avait perdu.

— Tu as un secret, Marie, ça se devine. J'espérais que tu me le confierais. Puisque tu ne l'as pas fait, je le respecte. Tu t'en iras quand tu voudras. Mais sais-tu seulement où aller ? Marie, laisse-moi au moins t'aider !

Monsieur Saubert père et madame avaient des amis, les Hautefeuille, gens de la bourgeoisie sedanaise comme eux, qui venaient de se retirer pour vivre de leurs rentes dans une charmante propriété sise au bord de la Meuse, dans le petit village d'Inor. Ils acceptèrent d'employer Marie, en plus de la cuisinière et du jardinier déjà à leur service. Elle fut désignée comme lingère, et comme dame de compagnie auprès de madame Hautefeuille, qui se déplaçait difficilement.

— Une jeunesse auprès de moi, dit-elle, voilà qui va me faire le plus grand bien.

Le village d'Inor, dans le département de la Meuse, était situé en amont de Sedan, vers le sud. Marie s'aperçut qu'elle se rapprochait de Verdun, et voulut y voir un signe favorable, la première étape de sa longue patience.

Elle resta huit années chez les Hautefeuille, où elle fut, comme chez les Saubert, presque heureuse. Employée idéale, prévenante, douce, elle étonnait cependant parce que jamais elle ne manifestait des envies en rapport avec son âge. Elle était jeune et s'accommodait de la vie routinière et paisible du vieux couple.

— Apolline m'a dit que cette petite a eu un enfant et qu'elle l'a perdu, disait madame Hautefeuille à son mari, mais je crois qu'il y a autre chose. Elle est jeune, charmante, elle mérite une vraie vie de femme. Dommage... je l'aurais bien vue avec Hubert, qu'en pensez-vous, mon ami ?

Hubert, le jardinier, venait de les quitter pour épouser la fille d'un maraîcher.

— J'aurai de la peine à me séparer de toi, dit madame Hautefeuille quand Marie lui annonça son intention de la quitter. Mais je sens que tu as un secret, et que tu veux le garder. Alors je ne te demande même pas vers quoi tu pars. Je te souhaite bonne chance, petite Marie.

Elle lui régla ses gages, plus que largement, et lui fit cadeau de deux belles mallettes d'osier.

Marie avait réfléchi. Ce n'était pas en vivant comme elle venait de le faire, presque recluse chez des bourgeois, sans avoir à lutter d'aucune façon, qu'elle parviendrait à ses fins. Elle devait rejoindre le monde, se mêler à ceux qui travaillent, à ceux qui bougent, à ceux qui parlent.

Elle avait décidé de quitter la maison des Hautefeuille pour se rapprocher un peu plus de Verdun et se louer dans une auberge.

A Dun, la diligence s'arrêta devant un établissement, le Commerce, qui portait une grande enseigne. Elle descendit, avec les autres passagers souhaitant se restaurer et s'abreuver. Au-dessus du comptoir où s'affairait un homme, très grand et bedonnant, une ardoise, suspendue à un clou, le faisait savoir : *Ici on recherche une servante.*

Une demi-heure plus tard, elle était embauchée, le soir même elle servait les dîneurs.

Le patron de l'auberge du Commerce et son épouse, aussi menue qu'il était imposant, les Guinier, eurent vite fait de reconnaître les qualités de Marie, qui n'aurait jamais à se plaindre d'eux. Le patron n'avait rien de son oncle Philibert, qui flattait les clients mais rudoyait ses servantes ; la patronne n'avait pas la soumission craintive de sa tante Hortense. Si les débuts furent un peu difficiles pour elle – elle avait perdu l'habitude des éclats de voix, des apostrophes vives et du service de table en table, sans même parler des commandes – elle sut le cacher et faire toujours bonne figure.

Dun, bourgade tranquille d'un bon millier d'habitants, tenait lieu de ville et de marché pour les villages environnants, un rôle comparable à celui de Verdun, à une moindre échelle. Au Commerce se côtoyaient des négociants en bois, en vins, en céréales, des marchands ambulants qui ravitaillaient la campagne en produits manufacturés divers, des artisans qui travaillaient sur des chantiers. La petite bourgeoisie locale venait y déjeuner ou y dîner en famille le dimanche, Léa Guinier les régalait de plats de gibier et de poisson, en particulier de longs brochets argentés que lui fournissaient les pêcheurs de Meuse.

Dans les conversations des hommes d'affaires s'attardant volontiers autour des fioles de mirabelle, Marie guettait tout ce qui pouvait se rapporter à Verdun, distante de seulement trente kilomètres, d'où venaient certains d'entre eux. Mais elle connaissait si peu la ville que les noms des personnages ou des lieux qu'elle entendait prononcer n'évoquaient rien pour elle. Deux images seulement s'étaient gravées en elle. Celle de la tour Chaussée, que Victorine lui avait désignée, ce matin du 13 février 1849, en la conduisant chez la matrone, et dont l'ombre lui avait paru sinistre. Et celle des hauts murs gris et du portail de Sainte-Catherine, qu'elle avait franchi quelques jours plus tard.

Aux premiers jours de son séjour au Commerce, à la fin de 1860, deux discussions d'hommes échauffés par l'alcool faillirent mal tourner, et il fallut toute l'autorité joviale du père Guinier pour rétablir le calme.

L'une au sujet de la mort d'une personnalité verdunoise, Isidore Buvignier, un homme aux idées républicaines ardentes qui avait osé attaquer Louis Napoléon Bonaparte dans une revue et avait dû se réfugier en Belgique après le coup d'Etat, pour finalement être amnistié. Les uns approuvaient cette amnistie ; d'autres étaient révoltés. Marie n'y comprenait rien.

La seconde conversation était venue incidemment à propos d'une loi sur les abandons. Les hommes, peut-être pas tous blancs en la matière, s'opposaient violemment sur l'opportunité de cette mesure, jugée par certains contraire à la morale. Accaparée par son travail, Marie ne put saisir la teneur de la loi, mais elle entendit au sujet des « filles de rien » des mots qui la choquèrent et ravivèrent sa blessure, au point qu'elle quitta la salle et se réfugia dans la cuisine pour dominer son émotion.

Des hommes, bien sûr, s'intéressèrent à elle. Elle n'avait plus seize ans. Elle n'était plus une brunette au regard d'enfant. Elle avait du charme, la vivacité d'une silhouette bien dessinée et un visage au teint clair, à peine marqué de fines griffures. Sous les longs tabliers blancs qui enveloppaient sa poitrine et descendaient presque jusqu'à ses chevilles, apparaissaient des jupes et des caracos de belle coupe. Au service des

Saubert et des Hautefeuille elle avait acquis des bonnes manières. Aimable, prévenante même, elle gardait toujours une certaine distance et souriait rarement. Les clients y regardaient donc à deux fois avant de lui adresser un compliment, en cherchant bien leurs mots, et ils renonçaient aux gestes osés qu'ils se permettaient ailleurs avec d'autres, des gourdes qui rougissaient, des naïves qui ne comprenaient pas, ou des affranchies qui gloussaient.

Parfois s'attablaient au Commerce, comme chez Philibert Picmal, certains jeunes gens, bien vêtus, avec l'air conquérant des hommes promis à un bel avenir. Ils parlaient haut, comme s'ils se sentaient capables de refaire le monde. Paris revenait souvent dans leurs conversations, Paris qu'un certain baron Haussmann transformait par des travaux gigantesques, des gares, de larges avenues, tout un réseau d'égouts souterrains. En les écoutant, en les observant sans pour autant négliger son service, Marie cherchait parmi eux celui qui avait passé l'âge de s'y trouver, qu'elle ne reconnaîtrait même pas si par hasard il apparaissait pour de bon. Elle l'avait à peine vu, elle baissait les yeux quand il la regardait. Elle n'existait plus pour lui. Mais elle en gardait au fond de son corps une chaleur qui parfois, le soir, précipitait son souffle et amollissait ses jambes. Une femme dans la trentaine, même si elle l'a décidé, peut-elle vivre sans la chaleur d'un homme ?

Un soir la conversation des jeunes gens porta sur Victor Hugo, dont ils commentèrent l'exil, ainsi que ses deux refus successifs d'amnistie, preuve de sa grande dignité. Ils se mirent à dire des poèmes. Marie ne saisissait que quelques mots, mais sans comprendre elle en devinait la beauté. Et soudain ce qu'elle surprit, par bribes, la toucha droit au cœur :

— « Demain, dès l'aube... je partirai... je sais que tu m'attends... je ne puis demeurer loin de toi plus longtemps... »

Léa l'appelait à la cuisine, elle n'entendit rien de la suite.

Son émotion soudaine n'avait pas échappé au lecteur du poème dont les yeux s'étaient un instant posés sur elle. Quand elle revint dans la salle, il l'observa davantage, remarqua la douce tristesse de son visage. Alors il sortit de sa poche un calepin et un crayon, écrivit la première strophe du poème, détacha la feuille, et lorsque Marie passa à proximité de lui, il l'interpella discrètement :

— Tenez, c'est pour vous, « Demain dès l'aube ».

Marie bafouilla un remerciement et enfouit le papier dans la poche de son tablier. Elle le lut et le relut plus tard, dans sa chambre, jusqu'à le savoir par cœur. Elle se reconnaissait dans les mots du poète, qui renforcèrent sa volonté et son espoir de retrouver son fils.

Pendant l'été 1869, une équipe d'ouvriers travaillant à la construction d'une maison bourgeoise au cœur du bourg fréquenta régulièrement l'auberge du

Commerce. Parmi eux se trouvait un maçon à l'apparence tranquille que Marie remarqua à cause de sa discrétion. Il riait moins fort que ses compagnons, s'éclipsait quand en fin de semaine ils célébraient leur paie autour du comptoir.

Il se rendit compte que Marie le regardait différemment des autres. De sourires échangés en brèves conversations anodines, il obtint qu'un dimanche après-midi, après son service, elle le rejoignît pour une promenade sur le bord de la Meuse. Ils discutèrent d'abord du temps, de la beauté du fleuve, du couple Guinier qui tenait si bien l'auberge. Une autre fois, il parla clairement de lui. Il s'appelait Elisée Courvisier, il était veuf et vivait avec sa mère qui élevait ses deux enfants. Il respecta le silence de Marie. Avec une délicatesse dont beaucoup de « messieurs » se seraient dispensés, il sut amener Marie à une douce familiarité, à des gestes tendres, à des baisers, à un désir partagé aboutissant à une étreinte dans un sentier de forêt. Il lui murmura qu'il saurait se contrôler. Elle ne put retenir ses larmes, où se mêlaient l'émotion du plaisir découvert et la conscience de sa vie saccagée.

Un dimanche, Marie consentit à suivre Elisée jusqu'au petit village tout proche de Milly-sur-Bradon, où elle fit la connaissance de la mère Courvisier et des deux enfants, presque des adolescents déjà. Elle sentit qu'elle serait acceptée si elle suivait Elisée – elle devinait son envie –, et qu'elle trouverait un bonheur tranquille auprès d'eux.

Mais son enfant à elle avait dépassé ses vingt ans. Le temps était venu d'entamer la dernière étape, jusqu'à Verdun, et de chercher, d'enquêter avec ses maigres indices, une date, un prénom, un quartier, pour le retrouver. Pas pour l'arracher à ceux qui l'avaient élevé, pour lui dire la vérité de sa naissance, pour avoir droit à son respect, elle n'en demanderait pas plus. Demain, dès l'aube...

Elle signifia au brave maçon qu'elle ne pouvait pas s'engager avec lui, étant tenue par une affaire de famille qu'il lui fallait régler. Le gros œuvre de la grande maison bourgeoise était achevé, l'équipe partit vers un autre chantier. Elisée ne perdit pas totalement confiance.

18

En 1860, les pouvoirs publics prirent l'initiative de légiférer au sujet des abandons d'enfants Les infanticides étaient trop nombreux, préférés par des mères en détresse à la lâcheté de l'abandon anonyme, et la justice se montrait de plus en plus clémente envers elles. On supprima les tours dans les hospices. Dans les villes furent ouverts des bureaux d'abandon, où les femmes concernées devaient révéler leur identité. La plupart étaient des femmes sans hommes, des filles-mères. Pour tenter de les faire renoncer à leur décision, il leur était proposé des aides matérielles, une mesure qui suscitait des réactions très contrastées. Ceux qui considéraient la misère des filles et voyaient en elles des victimes l'approuvaient, comme une forme légitime de charité. D'autres y virent une façon d'encourager le vice et parièrent que c'était une porte ouverte à toutes sortes de supercheries et de bas commerces. Et comme jamais rien n'est tout blanc ou tout noir, quelques exemples malencontreux vinrent apporter de l'eau à leur moulin.

Cette situation nouvelle donna à réfléchir à l'abbé Vallin. Il entendait guider au mieux le petit Jacques de la mère Bornizet dans son avenir. Il décida de fouiller dans le passé de l'enfant, qui selon lui ne manquerait pas de poser un jour la question de ses origines, lui reconnaissant ainsi le droit de savoir.

Il se rendit d'abord à Sainte-Catherine, obtint une date, celle de la naissance de Jacques, et la raison de sa présence parmi les orphelins et les abandonnés, alors qu'il n'était ni l'un ni l'autre. Il alla ensuite à l'hôtel de ville, où grâce à sa condition il se fit ouvrir par un greffier le registre des naissances de l'année 1849, à la page du 15 février. Deux enfants étaient nés ce jour-là, une petite Marguerite et un petit Jacques, en effet, Morel comme ceux qui étaient cités comme ses père et mère. Il se renseigna enfin au tribunal de Saint-Mihiel, où il fit valoir aussi son état de prêtre pour prendre connaissance du compte rendu du jugement de ladite femme Morel. Au sujet de la véritable mère il n'était fait mention que de son prénom : Marie. C'était peu. Il lui faudrait s'en arranger.

A force d'entendre les paroles du curé lors des mariages, où il était question d'amour et du devoir de procréer, des baptêmes, où il rappelait leurs obligations aux parents, les réflexions des gamins de l'école au sujet de leurs pères, qu'ils semblaient tous craindre et admirer à la fois, leurs quolibets aussi, Jacques fut en effet pris de l'envie de savoir qui lui avait donné la vie.

— Je viens d'où, moi ? demanda-t-il un jour au curé, sans préambule. Dites-moi, m'sieur le curé, qui c'est qui m'a « procréé » ?

Le curé Vallin ne se déroba pas. Il expliqua ce qu'il jugea possible de révéler, posément, simplement, essayant ainsi d'en gommer un peu le caractère particulièrement dramatique. Il ne cita aucun nom. Jacques n'en attendait pas. Son souci était ailleurs. Ce qu'il essayait de comprendre, c'était ce qu'il était, lui, comment il pouvait se définir. Orphelin ? Non, il avait eu une mère. Bien jeunette, avait dit le curé, trop jeunette pour pouvoir l'élever. Alors ? Enfant abandonné ?

Il se demandait ce qui était le pire. « Abandonné », cela résonnait plus tristement...

L'instinct, pourtant, lui refusa d'en vouloir à cette Marie dont le prénom, déjà, lui plaisait. Au contraire il se mit à rêver d'elle.

Il avait aux alentours de treize ans quand il surprit, entre la mère Bornizet et une de ses voisines, une conversation qui l'intrigua :

— Paraît, disait la voisine, qu'il y a eu du grabuge hier soir chez les Fournerol.

— Sûrement à cause de la p'tite Claudine, elle serait prise que ça ne m'étonnerait pas.

— Oui, elle est grosse, et d'après ce qui se dit, le gars ne la voudrait pas. Déjà marié, peut-être bien, ou alors trop bien pour elle. Le père Fournerol a dû cogner. Pauvre gamine, dix-sept ans... encore une qui risque de se retrouver à la rue...

— Pourvu qu'elle ne fasse pas comme la p'tite Galavaux, vous vous rappelez, c'était en 47 ou 48 ?

— Qu'est-ce qu'elle a fait, la p'tite Galavaux ?

Les deux femmes ne savaient pas que Jacques était dans les parages, sa question les surprit. Elles firent semblant d'avoir à faire, chacune de son côté, le laissant seul et sans réponse.

Alors il courut vers le presbytère. Au curé qui sommeillait sous un tilleul il cria presque sa question :

— Qu'est-ce qu'elle a fait, la p'tite Galavaux ?

Le curé avait pris le parti de ne jamais laisser cet enfant-là sans réponse. Trop intelligent, trop curieux. Mieux valait pour lui, pensait-il, une vérité même incomplète et cruelle, plutôt qu'un vide qu'il chercherait à combler par son imagination.

— C'était une jeunette, comme ma mère ? Elle a eu un enfant qu'elle ne pouvait pas élever, comme ma mère ? Qu'est-ce qu'elle en a fait, elle, de son enfant ?

— Elle a choisi de ne pas le laisser vivre.

Jacques réfléchit longuement aux cas de la petite Galavaux, de Claudine, de Marie. Sans bien connaître la manière exacte dont la fusion se réalisait, il avait compris qu'un enfant ne venait au monde que par la rencontre d'un homme et d'une femme. Et aussi que parfois le partage s'arrêtait là. Que des femmes, surtout des jeunettes, se retrouvaient seules et démunies lorsque l'enfant arrivait. Qu'être mère sans mari, c'était une misère et une honte.

La petite Galavaux avait choisi de ne pas laisser vivre son enfant... La Claudine des Fournerol, elle ferait quoi du sien ? D'autres pauvrettes choisissaient de laisser vivre le leur. Marie, sa mère, était de celles-là. Une chaleur envahit son cœur. Il l'aima et se fit un devoir de la retrouver.

Mais à partir de ce moment-là son comportement se mit à changer. Pas envers la mère Bornizet ni le curé Vallin, dont il appréciait la bonté. A treize ans à peine il se glissa dans la peau d'un défenseur des faibles contre les forts, des femmes contre les hommes quand ceux-ci abusaient de leurs droits. Ainsi, surprenant le père Fournerol en train de rosser la petite Claudine qu'il n'avait pas chassée mais qu'il malmenait copieusement, il se précipita au secours de la malheureuse. Dans l'instant c'était Marie, sa mère. Le bonhomme s'entendit traiter de sans-cœur et de brute par le gamin. Celui-ci avait des sanglots dans la voix.

L'affaire fit du bruit dans le village. La mère Bornizet fut accusée d'héberger un vaurien ne gagnant même pas le pain qu'elle lui donnait. Tous ces enfants de Sainte-Catherine, c'était bien connu, avaient le vice dans la peau, alors pourquoi pas celui-là ? S'il avait fait illusion durant son enfance, l'adolescence le révélait tel qu'il était. Quelques autres interventions courageuses mais malvenues, pour essayer de soustraire des femmes ou des filles à la rudesse des hommes, allaient faire la démonstration que Jacques n'avait plus sa place au village. Il devint difficile à la mère Bornizet et au curé Vallin, qui avait perdu l'espoir d'en faire un séminariste, de le soutenir sans risquer de se mettre la population à dos.

Jacques prit lui-même la décision de partir.

Mais il lui fallait un nom, un papier, quelque chose à montrer sur la route et au moment de se placer. Le curé Vallin l'accompagna à l'hôtel de ville de Verdun pour obtenir un certificat. Jacques-Alphonse Morel, né le 15 février 1849, à Verdun.

Un matin de mars 1863, à quatorze ans, encore un peu enfant d'apparence mais déjà adulte par sa détermination, le balluchon à l'épaule et dans la poche une maigre bourse et le précieux papier qui lui donnait un nom, il quitta Belleray. Il suivait un colporteur, qu'année après année il avait vu passer au village. L'homme s'était intéressé à lui, jusqu'à lui assurer qu'il possédait assez de connaissances, jusqu'à la Champagne et au-delà, pour l'aider à voir du pays et bien se placer si l'envie lui en venait.

— Je reviendrai, promit-il à la mère Bornizet, en larmes, au moment des adieux.

19

Au printemps de l'année 1870, en avril, la ville de Verdun se trouva enfin dotée du fameux « chemin de fer » attendu depuis si longtemps. Trois années plus tôt, en 1867, l'empereur Napoléon III avait décidé de prolonger jusqu'à Verdun la voie reliant Reims à Sainte-Menehould. Sur un terrain cédé par la ville, en dehors des remparts, avait été édifiée la gare, une construction légère en brique sur une ossature métallique conçue par le cabinet Eiffel de Paris. Ensuite devaient suivre des travaux destinés à faciliter la relation de la ville avec sa toute nouvelle gare.

Amédée Robert n'était plus là pour assister à l'arrivée du premier train. Combien de fois, dans ses conversations avec ses ouvriers, ses clients, son gendre Jean-Nicolas, avait-il pesté contre ce qui lui semblait une anomalie et une injustice qui pénalisaient la ville en limitant ses activités, l'absence du chemin de fer ! Il en avait rendu responsables tous les élus qui s'étaient succede, qu'ils aient été républicains, monarchistes, partısans ou opposants de l'empereur.

Amédée était mort en 1867, largement septuagénaire. « Faudra faire prévenir Gustave... qu'il s'occupe de celle-ci », avait-il dit à la religieuse qui venait lui donner des soins, en lui désignant Emélie. Il avait ajouté, et ce furent ses derniers mots : « Le train.. j'verrai pas le train... »

Les rapports n'avaient jamais été très étroits entre Gustave et sa famille. Au début, dans les premières années de son mariage, puis de celui d'Emélie, il venait de temps en temps de son village, en charrette à cheval, avec sa femme et ses enfants. Ensuite « l'affaire » de sa sœur, la mort de Philomène, le caractère aigri d'Amédée avaient distendu les liens, jusqu'à les rompre complètement.

Averti de la mort de son père, il avait jugé convenable de se déplacer, d'autant plus que les biens des Robert seraient à partager. Il avait constaté l'état d'abandon de l'atelier de tannerie auquel il n'avait pas eu l'envie, ni le courage, de s'attaquer. Les peaux laissées à tremper continueraient de pourrir dans les cuves, les rats de grignoter celles qui s'entassaient au sol, les outils de se couvrir de rouille et de poussière, dans la puanteur et l'obscurité. Par contre il avait mis la main sur le magot d'Amédée et négocié la vente de la maison. Enfin il avait offert l'hospitalité à Emélie, entrée dans la douce béatitude de ceux qui ont perdu l'esprit, se dispensant ainsi d'un partage ne la concernant plus.

Il n'y eut donc personne pour penser qu'Amédée aurait été heureux d'assister à l'arrivée du premier train en gare de Verdun, le 14 avril 1870, parmi les officiels et les curieux accourus de tous les quartiers de la ville. Ou alors un seul, peut-être, son ancien ouvrier Augustin Baudidier.

Quant à Jean-Nicolas Morel, il était venu en famille pour admirer la fière locomotive et saluer les hommes aux visages noircis qui la servaient. Comment aurait-il pu penser à Amédée tandis qu'il avait près de lui Fanfan, Valère, beau gaillard de presque vingt-cinq ans, qui se marierait bientôt, Sophie et Belline, en costume traditionnel lorrain, et P'tit Pierre, s'irritant parfois d'être encore appelé ainsi alors qu'il avait treize ans passés de deux mois !

Hélas, les Verdunois allaient devoir attendre encore avant de profiter des bienfaits du chemin de fer, car en juillet de la même année la France entra en guerre contre la Prusse.

L'armée française fut rapidement vaincue, Bazaine bloqué dans la ville de Metz assiégée, Mac-Mahon et Napoléon III contraints au repli vers l'ouest. Si la toute nouvelle gare de Verdun put ainsi s'honorer du passage de l'empereur, ce fut dans une situation sans joie ni gloire.

Lorsque la ville fut à son tour menacée par les troupes prussiennes et déclarée en état de siège, le maire, Charles-Louis Benoît, invita la population à une résistance héroïque. Il rappela aux Verdunois, s'il en était besoin, la « faute » de 1792, où la ville s'était rendue sans combattre aux mêmes Prussiens. Verdun, cette fois, résista de toutes ses forces, sa défense réussit à repousser les premiers assauts, à riposter aux tirs des batteries ennemies, refusa deux fois de capituler, mais la violence des bombardements finit par avoir raison de ses efforts. La reddition de Metz, en renforçant encore la puissance d'attaque sur Verdun, entraîna sa capitulation, le 8 novembre, après quatre-vingt-un jours de siège. La liberté fut laissée par les vainqueurs aux officiers français, alors que les sous-officiers et les soldats furent emmenés en captivité. Entre-temps, Napoléon III avait été vaincu et fait prisonnier à Sedan, la République avait remplacé l'Empire.

Les canons se turent, mais dans le calme revenu se fit jour l'ampleur des dégâts : les blessés et les morts, les ravages des incendies, le saccage des récoltes. Au plus fort de la bataille, à la mi-octobre, en moins de trois jours la ville avait reçu vingt-deux mille obus ! La citadelle, haut lieu de la défense, avait particulièrement souffert.

Le quartier Saint-Nicolas, la rue du Pont-Neuf en étaient proches. Les Morel n'avaient pas été épargnés.

Quand les hostilités avaient commencé, les moissons étaient finies, mais ce qu'il restait des vignes avait été fortement endommagé, et les trous creusés dans les champs par les obus promettaient de rendre difficiles les prochains labours. Pendant les terribles jours d'octobre, des éclats d'obus s'étaient abattus sur la ferme, provoquant un incendie. Les flammes avaient eu le temps de dévorer une partie des récoltes de blé, de seigle et d'avoine, encore entassées en gerbes dans la grange, avant que la chaîne solidaire des voisins armés de seaux en soit venue à bout. Mais Jean-Nicolas avait commis l'imprudence de s'approcher trop près du brasier, et une poutre en feu s'était effondrée sur lui. Gravement brûlé, une jambe fracturée par sa chute, il n'avait pas pu être admis, faute de place en ces temps de guerre, à l'hôpital Saint-Nicolas, où un chirurgien lui avait toutefois réduit sa fracture et posé des attelles. Fanfan et « ses » filles, comme il les désignait, Sophie et Belline, le soignaient avec tendresse. Elles souffraient avec lui lorsqu'il s'agissait d'enlever les pansements pour découvrir ses brûlures et y appliquer des pommades.

Heureusement il y avait Valère, paysan depuis sa plus petite enfance, capable de faire face en maître aux difficultés.

« On a bien fait de l'exonérer », ne cessait de répéter Jean-Nicolas à Fanfan quand elle venait se pencher sur lui.

En 1865, l'année de ses vingt ans, Valère avait tiré

un mauvais numéro à la conscription. Il aurait dû partir, pour sept ans. Il n'en avait pas envie, il aimait trop la terre et la ferme avait besoin de ses bras. Fanfan avait parlé la première : « On va payer pour te garder ! » Prudente, elle s'était dit que « son homme » allait sur la soixantaine, vaillant mais tout de même, et que sept ans, ce serait sûrement trop long pour lui aussi. Payer, depuis la suppression du remplacement, c'était verser une indemnité à une caisse de l'armée, plus gourmande que les manants acceptant de partir à la place d'un autre. Une belle somme. Jean-Nicolas avait payé. De bon cœur.

La guerre était finie pour les Verdunois, militairement parlant, mais ils n'étaient pas au bout de leurs peines.

Paris capitula à son tour et l'armistice fut signé. Le roi de Prusse n'avait pas attendu. La guerre ayant scellé l'unité allemande, il avait été proclamé empereur dix jours plus tôt, dans la galerie des glaces à Versailles. Le traité de Francfort céda l'Alsace et une partie de la Lorraine au nouvel Empire allemand et condamna la France au versement d'une lourde indemnité de guerre. La libération des territoires occupés par les Prussiens était à ce prix. Verdun, dernière place forte avant la nouvelle frontière, serait donc la dernière ville à les voir partir, une fois la totalité de la somme acquittée.

Quatre mille cinq cents soldats prussiens, fiers de leur victoire, s'installèrent et se conduisirent aussitôt en maîtres. Les Verdunois durent accepter leurs exigences. Les réquisitions, l'obligation d'hébergement, car la citadelle ne pouvait les contenir tous. Si encore ils avaient eu le respect des vaincus... Des soldats ivres se livraient à des actes de violence, dégainaient leur sabre à la moindre altercation, éventraient à coups de pied les portes prétendant leur résister, pillaient et saccageaient sans retenue.

Un soir d'été, alors qu'ils déambulaient, passablement avinés, dans la ruelle des Sergents, trois soldats prussiens s'attaquèrent à un petit groupe d'hommes qui prenaient le frais. Ils fumaient, assis sur un escalier de pierre. L'un d'entre eux cracha, entre ses pieds selon son habitude, au moment où les soldats passaient devant eux. Ils prirent ce crachat pour une insulte à leur égard. Ils attrapèrent les hommes au collet, les secouèrent, les menacèrent de leurs armes, dans un tumulte tel qu'il ameuta toute la ruelle. Ceux qui purent leur échapper s'enfuirent, le cracheur, un Prussien déchaîné sur les talons, n'eut pas d'autre solution que de se jeter dans la Meuse. Les brutes se vengèrent sur celui qui était resté au seuil de sa maison, pour en défendre l'entrée. En vain. Ils entrèrent. Il y avait là une femme et deux grandes filles, qu'ils dévêtirent à moitié en arrachant leurs jupons, après avoir frappé la mère qui s'efforçait de les protéger. Pour finir ils emmenèrent avec eux le seul individu qu'ils avaient pu saisir, laissant derrière eux les malheureuses en larmes. L'homme revint au bout de trois jours passés dans un cachot de la citadelle. Il avait craint d'y être oublié, et en fut sorti sans explications ni excuses. C'était un ouvrier maçon, qui avait perdu ainsi trois journées de travail. Sa femme, c'était Toinette. Il arrivait encore à celle-ci de parler du « Jésus » qu'un gendarme lui avait arraché des bras, des années plus tôt.

Si le vin aigrelet de la côte Saint-Barthélemy n'avait plus la préférence des gens du pays, il faisait bien l'affaire des Prussiens. Ces derniers venaient souvent se faire rincer chez les producteurs, qui étaient tous en même temps des paysans. Il fallait les approvisionner en avoine et en fourrage pour leurs chevaux, et par-dessus le marché ils faisaient comprendre qu'ils désiraient goûter le vin. Le goûter et le regoûter. Leur refuser entraînait des sévices et des dangers qu'il était préférable d'éviter.

Un jour, dans le cellier des Morel, un sous-officier prussien, d'un geste en direction de ses hommes, désigna un tonneau pour qu'ils l'emportent. Valère réagit énergiquement. Il se plaça devant le tonneau, bras et jambes écartés. Ce qu'il dit, ils ne le comprirent pas, mais ils devinèrent que ce n'était pas aimable. Les soldats se ruèrent sur lui, le plaquèrent au sol et le frappèrent à coups de pied. Ensuite les sbires roulèrent le tonneau vers la sortie, pendant que leur chef, avisant dans un coin une masse servant à enfoncer les piquets dans les vignes, la saisissait et fracassait un autre tonneau. Le contenu gicla comme du sang sur les murs.

Valère avait les os et la peau durs. Il s'en tira sans grand dommage. Mais la peur était sur la maison. Fanfan savait qu'ailleurs des filles avaient fait les frais des caprices des vainqueurs, et tremblait à l'idée du danger qui menaçait les siennes.

Jean-Nicolas mourut à la fin du mois d'août 1873. Très affaibli par son accident, miné par son incapacité de travailler, au contraire de sa mère, Adèle, il sut retenir ses plaintes et ne jamais tourmenter les siens. Au cours de la dernière semaine, s'adressant à Fanfan qui s'efforçait de le quitter le moins possible pour ne pas le laisser seul au moment du grand passage, il évoqua son passé. Dévoila ses sentiments. Son regret. Son remords. A petites phrases chuchotées. Avec de longs silences.

— Tu portes mon nom, mais en droit tu n'es pas ma femme... La légitime, tu le sais, je l'ai chassée de ma vue, de mon cœur, de ma vie... Ma vraie femme, c'est toi, Fanfan... J'ai pas peur du bon Dieu pour ça, l'autre avait fauté, par le mensonge... Mais l'enfant... le petit Jacques... Madeleine me l'a crié : ils n'ont pas retrouvé la mère... ils l'ont mis à Sainte-Catherine... J'ai pas voulu entendre... Mais j'ai entendu, et maintenant ça me revient, tel que ça a été dit... L'enfant, il n'y était pour rien... Innocent... J'aurais dû empêcher les gendarmes de l'emmener... J'aurais dû le sortir de

Sainte-Catherine, l'innocent... Tu es une bonne femme, Fanfan, une bonne mère, tu l'aurais pris, hein... tu l'aurais aimé... Va falloir que je réponde de ça, bientôt... Après tout, c'est justice...

Emélie s'était éteinte quelques jours plus tôt chez son frère, sans souffrance ni conscience. Une belle mort, selon Gustave. Elle n'avait plus d'âge depuis longtemps.

L'occupation prussienne prit fin six mois avant la date fixée par le traité, grâce au succès des emprunts émis par le gouvernement de Thiers auprès des Français.

Le 13 septembre 1873, sur la place de la Roche, le général Von Manteuffel passa une dernière fois en revue ses troupes, qui quittèrent aussitôt la ville par la porte et le pont Chaussée et prirent la direction de l'est. Soulagés mais dignes, les Verdunois se gardèrent de manifester sur leur passage. Ils préférèrent se porter au-devant du premier bataillon français qui fit son entrée dans l'après-midi par la porte de France. Dans un grand élan de patriotisme et de joie, la ville en liesse pavoisa et s'illumina. Deux mois plus tard, en hommage à la conduite courageuse de ses habitants pendant le siège, le gouvernement de la République lui ferait don de quatre canons qui seraient placés dans la cour de l'hôtel de ville.

20

Les situations engendrées par la guerre avaient retardé le départ de Marie pour Verdun. Dès le début de l'année 1870, elle avait révélé son intention aux époux Guinier, se contentant d'évoquer, comme pour Elisée Courvisier, une affaire de famille. Ils n'avaient cherché ni à en savoir davantage ni à la persuader de rester à leur service.

« Nous te regretterons, Marie », avait simplement dit le père Guinier, approuvé par sa femme que la surprise empêchait de parler.

La surprise, et la peine aussi. Ils s'étaient si vite attachés à cette servante efficace dans son travail, sérieuse, posée. Un peu triste toujours, ce qui laissait supposer une blessure ou un drame intime.

Pour la convaincre de ne pas se lancer dans une aventure périlleuse, et en même temps la soutenir, le père Guinier commentait pour elle les événements qui concernaient Verdun.

« La ville est assiégée par les Prussiens, ce n'est pas le moment de t'y rendre, tu ne pourrais pas y entrer, pas même t'en approcher. Prends patience, Marie ! »

Puis plus tard :

« La ville s'est rendue, mais attends encore un peu, la fin de la guerre, pour de bon, que les affaires reprennent. »

Et enfin :

« La paix est signée, Marie, mais il y a des Prussiens partout dans Verdun, crois-tu que ce soit bien prudent ? »

Trois ans. Elle patienta encore trois ans. Elisée Courvisier refit quelques apparitions au Commerce. Il lui rappela ses intentions honnêtes. Lui dit qu'avant de la connaître il n'avait jamais eu le projet de se remettre en ménage, par égard pour ses enfants et sa mère. Mais elle, elle leur avait inspiré confiance, à tous. Elle lui prouva qu'il ne lui était pas indifférent. Mais répéta qu'elle ne se sentirait libre qu'après avoir réglé cette mystérieuse affaire de famille.

Marie quitta l'auberge et les Guinier à l'automne de 1873, munie d'un certificat vantant ses qualités et d'une somme d'argent qui lui semblait coquette, ses gages augmentés d'un généreux pourboire. Ses effets personnels tenaient toujours dans les deux mallettes d'osier, cadeau de madame Hautefeuille.

Au terminus, lorsque la diligence déposa ses voyageurs, tous des hommes – elle avait senti leurs regards peser sur elle –, Marie fit mine de connaître sa destination dans la ville pour ne pas risquer d'être abordée par l'un d'eux. Mais elle ne savait pas où se rendre. Elle devait d'abord se mettre à la recherche d'un petit hôtel où elle séjournerait le temps de trouver un endroit où loger et travailler.

Elle marcha donc au hasard et soudain se trouva face à la porte Chaussée, qu'elle reconnut. Elle s'arrêta, saisie d'une émotion intense, ferma les yeux. C'était, avec le portail de l'hospice Sainte-Catherine, la seule image de la ville restée nette dans son esprit, cette massive tour de pierre coiffée de créneaux qui lui avait paru sinistre. Elle se revit la franchir avec Victorine, puis seule, puis encore avec Victorine, ce matin de février où elle était transie, autant de peur que de froid.

Elle n'eut pas le courage, si tôt, de parcourir ce quartier où elle avait vécu les moments les plus poignants de sa vie. Elle tourna le dos à la porte Chaussée et prit une rue qui montait, la rue Saint-Pierre. Parvenue en haut, au hasard encore, elle s'engagea à gauche. Et là, dans une rue étroite, presque une ruelle, elle vit une enseigne, *Hôtel, pension de famille*, une désignation qui rassurait sur la clientèle. Elle entra.

Elle dut donner son nom, la raison de son séjour : une affaire de famille. Son allure, sa tenue sobre mais soignée, la gravité de son visage, ses deux mallettes inspirèrent une totale confiance à l'hôtelier, cette femme saurait se tenir et avait à coup sûr de quoi payer. En effet, elle régla sans discuter sa pension pour trois jours.

Le lendemain, elle redescendit la rue Saint-Pierre et, puisqu'il lui fallait bien se décider à affronter la ville, du picd dc la tour Chaussée elle prit à droite, la rue des Rouyers, animée et bruyante. Le passage d'un attelage, deux chevaux tirant une charrette chargée de bois, l'obligea à se réfugier sur le trottoir, devant une boutique de cordonnier portant le numéro 16. Sur le seuil était assis un vieil homme. Elle aurait pu continuer tout droit. Elle prit à droite, encore, s'arrêta pour regarder la plaque : *Rue du Saint-Esprit...* Le souffle soudain coupé, elle ferma un instant les yeux. Il lui sembla entendre la voix de Victorine qui disait : « C'est ici, au 11, la mère Boulanger. »

Elle rouvrit les yeux, remarqua l'enseigne d'un hôtel, le Coq Hardi, superbe maison à pans de bois. Elle repoussa l'idée d'entrer s'y présenter, tant l'établissement semblait luxueux, et fréquenté, sans doute, par des gens de la haute. L'hôtel existait-il déjà en 1849 ? A part la tour Chaussée elle n'avait alors rien vu, elle marchait les yeux baissés.

Rue du Saint-Esprit, le 11. Là où la porte s'était ouverte sur la femme Boulanger, c'était une boutique de modiste, les boiseries peintes en vert, des chapeaux de femmes présentés sur des étagères.

Marie ne comptait certainement pas sur ce premier jour pour renouer avec son passé. Le 11 de la rue du Saint-Esprit eût-il été semblable à ce qu'il était alors, elle n'aurait pas frappé à la porte. Il était trop tôt, elle ne se sentait pas prête. Pas plus qu'elle n'envisageait encore de revoir Victorine. Mais savoir que la mère Boulanger, la seule personne susceptible de lui révéler à qui Jacques avait été confié, pourrait y être encore, cela aurait constitué pour elle une sorte de recours. Elle se sentit un peu plus démunie, mais pas totalement découragée. Elle entretenait depuis si longtemps, et avec quelle confiance, l'espoir de connaître un jour son fils ! Elle ne pouvait le perdre si vite.

Elle mit deux journées entières à parcourir la ville, à la recherche d'une auberge où on pourrait l'employer. Le soir elle remontait vers le petit hôtel où elle arrivait fourbue d'avoir tant marché, de s'être égarée parfois. Elle dînait avec les pensionnaires, des artisans employés sur les chantiers de la ville, des hommes simples et honnêtes lui rappelant Elisée Courvisier.

Après les années d'occupation, Verdun renaissait, s'efforçait de rattraper le temps perdu. Les rues étaient animées, la circulation rendue parfois difficile par les travaux destinés à réparer les dégâts de la guerre. Marie avait peu d'expérience de la vie en ville. De Sedan elle n'avait gardé que le souvenir de quelques belles rues commerçantes où elle accompagnait madame Apolline, et du parc où elle allait promener le petit Louis. Elle se repérait difficilement dans Verdun, s'égarait dans des rues étroites, revenait sur ses pas, essayait de deviner la topographie de la ville en fonction du fleuve. Elle ne savait pas dans quelle rue se trouvait Sainte-Catherine, qu'elle souhaitait éviter, avait oublié le chemin parcouru avec la mère Boulanger pour s'y rendre, au plus fort de sa détresse. Mais le hasard, fatalement, la ramena devant l'austère bâtiment de pierre grise. Elle le reconnut, avec dans les yeux la vue des berceaux de bois alignés, dans les oreilles les cris des nourrissons.

Lorsqu'elle voyait des hommes qui avaient encore sur leur visage un reste d'enfance, dans les vingt ans et un peu plus, elle avait à chaque fois la même émotion : si c'était lui... Et ils étaient nombreux ! Apprentis et compagnons affairés sur les chantiers, gouailleurs, toujours prêts à lancer un mot aimable aux dames, ou ironique à un bourgeois. Paysans venus des campagnes, plus empruntés, avec leur teint rougeaud, leur blouse et leur casquette. Jeunes militaires en uniforme, nombreux. Verdun, devenue ville-frontière, retrouvait plus que jamais son rôle de garnison. Si c'était lui... Jacques ? né le 15 février 1849 ? ici, à Verdun ? Elle ne pouvait tout de même pas poser la question à chacun.

Sur les conseils d'un aubergiste de la rue Neuve, elle trouva à se placer le troisième jour. Pas plus que tous ceux qu'elle avait sollicités, il n'avait de place à lui offrir.

— Allez donc voir au Perroquet des Iles, au-delà de la porte de France. C'est une maison bien placée, qui voit beaucoup de monde. Un genre un peu spécial, je vous dis ça sans malice.

Il sortit avec elle pour lui indiquer le chemin et lui souhaita bonne chance. Cette femme, encore belle, avait tout à fait bonne mine, et il la regarda s'éloigner en regrettant de n'avoir pas pu l'embaucher.

Le Perroquet des Iles était en effet une maison bien placée, un peu en dehors de la ville, à l'entrée de la route s'en allant vers la Champagne et au-delà jusqu'à Paris. Une grande bâtisse de fière allure donnant sur une campagne verdoyante, des champs adossés à des collines couvertes de bois.

Elle devait son nom à celui qui l'avait fondée, dans la première moitié du siècle, et qui prétendait, à tort ou à raison, avoir bourlingué sur les mers. Il possédait bien un perroquet. Celui-ci contribua au succès de l'établissement par son exotisme et le fait qu'il interpellait drôlement les clients. Venait-il réellement des « Iles », aussi lointaines que mystérieuses, ou l'avait-il acheté tout simplement à un oiseleur d'une autre île, l'île de la Cité à Paris ? Le perroquet était mort, de vieillesse, le fondateur s'était retiré des affaires, la maison avait changé de main, mais elle avait gardé son enseigne racoleuse. C'était à la fois un relais de poste, où s'arrêtaient les diligences, un hôtel pour les voyageurs de passage, une auberge à la table généreuse, et de plus, les dimanches à la belle saison, une guinguette. Dans une grande salle largement ouverte sur la campagne, un piano mécanique installé sur une estrade faisait danser la clientèle.

La guerre avait considérablement ralenti l'activité du Perroquet des Iles, auquel les bombardements avaient même infligé quelques dégâts. La ville était coupée du reste du pays, et pendant l'été 70 les Verdunois n'avaient pas eu le cœur à festoyer, ni à danser. Pendant l'occupation, Charles Toupin, le propriétaire, qui se faisait appeler Monsieur Charlie, n'avait pas refusé la clientèle des sous-officiers et des officiers prussiens. Petit à petit étaient venus s'y ajouter des Verdunois n'ayant guère de choix en matière de distractions. On y avait même vu des dames accepter de danser entre des bras prussiens, car si les hommes de troupe se comportaient souvent comme des voyous, les gradés, disaient-elles pour se justifier, savaient se tenir et ménager les vaincus.

A l'automne de 1873, la joie de la liberté retrouvée, l'arrivée massive de militaires français et la reprise des affaires avaient relancé la maison. Jusqu'en octobre, Monsieur Charlie maintint la guinguette, où l'ambiance se fit plus populaire, avec les apprentis, ouvriers, cousettes, employées de maison qui venaient s'y donner du bon temps.

Monsieur Charlie avait besoin d'une employée. Il regarda à peine le certificat de Marie. Si chez lui on s'amusait autant qu'on mangeait, il tenait à une réputation honnête, il ne voulait pas d'histoires. Dans un établissement comme le sien, au milieu des hommes, des militaires, plutôt que des jeunettes sans expérience ni méfiance il préférait des femmes, plus averties, plus prudentes. Avenantes cependant, elles ne devaient pas rebuter la clientèle. Celle-ci l'était, un peu mûre, elle avait quarante ans, mais bien faite et soignée, le visage grave mais aimable. Elle saurait à la fois plaire à la clientèle et se faire respecter.

Marie s'adapta vite au Perroquet des Iles, à Monsieur Charlie qui traitait bien son monde, aux autres servantes, à l'ambiance de la maison. L'hiver fut tranquille, mais dès le mois d'avril la réouverture de la guinguette ramena la jeunesse.

Elle n'avait encore rien tenté quant à sa recherche. Son espoir ne l'avait pas quittée, mais, consciente de la folie de son entreprise, des difficultés, des aléas, de tout ce qui avait pu se produire au cours des vingt-quatre années écoulées, elle décida de se fixer un délai.

Un soir, elle demanda à Monsieur Charlie du papier, un porte-plume et de l'encre, et elle entreprit d'écrire à Elisée Courvisier. Elle n'avait guère fréquenté l'école, juste un peu à Clermont, avant que son oncle Philibert Picmal la mette au travail. Elle réfléchit, fit quelques essais, se lança. *Mon bon ami...* Elle commença par s'excuser de ne pas savoir tourner une lettre, de ne guère connaître l'orthographe. Puis sans détour elle écrivit que si dans deux ans il avait encore du sentiment pour elle, elle le rejoindrait. Si elle avait réussi à régler l'affaire qui la tourmentait tant, elle reviendrait, apaisée et heureuse. Si elle avait échoué, elle s'engageait à tout faire pour trouver sa consolation auprès de lui et de sa famille. *Je suis placée au Perroquet des Iles, sur la route de Paris*, ajouta-t-elle avant de chercher une formule pour terminer sa lettre. Elle hésita longtemps et finit par écrire, simplement : *Je vous salue bien, mon bon ami.*

Un dimanche d'été, Elisée vint de son village jusqu'à Verdun. Il se fit indiquer la direction de Paris, jusqu'au Perroquet des Iles, où il arriva au début de l'après-midi. Il avait pour cela emprunté la voiture légère et le cheval d'un commerçant de Dun, un négociant en vins et spiritueux sillonnant la campagne pour prendre les commandes qu'un livreur effectuait ensuite. Le nom de l'établissement où Marie se disait placée l'intriguait un peu, par son exotisme qui pouvait laisser supposer une clientèle un peu canaille. La bonne tenue du bâtiment le rassura.

Il se dirigea vers un endroit où stationnaient quelques calèches et des tilburys dont les chevaux patientaient à proximité d'un abreuvoir. Il fit boire le sien et l'attacha près des autres. Il entendit alors de la musique, le son un peu saccadé d'un piano mécanique entamant un air de danse, une farandole, peut-être, ou un galop, il s'y connaissait peu, un rythme rapide qui marquait le début du bal.

La porte était grande ouverte, il entra dans la guinguette et s'assit à une petite table placée dans un coin. Un peu étonné de se retrouver dans un tel endroit, il regarda les danseurs dont les pas rapides et bien scandés faisaient vibrer le plancher. Des envolées de jupons le frôlaient au passage, les filles, tantôt au bras des garçons, tantôt serrées contre eux, selon les figures, avaient les joues roses et le rire aux lèvres. Lorsque le piano se tut, tous regagnèrent les tables. Deux servantes apparurent alors, un tablier blanc autour de la taille, une petite coiffe blanche, comme un diadème, entourant leur chignon, un plateau à la main. Pas des jeunettes. Des femmes. L'une était rousse, un peu rondelette. L'autre, c'était Marie. Telle qu'il l'avait découverte au Commerce. Avec son beau visage aimable et grave, qui l'avait touché. Il s'émut de ce qu'elle apportait de profond dans ce lieu de plaisir et de gaieté où les jeunes, ça se voyait, la respectaient.

Elle s'approchait de sa table. Elle se tourna vers lui.

— Monsieur ?... Oh, Elisée ! Mais que faites-vous là ?

— Je suis venu pour toi, Marie, pour te voir.

Les yeux de Marie se remplirent de larmes, mais elle souriait.

De la salle à manger où il servait des alcools aux bourgeois finissant de déjeuner, Monsieur Charlie avait toujours un œil sur la guinguette.

— Vous avez une connaissance dans la salle, Marie, dit-il quand elle vint charger son plateau. Vous avez sans doute à causer un peu. Prenez-en le temps, durant les danses, je vous le permets.

Pendant les danses, donc, elle s'assit un peu près d'Elisée. Le son du piano mécanique, les piétinements des couples, les rires l'obligeaient à se pencher vers elle, à lui parler presque à l'oreille, petites phrases par petites phrases.

— J'ai bien reçu ta lettre, Marie, elle m'a fait plaisir... Je suis venu te dire que mon sentiment pour toi, c'est du sérieux... Que je t'attendrai le temps qu'il faudra, même si deux ans, c'est bien long... Ma mère sait que je suis venu, Marie, elle te salue, et les enfants aussi... Marie... c'est pour chercher quelqu'un que tu as voulu venir à Verdun ?... Ce n'est pas un homme... hein... Marie... C'est pour un enfant, alors ?... Un enfant, Marie ?...

Elle se leva brusquement pour ne pas éclater en sanglots et quitta la salle.

A son retour, son plateau à la main, elle vit qu'il n'y avait plus personne à la petite table du coin. Elle sortit, juste à temps. Elisée avait détaché son cheval et s'apprêtait à monter dans la voiture. Elle se précipita vers lui, il lui ouvrit les bras. Il la tint longtemps serrée contre lui.

— Tu le retrouveras, Marie, dit-il lorsqu'elle se sépara de lui. Je t'attendrai, le temps qu'il faudra.

21

Un soir d'automne où il y avait peu de dîneurs au Perroquet des Iles, quelques voyageurs, sans doute des hommes d'affaires, arrivés par la diligence, deux familles bourgeoises installées à la même table, des bruits de voix au-dehors firent lever la tête à tous. Des voix d'hommes, quelque peu éraillées, qui braillaient des chansons à boire, entrecoupées d'exclamations et de grands rires.

C'était un groupe d'une dizaine de militaires en goguette. Ils avaient déjà écumé quelques cafés et auberges avant de parvenir au Perroquet des Iles. Cantonnés depuis peu à Verdun, ils ne connaissaient pas encore cet endroit, mais il leur avait été recommandé à leur étape précédente.

Ils avaient bien bu, déjà, mais pas au point de perdre leur dignité de militaires, si bien qu'ils se turent et vérifièrent leur tenue avant d'entrer. Ils claquèrent des talons et s'inclinèrent en direction des quelques tables occupées. Monsieur Charlie s'avança rapidement vers le groupe.

— Aubergiste, cria presque l'un des hommes, j'ai le grand honneur de vous présenter celui dont nous fêtons ce soir les galons de lieutenant, qu'il vient tout juste d'obtenir !

Monsieur Charlie eut droit à son tour à un vigoureux claquement de talons, accompagné d'un salut militaire des plus raides. Il félicita le nouveau gradé.

— Aurez-vous l'obligeance, reprit l'autre, d'un ton toujours aussi tonitruant, de nous installer et de nous servir à boire ?

Monsieur Charlie, connaisseur en la matière, avait eu vite fait de juger de l'état de la petite troupe. Encore assez lucides pour se tenir et s'exprimer correctement, un peu trop sèchement, un peu trop solennellement, signe qu'ils se surveillaient, ils semblaient décidés à poursuivre chez lui une soirée déjà bien entamée. Il ne pouvait pas les éconduire. Il n'avait rien contre les militaires, comprenait l'envie de faire la fête de ceux-là, et se disait aussi qu'il y avait du risque à les décevoir. Si le Perroquet des Iles n'avait jamais été victime de représailles, d'autres établissements avaient eu à souffrir d'avoir refusé de servir des soldats éméchés. Scandales en paroles, injures, altercations avec les clients. En actions aussi, des chaises, des bouteilles cassées...

Les dîneurs s'étaient arrêtés de manger, ils regardaient les arrivants et guettaient les réactions de

Monsieur Charlie. Les dames, il n'y en avait que deux, semblaient déjà inquiètes et chuchotaient entre elles :

— Nous ne venons jamais ici en été à cause de la guinguette qui attire du monde parfois un peu trop bruyant, ce soir au moins c'était tranquille...

— Qu'allons-nous devoir entendre, et pourquoi pas voir, si le patron les accepte... Ils ont bu, visiblement, il faudrait les refuser...

Monsieur Charlie s'en tira habilement :

— Venez par ici, messieurs, dit-il, j'ai une autre salle où vous serez entre vous. Et en hommes de devoir que vous êtes, je sais que vous aurez à cœur de respecter les clients qui dînent, jusqu'à leur départ.

Il les installa dans la guinguette, où il rapprocha plusieurs tables, et se réjouit d'avoir bien dissimulé derrière une épaisse tenture le piano mécanique, condamné au silence jusqu'au prochain printemps. Faute de quoi, pensa-t-il, les gaillards auraient été capables de demander de la musique.

Les hommes se mirent à l'aise, débouclèrent leur ceinturon, ôtèrent leur coiffure, s'attablèrent. Ils s'octroyaient un petit temps de repos après leurs déambulations et la trotte qui les avait menés jusqu'ici.

Le Perroquet des Iles employait trois servantes, logées sur place. Elles assuraient aussi bien le service au restaurant et à la guinguette que l'entretien des quelques chambres réservées aux voyageurs et le nettoyage des salles. Quand il y avait du monde, surtout en été, elles suffisaient à peine. Dans les moments plus calmes, elles se reposaient en alternance.

Ce soir-là, Marie était de service, avec Joséphine, la rouquine rondelette dont elle s'était fait une amie mais pas encore une confidente.

Monsieur Charlie décida de s'occuper lui-même de la tablée de militaires, qui avaient repris du poil de la bête et réclamaient à boire. Ils se firent d'abord servir du vin de pays. Cela réveilla leur gaieté. Bientôt les dîneurs de la salle voisine entendirent des éclats de voix, des rires et des bribes de paillardises.

Une fois leur dîner terminé, les clients ne s'attardèrent pas. Les voyageurs, déjà fatigués par le trajet en diligence, se retirèrent d'abord. Les bourgeoises jetaient des coups d'œil affolés du côté de la guinguette et prenaient des mines pincées pour rappeler à l'ordre les enfants se poussant du coude, si bien que leurs maris renoncèrent, pour une fois, à prolonger le plaisir des alcools et des cigares.

Les militaires venaient de commander de nouveau à boire lorsque les deux familles se levèrent. Monsieur Charlie se devait pour le moins de les raccompagner. Pour ne pas faire attendre les soiffards, il choisit de leur envoyer la plus digne de ses servantes. Elle était à la cuisine, il dut l'appeler assez fort :

— Marie ! Venez, Marie ! Allez donc les servir, je reviens de suite !

Le jeune lieutenant avait entendu le prénom de celle qui s'avançait vers la joyeuse tablée, porteuse d'un plateau chargé de deux bouteilles de vin bouché. Soudain devenu grave, il la regardait intensément. Une femme à la silhouette encore juvénile, mais aux cheveux bruns mêlés de gris, au visage légèrement flétri, empreint d'une douceur proche de la tristesse. Il se leva, d'un geste il imposa silence à ses compagnons, fit deux pas en direction de la serveuse, qui s'arrêta.

— Marie... dit-il d'une voix un peu cassée, vous portez le prénom de ma mère.

Son bras droit décrivit une large arabesque, il s'inclina dans une profonde révérence, et pour finir s'agenouilla devant elle, la tête baissée. Elle ne savait que faire, tremblait un peu, craignait pour l'équilibre des bouteilles sur le plateau.

Lorsqu'il leva les yeux vers elle, elle eut comme un bref étourdissement. Ce beau visage de jeune homme, cette chevelure un peu bouclée, la lumière de ce regard...

— Marie, reprit le lieutenant, je vous salue, madame !

Il se releva, ils furent un court instant face à face. Puis il regagna sa place à la table, Marie déposa le plateau et dut se retenir pour ne pas courir vers la cuisine. Elle s'adossa à une crédence, ses jambes vacillaient. Chaque battement de son cœur affolé lui répétait : si c'était lui... si c'était lui... Elle se sentait molle et sans défense, comme dans la cour de l'auberge de Clermont, face au bel étudiant qui avait fait basculer sa vie.

L'âge que le jeune lieutenant paraissait avoir, oui, pouvait être celui de son enfant. Mais de là à en déduire que c'était lui... Il semblait aimer beaucoup sa mère, pour l'avoir évoquée avec tant d'émotion. Mais des femmes prénommées Marie, il y en avait tant et tant... Pouvait-il s'agir de celle qui l'avait recueilli dans ses bras à sa naissance et l'avait aussitôt emporté ? Elle la revit, cette femme, vers laquelle elle avait esquissé un geste et qui s'était éloignée sans un mot, dans la petite chambre borgne chez la mère Boulanger. Elle essayait de se souvenir, avait-elle entendu la sage-femme prononcer son prénom ? Marie, pourquoi pas... Elle tentait de se persuader : ce n'était qu'une coïncidence... Mais celle-ci était trop bouleversante pour réussir à faire taire son cœur qui s'entêtait : si c'était lui... si c'était lui...

Monsieur Charlie la surprit appuyée au meuble, les yeux fermés, les mains serrées sur sa poitrine.

— Marie, que se passe-t-il ? On dirait que vous venez d'avoir très peur. Vous auraient-ils manqué de respect ?

— Non, Monsieur Charlie, ce n'est rien, un léger vertige, rien de plus, vous voyez, c'est passé, je vais achever de débarrasser les tables avec Joséphine.

La rouquine remarqua elle aussi la pâleur de Marie, et sa nervosité.

— Va te reposer, si tu veux, je peux finir seule.

Marie refusa. Malgré elle, elle attendait quelque chose.

— Aubergiste, du champagne ! Et du meilleur ! En l'honneur de notre lieutenant !

Les jeunes gens signifièrent ainsi leur intention de prolonger la soirée avec panache. Monsieur Charlie s'exécuta, fit sauter les bouchons, versa le breuvage magique. Les buveurs avaient dépassé le premier stade de l'ivresse, mais dans un réflexe digne de leur condition ils réussirent à lever leurs coupes dans un ensemble parfait. Au milieu d'eux, le héros du jour ne riait plus.

Aux uns l'ivresse donne de l'esprit, du moins le croient-ils, puisqu'ils confondent le plus souvent l'esprit avec la gaudriole, bientôt suivie de la grossièreté. Aux autres elle souffle un air de méchanceté, qui les fait s'en prendre aux premiers venus, pour des riens, avec des mots blessants, des injures, ou encore ramener sur le tapis de vieilles querelles, tantôt anodines, tantôt franchement sordides. D'autres encore ont le vin triste, pleurent sur eux-mêmes, quémandent de la tendresse, s'effondrent dans des bras aussi peu assurés que les leurs.

Le champagne après le bouché, qui avait succédé au vin des coteaux de Meuse, avait mis du vague à l'âme au jeune lieutenant, déjà touché par le prénom de la serveuse.

— Mes galons, oui, j'en suis fier, dit-il soudain en se levant, mais je veux boire aussi, et surtout, à ma ville, à Verdun !

Le ton était sérieux, la voix étrange, comme si le lieutenant avait eu des sanglots dans la gorge. Impressionnés, ses compagnons cessèrent de rire.

— Votre ville, lieutenant ? hasarda l'un d'eux, pour rompre le silence qui semblait les gêner tous. Vous êtes un rapide, vous, y a pas deux mois que le régiment est ici !

— Je suis né à Verdun !

Dans la salle voisine, le rangement était terminé. Monsieur Charlie faisait les comptes de sa journée, en demeurant attentif à ce qui se passait du côté des militaires. Marie, suivie par la rouquine qui la trouvait décidément bizarre, après s'être attardée à des gestes inutiles, s'était glissée dans la salle de la guinguette et assise dans un coin.

En entendant le jeune lieutenant affirmer qu'il était né à Verdun, elle eut un sursaut.

Il fouilla dans la poche de sa vareuse, en sortit un papier qu'il brandit.

– Extrait du registre des naissances de la ville de Verdun ! Au nom de Jacques-Alphonse Morel !

Un cri étouffé lui fit tourner la tête vers le coin de la salle, où il vit Marie. Jacques... Leurs regards, pour la seconde fois, se rencontrèrent.

Le papier tremblait dans sa main levée. Il venait d'ouvrir une brèche sur son passé et l'ivresse allait lui donner l'audace de s'y engouffrer. Saisis par l'aspect théâtral de la scène, ses compagnons se demandaient où il voulait en venir et se taisaient. Dans les coupes, les bulles du champagne s'éteignaient doucement. Monsieur Charlie, étonné de ce silence, quitta ses comptes et s'approcha jusqu'à l'entrée de la salle.

— Morel ! Lieutenant Morel ! Le papier dit vrai pour le lieu de ma naissance, mais il ment pour mon nom ! Car je n'ai pas de nom !

Il marqua un silence avant de continuer, avec des pauses, encore, parce que sa voix se cassait :

— De Verdun, où je suis né, je n'ai connu que Sainte-Catherine. Vous ne savez pas ce que c'est, Sainte-Catherine ? L'orphelinat... Pour les orphelins, oui, et aussi pour les enfants abandonnés... par de pauvres femmes sans ressources... par de pauvres filles séduites par des hommes sans honneur, abandonnées elles-mêmes et couvertes de honte... Je n'ai pas tété le lait de ma mère. Je ne sais pas qui m'a nourri. J'ai été élevé par des bonnes sœurs. Je n'ai pas été malheureux auprès d'elles. Je ne savais pas que j'étais un enfant de Sainte-Catherine, un enfant sans nom, un enfant de personne...

Si l'ivresse peut rendre triste, la tristesse peut dissiper l'ivresse. Le lieutenant Jacques Morel se dégrisait au fur et à mesure qu'il parlait, comme ses compagnons, qui ne pensaient plus à vider leurs verres.

Des larmes coulaient le long des joues de Marie. Elle était repartie elle aussi à Sainte-Catherine, revoyait les alignements de berceaux grossiers, les visages marqués par la misère ou le vice de ses compagnes d'infortune.

Mais lui, dont elle ne pouvait plus détacher ses yeux, Jacques, né à Verdun, d'une Marie... Si c'était lui, alors pourquoi l'orphelinat ?

Il poursuivit :

— Gamin, à l'école, au catéchisme, dans la rue, on m'a appelé Bornizet, comme la brave femme chez qui les sœurs m'ont placé. Pas malheureux non plus. La campagne. Un brave curé qui faisait mon éducation. C'est à lui que j'ai posé la question un jour, j'avais douze ans, peut-être, je ne sais plus... La question de savoir qui j'étais, tenez, je me rappelle comment j'ai demandé : « Qui c'est qui m'a procréé ?... »

Il sourit au rappel du terme, marqua encore une pause, balaya du regard ses compagnons attentifs, se méprit, ou fit semblant, sur la mine interrogative de l'un d'eux.

— « Procréé », oui, c'est un mot de curé, ça, qui veut dire donner la vie, pour un homme et une femme, ensemble. J'ai appris que de l'homme je ne saurais jamais rien. Ni vu ni connu. La femme, c'était pas encore vraiment une femme, une jeunette, seize ans. Une innocente. Marie. J'en sais rien de plus.

Il dut s'interrompre, les mots à nouveau s'étranglaient dans sa gorge. Ses compagnons ne pensaient plus à boire, ils attendaient la suite, gagnés à leur tour par l'émotion.

Marie avait saisi la main de Joséphine et la serrait très fort. Elle voulait crier : « C'est moi ! » mais quelque chose l'en empêchait, une boule obstruant sa gorge, à cause de l'orphelinat. Si tout ça était un cauchemar, si deux destins pouvaient paraître à ce point identiques et révéler soudain l'unique différence qui briserait son espoir…

— Ma mère, reprit Jacques, jamais je ne lui en ai voulu de ne pas m'avoir gardé. Mais de m'apercevoir que des hommes peuvent abuser de la faiblesse des femmes, et que celles-ci portent seules le poids de la honte, ça m'a révolté. J'aurais voulu être un justicier, mais comment changer le monde à moi tout seul ? Mes pauvres essais de gamin m'ont montré mon impuissance. Alors je suis parti, pour ne pas faire de tort à ceux qui avaient été bons pour moi. J'ai fait tous les métiers, je ne pouvais me fixer nulle part. J'ai fini par m'engager dans l'armée. Qu'est-ce que j'y cherchais ? Peut-être l'espoir d'y laisser ma peau ? Mais dans la guerre l'instinct reprend le dessus, on risque la mort mais on tient à la vie ! Et maintenant me voici, devenu un homme, bien décidé à retrouver celle qui aurait pu, comme tant d'autres, m'empêcher de naître, ou, pire encore, de vivre, mais qui ne l'a pas fait.

— Et le nom de Morel, alors, lieutenant ? demanda Monsieur Charlie, ayant rejoint le groupe. Même si ce n'est pas le vôtre, d'où le tenez-vous ?

Jacques reprit le papier qu'il avait tenu serré dans sa main nerveuse pendant tout le temps qu'il parlait. Il le défroissa, l'éleva à hauteur de ses yeux, le parcourut, y puisant les éléments de sa réponse :

— « Jean-Nicolas Morel, quarante ans, conducteur de diligence, demeurant à Verdun rue des Rouyers.. Emélie-Henriette Robert, sa femme, trente ans, avec lui domiciliée... » Le curé m'a expliqué que ces gens-là voulaient un enfant, ne pouvaient pas en procréer un. Ma mère en attendait un, elle ne savait comment l'élever. Disons qu'ils se sont arrangés. Comment ? Marie l'a-t-elle donné sans résistance ? Le lui ont-ils arraché ? Le peu que je sais, c'est que cette sorte de marché étant considéré comme un crime, la justice leur a retiré l'enfant que j'étais et l'a confié à l'orphelinat... Voilà, vous savez tout, conclut-il en se tournant vers Marie.

Elle s'était levée, les mains, les bras un peu tendus vers lui, déjà

— Tout sauf une chose, un détail, essentiel, madame : c'est le 15 février 1849, à trois heures du matin, que je suis né, à Verdun.

Marie se précipita vers lui et s'évanouit dans ses bras.

Remerciements

Merci à Marguerite, qui m'a révélé le document à l'origine de ce roman.

Merci à Claire et à Alain, qui m'ont aidée dans mes recherches.

PRODUCTION JEANNINE BALLAND

Romans « Terres de France »

Jean Anglade
Un parrain de cendre
Le Jardin de Mercure
Y a pas d'bon Dieu
La Soupe à la fourchette
Un lit d'aubépine
La Maîtresse au piquet
Le Saintier
Le Grillon vert
La Fille aux orages
Un souper de neige
Les Puysatiers
Dans le secret des roseaux
La Rose et le Lilas
Avec le temps...
L'Ecureuil des vignes
Une étrange entreprise
Sylvie Anne
Mélie de Sept-Vents
Le Secret des chênes
La Couze
Ciel d'orage sur Donzenac
La Maîtresse du corroyeur
Un horloger bien tranquille
Jean-Jacques Antier
Autant en apporte la mer
Marie-Paul Armand
La Poussière des corons
Le Vent de la haine
Le Pain rouge
La Courée
tome I *La Courée*
tome II *Louise*
tome III *Benoît*
La Maîtresse d'école
La Cense aux alouettes
Nouvelles du Nord
L'Enfance perdue
Un bouquet de dentelle
Au bonheur du matin
Le Cri du héron
Victor Bastien
Retour au Letsing
Henriette Bernier
L'Enfant de l'autre
L'Or blanc des pâturages
Françoise Bourdon
La Forge au Loup
La Cour aux paons
Le Bois de lune
Le Maître ardoisier
Les Tisserands de la Licorne
Patrick Breuzé
Le Silence des glaces
La Grande Avalanche
Nathalie de Broc
Le Patriarche du Bélon
La Dame des forges
Annie Bruel
La Colline des contrebandiers
Le Mas des oliviers
Les Géants de pierre
Marie-Marseille
Jean du Casteloun
Les Amants de Malpasset
Michel Caffier
Le Hameau des mirabelliers
La Péniche Saint-Nicolas
Les Enfants du Flot
La Berline du roi Stanislas
La Plume d'or du drapier
Jean-Pierre Chabrol
La Banquise
Alice Collignon
Un parfum de cuir
Didier Cornaille
Les Labours d'hiver
Les Terres abandonnées
La Croix de Fourche
Etrangers à la terre
L'Héritage de Ludovic Grollier
L'Alambic

Georges Coulonges
Les Terres gelées
La Fête des écoles
La Madelon de l'an 40
L'Enfant sous les étoiles
Les Flammes de la Liberté
Ma communale avait raison
Les blés deviennent paille
L'Eté du grand bonheur
Des amants de porcelaine
Le Pays des tomates plates
La Terre et le Moulin
Les Sabots de Paris
Les Sabots d'Angèle
La Liberté sur la montagne
Les Boulets rouges de la Commune
Yves Courrière
Les Aubarède
Anne Courtillé
Les Dames de Clermont
Florine
Dieu le veult
Les Messieurs de Clermont
L'Arbre des dames
Le Secret du chat-huant
Paul Couturiau
En passant par la Lorraine
Annie Degroote
La Kermesse du diable
Le Cœur en Flandre
L'Oubliée de Salperwick
Les Filles du Houtland
Le Moulin de la Dérobade
Les Silences du maître drapier
Le Colporteur d'étoiles
La Splendeur des Vaneyck
Les Amants de la petite reine
Alain Dubos
Les Seigneurs de la haute lande
La Palombe noire
La Sève et la Cendre
Le Secret du docteur Lescat
Marie-Bernadette Dupuy
L'Orpheline du bois des Loups
Les Enfants du Pas du Loup
La Demoiselle des Bories
Elise Fischer
Trois Reines pour une couronne
Les Alliances de cristal
Mystérieuse Manon
Le Soleil des mineurs
Laurence Fritsch
La Faïencière de Saint-Jean
Alain Gandy
Adieu capitaine
Un sombre été à Chaluzac
L'Enigme de Ravejouls
Les Frères Delgayroux
Les Corneilles de Toulonjac
L'Affaire Combes
Les Polonaises de Cransac
Le Nœud d'anguilles
L'Agence Combes et Cie
Suicide sans préméditation
Fatale Randonnée
Gérard Georges
La Promesse d'un jour d'été
Les Bœufs de la Saint-Jean
L'Ecole en héritage
Michel Hérubel
La Maison Gelder
La Falaise bleue
Tempête sur Ouessant
Le Démon des brumes
Denis Humbert
La Malvialle
Un si joli village
La Rouvraie
La Dent du loup
L'Arbre à poules
Les Demi-Frères
La Dernière Vague
Yves Jacob
Marie sans terre
Les Anges maudits de Tourlaville
Les blés seront coupés
Hervé Jaouen
Que ma terre demeure
Au-dessous du calvaire
Les Ciels de la baie d'Audierne
Guillemette de La Borie
Les Dames de Tarnhac

Jean-Pierre Leclerc
Les Années de pierre
La Rouge Batelière
L'Eau et les jours
Les Sentinelles du printemps
Un amour naguère
Hélène Legrais
Le Destin des jumeaux Fabrègues
La Transbordeuse d'oranges
Louis-Jacques Liandier
Les Gens de Bois-sur-Lyre
Les Racines de l'espérance
Jean-Paul Malaval
Le Domaine de Rocheveyre
Les Vignerons de Chantegrêle
Jours de colère à Malpertuis
Quai des Chartrons
Les Compagnons de Maletaverne
Le Carnaval des loups
Les Césarines
Grand-mère Antonia
Une maison dans les arbres
Dominique Marny
A l'ombre des amandiers
La Rose des Vents
Et tout me parle de vous
Pascal Martin
Le Trésor du Magounia
Le Bonsaï de Brocéliande
Louis Muron
Le Chant des canuts
Henry Noullet
La Falourde
La Destalounade
Bonencontre
Le Destin de Bérengère Fayol
Le Mensonge d'Adeline
L'Evadé de Salvetat
Les Sortilèges d'Agnès d'Ayrac
Michel Peyramaure
Un château rose en Corrèze
Les Grandes Falaises
Frédéric Pons
Les Troupeaux du diable
Les Soleils de l'Adour
Jean Siccardi
Le Bois des Malines
Les Roses rouges de décembre
Le Bâtisseur de chapelles
Le Moulin de Siagne
Un parfum de rose
La Symphonie des loups
Jean-Michel Thibaux
La Bastide blanche
Le Secret de Magali
La Fille de la garrigue
La Colère du mistral
L'Homme qui habillait les mariées
La Gasparine
L'Or des collines
Le Chanteur de sérénades
La Pénitente
Jean-Max Tixier
Le Crime des Hautes Terres
La Fiancée du santonnier
Le Maître des roseaux
Marion des salins
Brigitte Varel
Un village pourtant si tranquille
Les Yeux de Manon
Emma
L'Enfant traqué
Le Chemin de Jean
L'Enfant du Trièves
Le Déshonneur d'un père
Blessure d'enfance
Louis-Olivier Vitté
La Rivière engloutie
Colette Vlérick
La Fille du goémonier
Le Brodeur de Pont-l'Abbé
La Marée du soir
Le Blé noir

Récit « Terres de France »

Albine Novarino
George Sand ou l'Amour du Berry

Collection « Sud Lointain »

Sylvie Anne
L'Appel de la pampa
Jean-Jacques Antier
Le Rendez-vous de Marie-Galante
Marie-Galante, La Liberté ou la Mort
La Dame du Grand-Mât
Erwan Bergot
Les Marches vers la gloire
Sud lointain
tome I *Le Courrier de Saïgon*
tome II *La Rivière des parfums*
tome III *Le Maître de Bao-Tan*
Rendez-vous à Vera-Cruz
Mourir au Laos
Jean Bertolino
Chaman
Fura-Tena
Anne Courtillé
Le Mosaïste de Constantinople
Paul Couturiau
Le Paravent de soie rouge
Le Paravent déchiré
L'Inconnue de Saigon
Les Amants du fleuve Rouge
Le Pianiste de La Nouvelle-Orléans
Alain Dubos
Acadie, terre promise
Retour en Acadie
La Plantation de Bois-Joli
Elise Fischer
L'Enfant perdu des Philippines
Hubert Huertas
L'Orque de Magellan
Hervé Jaouen
L'Adieu au Connemara
Eric Le Nabour
Orages sur Calcutta
Sonia Marmen
La Vallée des larmes
La Saison des corbeaux
Dominique Marny
Du côté de Pondichéry
Les Nuits du Caire
Cap Malabata
Juliette Morillot
Les Orchidées rouges de Shanghai
Michel Peyramaure
Le Pays du Bel Espoir
Les Fleuves de Babylone
Bernard Simonay
Les Tigres de Tasmanie
La Dame d'Australie
Jean-Michel Thibaux
La Fille de Panamá
Tempête sur Panamá
La Pyramide perdue
Colette Vlérick
Le Domaine du belvédère

Romans

Alain Gandy
Quand la Légion écrivait sa légende
Hubert Huertas
Nous jouerons quand même ensemble
La Passagère de la « Struma »
Denis Humbert
Un été d'illusions
Dominique Marny
Mes nuits ne sont pas les vôtres

Michel Peyramaure
Les Tambours sauvages
Pacifique Sud
Louisiana
Le Roman de Catherine de Médicis
Jean-Michel Thibaux
Le Roman de Cléopâtre

Composition et mises en page : FACOMPO, Lisieux

Achevé d'imprimer sur les presses de

BUSSIÈRE

GROUPE CPI

à Saint-Amand-Montrond (Cher)
en septembre 2006

N° d'édition : 7334. — N° d'impression : 063387/1.
Dépôt légal : mars 2006.
Suite du 1er tirage

Imprimé en France